一兩農女要逆襲 下

風文創 651

沐霖 著

目錄

第十六章

夏婉和蕭正緊趕慢趕，總算在太陽落山之前抵達縣城。

遠遠望見石頭壘築的低矮城牆，夏婉沈默了一瞬，半天沒有說話。她原本以為能看到更雄偉的建築，看來還是被以前的經驗之談給誤導了。

就連城門的守衛，看上去也是良莠不齊，讓夏婉不禁懷疑，他們平日是否真能守得住城門？

蕭正似乎對這裡十分熟悉，進了城也沒問路，直接把馬車趕進一家看起來十分整潔的客棧。

客棧的小夥計熱情地把他們迎進去，連大灰都有專門的馬廄吃草、休息，服務可以說是非常周到。

蕭正把馬車上的被褥抱進房間，把客房炕上的鋪被捲起來收到一邊。夏婉不禁慶幸他們住的是炕，隨便打掃一下，鋪上家裡的被褥，既乾淨又方便，晚上有再大的動靜，也不會傳得隔壁房間都能聽得到。

夫妻倆彷彿心有靈犀，蕭正把床鋪好，扭過頭，不懷好意地笑道：「還是炕好，結實耐用。」

「……」夏婉懷疑，他把她帶來這裡住根本就沒安好心。

放好行李後，蕭正帶夏婉到街上找吃的，順便把周邊的街區逛了一圈。但凡是客棧，總會往人潮多的地方開設，他們住的這家客棧，離繁華的街區十分近，走沒兩步路就到了。

這會兒，夏婉才終於有了出門逛街的感覺。

傍晚時分，商鋪門口早已不復白日的熱鬧，蕭正一邊走，一邊為夏婉介紹，碰上他印象深刻的，還能說得更多。「等明天晌午再過來，人比現在多，這會兒商鋪都快要打烊了。」

「那我們趕緊吃點東西回去吧。」客棧裡也有提供三餐，只是到底不是專做飯菜的酒樓食肆，飯菜算不得可口，只能勉強填飽肚子而已。

既然來到縣城，蕭正就想盡可能地給小媳婦吃點好的。

最後，蕭正帶夏婉在一間小酒館裡吃了一碗陽春麵，還帶了一整隻的烤雞回去，說是留給她當消夜的。

夏婉瞧著，應該是蕭正常吃的，恐怕跟兄弟在一起的時候，沽上兩壺酒，就著一隻燒雞，才是男人們最愛的事情。

夏婉問他要不要打點酒？卻被蕭正一口回絕了。

「明天還要做正事，先不喝了。」一想起小媳婦大年三十喝醉那時，蕭正又難免有些意動，想了想，又加了一句。「等正事做完了，小婉再陪我好好喝兩杯。」

夏婉早就把之前的事忘得乾乾淨淨，尤其那時候喝醉，根本什麼印象都沒有。她不疑有他地點頭，還頗豪邁地承諾。「等我把方子賣了個好價錢，我請你喝酒，管夠。」

「嗯。」一講這話的時候，蕭正從客棧的廚房打來熱水，兌了點涼水讓夏婉將就著洗了一下。

豆大的燭火把人影倒映在牆上，外頭的院子裡還有回來晚了的客人大著嗓門說話的聲音。蕭正鑽進被窩，先暖熱了一小塊地方，等夏婉進了被窩，又挪到涼處，把那熱呼呼的位置留給小媳婦。

聽到外頭的嘈雜聲，蕭正把小媳婦往懷裡摟緊了一些。「還是來得晚了，不然還能找個清靜點的院子住。」

「這樣已經挺好了，有你在身邊，啥事都不用我操心，多好啊。」夏婉拍拍他以示鼓勵。

到底是趕了一天的路，兩人很快便沈沈睡了過去。

隔天早上，夏婉還在被窩裡睡覺，蕭正已經出門把早餐買回來了。

吃過早飯，蕭正便帶她去他比較熟悉的兩間酒樓轉了一圈。

由於時間還早，酒樓也才剛開門做生意，夏婉只能看到跑堂的夥計來來回回搬長凳、擦桌子的身影，大致看過一眼，也看不出什麼不同來。

於是夏婉打算中午去酒樓吃個飯，近距離接觸一下。

蕭正見上午時間還多，便帶夏婉去一間挺大的書鋪。春生那個小傢伙，經過這半年多的磨練，漸漸有些讀書人的模樣了，雖然嘴上說一點都不羨慕蕭白能去鎮上讀書，可實際行動卻和往常不同了。

他已經可以拿著毛筆在紙上臨摹字帖，原先找小夥伴瘋玩的時辰，被他自動縮減，在家練字的時間多了起來。

蕭正每每都要拿這事笑話夏婉，因為春生的字已漸漸能趕上她這個當姊姊的了。所以這一回，蕭正不僅要幫他多買一點紙、筆，還想找一些更適合春生臨摹的字帖，且東鄉村那些識字的小孩們，也要換一本更深奧的書來讀了。

都說供養一個讀書人不容易，夏婉見蕭正沒拿多少東西，已經付了二兩銀子，只能感慨她還是太窮了。

離開書鋪後，又去逛了兩、三家布莊，比起層疊的花褙裙子，夏婉還是覺得自己的衣裳更方便一些，畢竟農家人在田地裡晃悠的時間更多，布料結實耐磨才是關鍵，最後夏婉到底沒捨得花那個錢，只扯了做棉襖的布料，打算入冬時給家人做一件新棉襖。

「明年有時間再種點棉花吧，省得每回做棉襖、棉被，還要去買棉花。」夏婉當初帶來的嫁妝，最值錢的就是她這個人了。

夏老娘一直對沒給閨女出門時打兩床棉被這事耿耿於懷，等到夏家的日子好過一點之後，夏老娘特地拿了一些銀錢給夏婉，讓她替自己打兩床新被子，就當是補做新媳婦時候的嫁妝。

夏婉拗不過她，把錢收了，也真做了兩床大花被，只是順帶給爹娘、婆婆和弟妹們也做了一床新的。

這會兒想起做棉襖，便想到了棉花。那時候為了做被子，她秤了幾十斤棉花，掏錢掏得肉疼。

「好，再多想想還需要什麼，明年一起種。」蕭正嘴上答應得爽快，心裡盤算著需要多收幾畝地回來才夠種。

到了晌午，夏婉特地選了一家比較寬敞氣派的酒樓進去，櫃檯後面的牆上掛著一塊塊木頭牌子，上面寫著各種炒菜蒸湯。一般來說，只有應景的蔬菜和豬、羊肉類，碰到大清早也沒採買回來的青菜，那掛牌就得拿下一部分，幾乎每天的菜色都不一樣。

夏婉特地點了道燴魚湯，鰱魚切成塊狀，裹上麵粉，稍微過油之後煮出來的，好歹是縣城裡的酒樓，客人既能拿得出錢，做菜的油也是捨得放。

只是夏婉再想吃別的魚料理卻是沒有，跑堂的小夥計說，大清早採買的人只搶了兩條鰱魚回來，就算要吃其他的魚料理，也是做不出來的。

夏婉看一眼閒坐在櫃檯後，年紀不小的老掌櫃，根本沒讓蕭正開這個口，只讓他跟負責他們這一桌的小夥計套了兩句話。

原來酒樓的東家遠在州府，縣城這家酒樓聽說是東家送給得寵姨娘的嫁妝鋪子，因為姨娘是本地人，鋪子開在本地，讓家裡親戚負責照看。後頭有人好辦事，想跟東家攀交情的客商富戶，每個月在酒樓裡開幾桌酒席，一來也是給東家捧個場，二來也是想透過這位姨娘，跟這幕後的東家搭上話，因此，這生意才能長長久久地做下去。

夏婉簡直驚呆了，她原本只是讓蕭正問問這跑堂的小夥計，酒樓大師傅的做菜功力怎麼樣？要知道，一個敢於推陳出新的好廚師，才方便她兜售方子。

而之所以要找酒樓的大廚，蓋因縣城乃至州府，酒樓裡的掌櫃只負責酒樓的經營管理，菜色上的選擇權，大部分都在主廚身上，且必須是廚房裡資格最老的廚師才有這等權力。

「你連人家東家有幾個得寵的姨娘都問出來了？」對於這個時代特有的風俗，夏婉也是無力吐槽了。不禁慶幸自己嫁的是個農夫，起碼沒有這方面的困擾，若是不小心穿到有錢人家的後院，她成親一年沒有孩子，怕是就得張羅著給丈夫找通房了。

蕭正自認懂得的東西比小媳婦多，只是哪裡懂得後宅與外頭商鋪之間藉此互通有無，他卻是不想夏婉朝這方面懷疑，便輕描淡寫地轉移話題。「原本也是覺得這家酒樓環境單純才來過兩趟，如此看來，是沒法交涉了。要不我們再出去轉轉？」

夏婉當然沒意見。

轉到街道中段的位置，夏婉聽到熟悉的京曲，忍不住一把抓住蕭正。「咱們喝茶去吧！」

戲樓有兩層，想進去喝茶、聽戲，得在門口交了入場費才能進去。

蕭正向來對這些「咿咿呀呀」的京劇沒啥興趣，除了聽得頭疼，就連那唱唸做打的招式在他看來都屬於花拳繡腿，奈何小媳婦好像十分感興趣的樣子，他只好捨命陪君子。

不等夏婉催促，他交了兩人的費用，同夏婉一起「附庸風雅」去了。

戲園子內部的情景與後世夏婉見過的模樣差不多，資深的老戲迷，手裡拿著一把紫砂壺，一邊歪頭聽戲，手指一邊敲打著拍子，偶爾啜飲兩口茶。

聽戲，要的就是這種閒適。

夏婉他們坐在一樓，據說上頭的包廂位置更好，環境更清幽，是難得的好去處。但夏婉關心的卻不是這個，有茶博士捧著托盤來兜售瓜子、果子，夏婉半掩了口，悄悄把隨身帶著的肉乾拈了一些給他。

茶博士半信半疑嚐過之後，神色鄭重地朝一旁的蕭正瞧了一眼。

「莊戶人家自己琢磨出來的小吃食，這會兒倒覺得放在貴園滿適合的，也是客人們多個嚐鮮的小玩意兒。」如今蕭正跟小媳婦也有默契了，見她拿出肉乾就知道她想幹麼，不管生意能不能成，先把好聽話說在前頭就是。

「這個得跟東家回稟一聲，二位客人不妨喝口茶，小的去去就回。」茶博士說完就走了。

蕭正轉身點夏婉鼻子。「不是要賣到酒樓裡，怎麼突然想起這個了？」

夏婉不好意思地笑，她也就是靈光一閃。

等到那茶博士來了，果然只是開口問夏婉手頭上有多少貨，也言明放在他們這裡只是給客人當零嘴，不會需要太多的量，價格上面好商量，供貨時間卻得定好。

夏婉只能實話實說，表明他們是臨時逗留的，家裡離得太遠，若是只供貨，怕是送不過來。

那茶博士挺遺憾，畢竟推銷出去的瓜子、茶水，他也能拿一些回扣，若是在他手裡賣得好，也是多了一點進項。

他問夏婉隨身帶來的肉乾有多少？夏婉再三道歉，只說考慮不周，想著回頭還要找酒樓做生意，也沒把話說死，只說想到了辦法，到時候會再來。

那茶博士沒有辦法，只好遺憾地送他們出門。

冷不防，蕭正抬頭往二樓的包廂掃了一眼，瞬間露出萬分震驚的表情，頭一次沒顧得上夏婉，而是繞過小媳婦朝二樓的包廂追了過去。

夏婉順著他的視線，只看到那一閃而過的裙角，沒有吭聲。

夏婉看一眼旁邊略微尷尬、慢慢往一旁退的茶博士，知道人家也把剛才那幕看在眼裡，乾脆一個轉身重新坐下，聽她的戲去了。當然，夏婉沒有忘記找茶博士要了一壺挺貴的碧螺春。

她突然很想敗光蕭正的錢，讓他捲鋪蓋滾蛋！

誰知蕭正回來得倒是挺快，明顯一副失魂落魄的模樣，更加讓夏婉氣苦。

她忍了忍，沈著氣問：「是不是碰到什麼人了？」

「嗯。」男人只應了一聲，便若有所思地低下頭想事情，彷彿剛才問他話的夏婉只是空氣。

夏婉反而冷靜下來，理智也回籠了，再看一眼蕭正，倒真不像為情所困的模樣。不過她心裡明白，她還是很在意，因為越來越在乎這個男人，所以現在被他忽視，才會如此介意。

只是介意歸介意，悶在心裡自苦可不是她會做的事，她得讓蕭正自己意識到自己做了什麼。

夏婉索性悠哉地聽戲、喝茶，雖然內心還是不舒坦，還是要努力表現出平靜無波的模樣，等蕭正回過神來。

夏婉喝了一壺碧螺春，去了趟茅房，回來就見蕭正滿臉焦急地找她。

蕭正看到她從戲臺旁邊出來，鬆了一口氣，一把將她捉住，拉回座位上。

「去哪兒了，怎麼也不說一聲？剛才沒看到妳，把我嚇了一跳。」

「去茅房了，我剛有跟夫君說了呀，夫君沒聽見？」

蕭正露出赧然的表情，摸了摸後腦勺。「剛剛走神了，是沒聽見，以後沒我陪著，可不能走遠了。」

「這是在戲園裡，連進門都要先交錢呢，比咱們住的客棧安全多了。」夏婉到底沒忍住，還是刺了他一把。「再說了，夫君剛才匆匆忙忙跑掉，只把我一個人丟在那裡，那會兒倒沒覺得會把我弄丟了！」

憑什麼她上個茅房回來還要被埋怨？夏婉不禁後悔，剛才她應該自己一個人先回客棧，反正她也認得路，讓蕭正滿大街找不到她，自個兒哭去吧。

蕭正總算察覺出小媳婦的不對勁來，只是他心裡還悶著事，以為夏婉只是心情不好，眼看著天色不早，便準備帶夏婉回客棧。

蕭正走的時候也是心不在焉的，就連多付了茶錢也像是沒反應似的。

夏婉不禁更生氣，一來氣蕭正的神思不屬，二來氣自己沈不住氣，點了那麼貴的茶。

夏婉心裡生氣，本就不痛快，待蕭正把她送回客棧，囑咐她待在屋子裡等他回來，他得先出去一趟，終於把她氣得怒極反笑。

這廂她答應蕭正在客棧裡等他，那廂等蕭正一走，她立刻喊來客棧的小夥計幫她買酒菜，再把客房的門閂插上，化悲憤為「酒量」，大吃大喝起來。

蕭正趕在宵禁之前回了客棧，來到客房，明明裡頭已經亮了燈，門卻怎麼都打不開。

隔著一道門，他輕輕喊了兩聲小媳婦的名字，可裡頭除了杯子打碎在地上的聲音，再沒有別的動靜。

蕭正心裡著急，左右看了一眼，取下藏在腳踝邊的匕首，從外頭把門閂撬開。

剛進屋，就聞到一股酒氣，還伴著燒雞的味道，若不是看到桌上趴著已經醉得不省人事的小媳婦，他差點以為自己是跟老李一起出來的。

「怎麼突然喝成這樣了？」

見夏婉腦袋枕在伸直的胳膊上，酒杯就是被伸出去的胳膊推到地上的，若不是蕭正進來得及時，恐怕下一刻她就要倒在地上了。

蕭正伸出手把人托起來，夏婉冷不防嚇得尖叫一聲，嚇得他趕緊把小媳婦的腦袋往自己胸口上按。左右都有住人，夏婉叫得那麼大聲，不知道的還以為他們房裡發生什麼事了呢。

夏婉雖然醉醺醺的，腦子裡還是清楚蕭正回來了，被放到床上的時候，也清醒了一點，下意識用雙臂環住男人的脖頸。當蕭正以為她有話想對自己說時，夏婉「啊嗚」一口咬在男人的胸口上，還用力磨了磨牙齒。

蕭正「嘶」了一聲，好生放下小媳婦，捂著胸口，哭笑不得。「小婉今天怎麼了？怎麼能一個人喝酒呢？」

夏婉轉過身子，只留給他後腦勺，決定到明天也不要搭理他。

蕭正忙到這時候，晚飯都沒吃一口，夏婉讓人買回來的菜都涼了，他也不在意，就著酒壺，一口菜、一口酒，把剩下的菜都吃光了。收拾乾淨以後，才鑽進被窩裡，往小媳婦身邊貼。

夏婉喝完酒，已經覺得夠熱了，再來個蕭正，那被窩根本就沒法待了，她又踢又咬，想把蕭正推出去，折騰了一會兒，酒勁上來，再被蕭正往懷裡摟，就什麼都不知道了。

第二天醒來時，夏婉整個人都在男人懷裡，大腿還有根大棒子頂著。

夏婉那個氣啊，覺得自己以前滿腦子都是漿糊，才會什麼都依著他。

身後的蕭正剛有點意動，就被夏婉平靜無波的聲音定住了。

「這會兒在外頭呢，夫君若是一點面子都不想給我留，就隨意吧。」夏婉說完，一副任君採擷的模樣。

蕭正狠狠拿手揉了揉臉，率先從被子裡出來，望了眼身下，忍不住苦笑，拿臉盆裡的涼水猛地拍了拍臉，半天才讓自己恢復平靜。

「妳再睡一會兒，我去給妳買早飯。」

「不用鎖門了，我要起來了。」夏婉昨天晚上喝醉，現在全身上下都不舒服，只想趕緊起來洗漱。

蕭正就是再遲鈍，也察覺到小媳婦的不痛快了，不僅一個人偷偷喝酒，從昨兒個晚上起，連他的名字都不喊了。

只是現在不是說這些的時候，他三兩下把自己收拾乾淨，出了房門。

兩人沈默地吃過早飯，出了門，夏婉不搭理蕭正幾次的討好，只當他是空氣，自顧自地尋著街邊的鋪子看。

比起城南多商鋪，城北普遍以居民的住宅區為主，靠近街道兩旁有些商鋪也是家庭式的。

夏婉經過一家飯館時，突然福至心靈。

其實她這些方子也不一定非要賣給酒樓，如果能順利賣給酒樓，她也只是得了一個賣方子的錢，可若像當初把滷味的方子交給娘家和白家，以合作的方式交給稍微普通一點的飯館呢？透過利潤的分配，其實會比賣方子更有賺頭吧？

夏婉越想越興奮，接下來便只鎖定規模小一點的飯館。

一路尋下去，夏婉猛地在一棟十分有徽派建築特色的飯館前停下腳步，在掛著兩個大紅燈籠的門口轉了兩圈，就要往裡走。

身旁一直沒有吭聲的蕭正卻在這時拉住了夏婉。

「你拉我幹麼，這裡瞧著挺有意思的，咱們進去看看呀。」夏婉其實挺不想跟蕭正說話的，一路上跟著不說話，她就當多了個保鏢罷了，可現在扯她後腿這事可不能容忍，畢竟他們這回出來的目的就是這個，不趕緊把事情辦成，啥時才能回家呀。

「這裡就不去了吧，看著也沒什麼特色。」夏婉自嘆弗如，也不指望能矯正他的眼光，嚴肅地站好，面沈如水。「我覺得挺有意思的。『阮記食府』，一看就是吃飯的地方，你要是不願意進去，我就自己進去了。」

事實證明，蕭正今天果然是吃錯藥了，一路上都怕她走丟的人，如今雙手一環，往阮記食府對面一站，也堅定地表達不願意進去的決心，更不怕她會走丟。

夏婉沈著臉往裡頭走時，忿忿地決定，等他們回到家，她一定要跟婆婆告狀，以後她就跟婆婆是一夥的，再也不順著這個臭男人。

「這位客官裡面請！」

徽派風格的建築就是不一樣，大高門進去，先碰到的就是一面影壁，轉過來還有一個小天井，石凳和石桌皆按照五行八卦的形狀擺放，轉過小天井才是正院。

迎接夏婉的那道聲音，就是從正院廊下傳來的。

穿戴得體的小二領著夏婉朝裡走，外頭的院牆雖然是高大的白牆青瓦，裡面的布局卻有些江南水鄉的味道，路上還經過一小片竹林聽風。夏婉不禁開始打退堂鼓，懷疑是不是她看錯了，也許人家不是食府，而是古玩鋪子？

終於，在看到裡頭果然有兩桌客人，夏婉總算安心下來，然而她放心得實在太早了。

這裡沒有菜譜，想吃什麼菜，全憑小夥計的一張嘴。夏婉說想吃魚，什麼珍珠魚丸、紅燴魚塊，鹹的、酸的、甜的，那小夥計跟說相聲似的，恨不能連這道菜有多少養生價值都背給她聽。

十五、六歲大的少年，機靈認真，滿臉堆笑，不提吃的，光是看著這樣一張臉，夏婉就覺得自己能多點兩道菜，哪怕只是為了聽他多背兩個菜譜。夏婉忍不住跟他開玩笑道：「你這報菜名的主意是誰出的呀，不會是你們掌櫃的為了鍛鍊你們的口才，特地想的點子吧？」

「哎喲喂，姑娘可說到點子上去了，我們掌櫃的可不就是我們東家，東家說了，這麼背，才顯得能配得上咱阮記的門面呢！」

夏婉點頭笑，隨手點了一道珍珠魚丸，又點了兩道素菜。蕭正不願意進來，點多了也是浪費。

那道珍珠魚丸，可說是夏婉穿來後吃到最美味的一道魚料理了。所謂的珍珠魚丸，其實是一道湯，不大不小的魚丸躺在湯底，魚肉滑嫩，不帶腥氣，清湯上撒些蔥花，配兩片薄荷葉，看起來十分清爽，吃起來更是美味。夏婉也沒點主食，直接把那碗魚丸湯當中飯，末了，心情大好，喊了那個小夥計過來。

「這道菜真不錯，魚肉嫩滑，味道非常好。」夏婉先把人家的菜誇了一遍，然後拋出自己的磚頭。「回頭跟你們掌勺的說，魚肉裡面再放點蝦泥捏成魚丸，不僅滑嫩，而且彈口，口感比這個還好。」

「哎喲，這可是真的？」那小夥計不知道聽了夏婉哪句話，立刻兩眼放光，撂下話就往後廚跑。「姑娘，您等等，掌櫃的就在後廚呢，我得趕緊過去說一聲。」

夏婉被他歡蹦亂跳的模樣逗樂了，她只是隨口給了個建議，就被人給當成寶了。她已經吃得差不多了，又想晾晾外頭那個榆木疙瘩，便好整以暇地等著小夥計過來回話。

不一會兒，從後頭走來一位圍著圍裙的男子，那男人眼神裡的興奮，夏婉隔老遠就能看得出來。

若說蕭正是夏婉穿來之後，見到過相貌最為英俊的男人，眼前這個連圍裙都沒來得及解下的人，只能用不相伯仲來形容。只不過一個英挺陽剛，眼前這個卻是溫文爾雅，滿身書卷氣。

一個愛掌勺的書生？這組合還真有點意思。

阮掌櫃先同夏婉見了禮，一坐下去，立刻變了個模樣，那笑咪咪的樣子，夏婉總覺得在剛剛的小夥計身上見到過。

「姑娘說的蝦泥加進魚丸裡，可是真的？」

「做菜這種事，光憑嘴上說是無用的，是不是真同我說的那樣，掌櫃的試過便知。」

「姑娘說得極是，是我太著急了，只想著姑娘也是同好，不想錯過可惜，這才心急了些。」阮掌櫃雙手在圍裙上拍了拍，滿面笑容，恨不能引夏婉為知己。

夏婉略微想了一下，就知道他說的同好是什麼意思了，頓時覺得根本就是踏破鐵鞋無覓處，得來全不費功夫，遂笑著問：「如果我說我這裡還有魚料理的方子，味道遠高於你的那道珍珠丸子，不知掌櫃的可有興趣？」

阮掌櫃聽了，恨不能立時把夏婉拉去後廚做給他看，可夏婉到底是單身一人的姑娘，後廚裡可都是男的……阮掌櫃頓時猶豫了一瞬。

「我還會在縣城逗留幾天，並不急於一時，掌櫃的若是相信我，明天準備些鰱魚，我明天一定過來，與掌櫃的好好琢磨。」夏婉見他已經意動，便主動提議道。她也該出門去找蕭正了，萬一把某人惹急了，後果可不是鬧著玩的。

那阮掌櫃聽得這話，只能按捺下來，同意夏婉的提議。被夏婉再三推辭，又想著要避嫌，才沒一步一步把人送出門。

第十七章

夏婉沒想到，蕭正會那麼耐著性子在外頭等她，見到她出來，還問她在裡面的情況。

「這家掌櫃的真有意思，我想我的方子應該能賣得出去了，我們約好明天就來把那道菜做給他們嚐嚐。」事情有了進展，夏婉不吝於講給蕭正聽。

男人聽了她的話，表情十分耐人尋味。夏婉也不想繼續跟他兜圈子，索性看他想要說什麼。

「這家店……咳，其實是姊夫開的，姊夫平時就非常愛美食，沒想到還真的在這裡開了家飯館。」蕭正從昨天就在考慮這件事，後來想想也沒什麼可隱瞞的，畢竟小婉都是自家人了，該認識的總是要認識。

夏婉懷疑自己剛才是不是聽錯了，所以兜兜轉轉，她又把方子賣給自家人了？說好的幾年沒見呢？為何姊姊、姊夫就住在縣城裡啊？

「我也不知道姊姊和姊夫什麼時候搬到縣城來的，昨天在戲園那一晃眼，沒追到我姊，我還以為是自己看錯了人，傍晚順著線索找人打聽，才知道姊夫在城裡開了家食府。」

蕭正的情緒明顯有些低落，帶著夏婉往回走時，除了把昨天困擾了夏婉許久的事情解釋清楚，旁的什麼都沒多說。

想想也是，蕭正從來不是薄情的人，自己親姊姊的情況，還要從別人那裡打聽才知道，說不難受都是假的。

夏婉不知從何安慰他，只能時刻關注著蕭正的情緒，等他自己想明白，願意告訴她。

蕭家大姊的事不急於一時，蕭正對於把方子賣給姊夫，倒是樂見其成。「原先沒想到姊夫他們會來縣城住，如今妳既然已經跟姊夫把這事說了，他肯定不弄清楚不會善罷甘休。妳明天找他談的時候，除了賣方子，或許還能談談利潤的問題，想來我姊夫也不會在意那點小錢。」

夏婉篤定蕭正和這個姊夫從前一定不對盤，不然怎麼會慫恿自家媳婦去坑拐姊夫家的錢呢？

「明天還是我一個人去嗎？」瞧蕭正的樣子，似乎也沒打算跟他們相認，夏婉想到遠在東鄉村的婆婆，覺得這事可棘手了。

「明天我還是在外頭等妳。我姊夫瞧著精明市儈，做生意到底還是講誠信的，妳之前在鎮上如何跟人談生意，現在也一樣地談就是，若是他敢在價格上欺妳，妳就出來找我。」

夏婉心想，他連人家的面都不見，談何給她出頭？再說了，就剛剛短暫見過一面，她也沒看出姊夫精明市儈啊，頂多是一個資深老饕對美食的追求罷了。

不過丈夫這會兒心思正重，夏婉也不好多說。

第二天，夏婉特地起了個大早，前往阮記食府。最好在他們中午顧客盈門之前把事情談妥，免得耽誤人家開門做生意。

阮熹一大早就親自去市場挑了新鮮的魚回來，把灶間的事全都交給了大廚，只單單留出一個灶臺，等著夏婉來一展身手。

說實在的，酸菜魚的做法其實不難，關鍵在於材料的調配和魚肉的火候，再有就是缺少對酸辣口味的嘗試，不過人們只是未曾朝那方面想過罷了。

阮記食府裡連酸菜都沒有，還是夏婉提出來，阮熹特地讓小夥計抓緊時間去街上買回來的。辣子倒是有，偶爾爆炒的時候加一些提味用的，夏婉沒想一大清早的就讓人嚐到特別重口味的菜餚，只做了微辣湯底。

阮熹是個老饕，娶的媳婦卻是個不怎麼會做菜的，為了滿足口腹之慾，他便自己學習廚藝，誰知學越久，越覺得自己在這方面有天分。後來確定要在此定居，便直接開了間飯館，既能滿足自己的需求，又能養家餬口，算得上一舉兩得。

阮熹見夏婉端出一大盆做好的酸菜魚，剛聞到那香味，便忍住流口水的慾望，把小夥計喊來分盤。「給你們東家娘子送些過去嚐嚐。」

末了還不忘問夏婉。「這辣度，小娃娃能吃嗎？」

夏婉聽了，心裡怦怦怦直跳。原本只聽說大姊早幾年出嫁，卻一直沒提有孩子這件事，或許連蕭正和婆婆都還不知道孩子的事。

「小娃娃吃魚肉長個子，我特地片了沒刺的魚肉做成酸菜魚，稍微注意一下就可以，至於這辣度，還要看是多大的孩子。」

「我家小寶兩歲半多，平時最愛吃魚。」說起孩子，阮姊夫兩隻眼睛亮晶晶的，完全不輸於瞧見好菜的模樣。「不瞞姑娘說，就那道珍珠魚丸，原先也是為了養孩子，想著法子做出來的，後來開了這食府，也算是把家常菜物盡其用了。」

「若是怕辣，魚片沾點熱水涮一下就是了，酸菜魚吃的就是個酸、嫩，微辣是提味用的，至於那些不嗜辣的客人，只管上純的酸菜魚就成。」

「若碰上嗜辣的，那就多多益善嘍！」

阮姊夫能見一知二，夏婉連連點頭，表示贊同。碰上精通廚藝的人，還真是一通則百通。

夏婉抬了下手，示意阮姊夫品嚐。說了那麼多，到底怎麼樣，還是得嚐了才知道。

結果當然是不言而喻的，夏婉能看得出來，阮姊夫應該並不能吃辣，只這種程度的辣，都讓他鼻子冒汗，然而那筷子卻是無論如何也沒有停下來，直到由遠及近傳來一聲「夫君」，阮姊夫才嗆咳了下，立刻放下筷子抹抹嘴，上前迎人。

夏婉笑咪咪地起身，隨著大姊夫一起去迎人，就見一身暗寶藍鑲邊方領短襖裙的高䠷女子，嫋嫋婷婷地從外面走過來，先嗔怒地瞪了阮姊夫一眼，再來同夏婉寒暄。

夏婉瞬間覺得蕭家的基因真是強大，蕭正的大姊同蕭正眉眼間大概有五、六分相像，這長相在蕭正身上是英挺俊朗，到了蕭家大姊身上便是英姿颯爽，想來以阮姊夫的性格，怕是要處處以大姊為主才是。

等她回頭見到蕭正，一定要告訴他，大姊過得挺好的，若是有機會，一家人團團圓圓、和氣美滿，不是更好嗎？

「這位姑娘，我家夫君無狀了，為了口吃的，還麻煩姑娘特意下了一趟廚房，姑娘若是不嫌棄，我這裡有份薄禮，也算是聊表謝意。」一說話間，蕭大姊讓身邊跟著的小丫鬟捧了個托盤上前。

夏婉瞧著阮姊夫抓耳撓腮，急得不行，又不知從何說起的表情，連忙把自己的行為從頭到尾捋了一遍——突然跑上門來，指點一個愛吃的老饕新的菜色，確實突兀了一點，只是從她做菜到阮姊夫吃菜，身邊一直都有夥計跟著，這會兒待客的大廳裡還沒有別的客人，在這麼敞亮的桌子跟前坐著，也沒覺出不妥，夏婉頓時安下心來，同蕭大姊見禮。

「阮夫人好。」這一聲招呼，夏婉喊得真心實意。「不瞞阮夫人說，小婦人原先揣著這酸菜魚的方子，便是意有所求，剛巧碰到阮老闆眼光獨到，為著生計，才想著能不能把這方子賣於阮記。」

夏婉這話，先澄清自己已經成親的事實，再坦蕩蕩地把目的說出來，至於夫妻倆會怎麼想，那就是大姊和大姊夫之間的事了。哪怕這回的買賣不成，反正酸菜魚的做法已經交給大姊夫，自家人倒虧不了。

「妳瞧瞧，早就跟妳說了這位姑娘……」想起夏婉剛剛說的話，阮姊夫遲疑了下，回頭看了夏婉一眼。

夏婉會意，開口道：「小婦人夫家姓蕭。」

「哦，早就跟妳說了，這位蕭娘子是想來咱們家推銷新菜式的。」阮姊夫一改剛剛的謹小慎微，顯得特別揚眉吐氣。「小寶吃了那魚嗎？有沒有說喜歡？夫人哪，我覺得自己現在滿腦子都是奇思妙想，或許會有不一樣的靈感出來，要不，妳跟這位蕭娘子先聊，我去後廚瞧瞧？」
典型的惹了事，拍拍屁股就要遁走，看來再好吃的菜，也抵擋不住夫人的威壓啊。夏婉就見阮姊夫往外挪兩步，到底心中不甚安穩，又慢騰騰過來，提醒一下自家夫人。「妳若是嚐過，也一定覺得好吃。這新菜色能給咱們招攬客人，夫人一定要好好商談啊。」
於是，夏婉就被怕老婆的阮姊夫，丟給了臉色依舊不怎麼好的大姊，實在弄不明白，為何自己的出現能引起蕭大姊那麼大的反應？
「我前天在戲園那裡似乎見過妳，還真是巧，第二天妳就找到我們阮記來了。敢問蕭娘子，這做魚的方子真是妳自家想出來的？正巧我們家孩子尤其喜歡吃魚呢。」
那是因為孩子的舅舅也愛吃魚，這都是遺傳。夏婉心裡無聲吶喊，被蕭大姊的氣場壓得只想跑。
這種時候，頂不住便順其自然好了，夏婉看著蕭大姊似笑非笑的目光，小聲地問：「那夫人前日在戲園裡見過小婦人的夫君了嗎？真巧，我家夫君也甚愛吃魚呢。」
蕭欣挑眉看向夏婉，對夏婉話語裡隱含的深意驚訝不已，她若有所思地頓了一下，到底還是緩和了表情，再開口時，已收起先前的針鋒相對。「沒想到妳看著年紀小，都已經成親了。蕭娘子的家在附近嗎？此次前來是想與我家做生意的？」

「原先是這麼想的，如今倒是不大確定了，或許我該回去同家人再商量商量。」對於蕭正同他大姊之間的問題，夏婉覺得還是讓知情人自己解決的好，她就不推波助瀾了。如今人家似乎不歡迎她來做這個生意，為免節外生枝，她決定還是先撤退。

「蕭娘子，方才若是有得罪的地方，我先給妳賠個不是。」沒從夏婉口中問出她家在哪裡，蕭欣到底對自己的懷疑又猶疑了幾分，至於自己剛剛盛氣凌人的態度，蕭欣倒是坦蕩。「實在是我家夫君因為貪戀美食，做過許多不著調的事，也招蜂引蝶……咳，惹過些麻煩。方才是我先入為主想岔了，那盆酸菜魚我嚐過，味道是極好的，料理的方式也新鮮。蕭娘子，我真心向妳表達歉意，妳看，若是阮記想把這菜收為己用，妳還願意跟我們把這生意談下去嗎？」

蕭欣見夏婉沒有說話，暗惱自己方才的舉止太過，把人得罪狠了，如今想好好溝通也難，只能先把人穩住。「除了這道酸菜魚，方才所說的更辣一些的菜餚，想來也是蕭娘子獨創的方子吧？當初蕭娘子既然選擇我們阮記，想來也是覺得與我們食府趣味相投，我家夫君一心獨愛美食，卻是被我把好好的生意給攪黃了。這樣吧，蕭娘子別忙著下結論，先回去同家人商量一下，只要蕭娘子點頭，阮記一定會盡最大誠意與妳相交，也算是彌補方才的失禮，蕭娘子覺得呢？」

話都說到這個分兒上了，夏婉便同蕭大姊講好了明日再來，便告辭離開。

由剛才的情形來看，蕭大姊那天顯然沒有看到蕭正。只是單憑她說自己夫君姓蕭，又暗示夫君同蕭大姊家的孩子一樣愛吃魚，蕭家大姊對她的態度就來個大轉變，若說蕭家大姊對蕭家一點感情也無，夏婉是死活都不會相信的。

這麼一來，夏婉對蕭家大姊當年發生的事更加好奇了，這其中是不是有什麼誤會？

夏婉一出阮記，沒見到蕭正，往他們來的路上尋了幾步，直到拐過這條街，才在街尾看到正往這處張望的蕭正。

「你不是怕我會被人拐走，怎麼這會兒倒不擔心了，還躲得這麼遠？」

「街道的另一頭是個死胡同，往那頭去的都是本地的人家，只除了這邊一個街口，所以妳出來後肯定是要往這邊走的，丟不了。」蕭正本想問問阮家的情況，只是一想到他從來都沒把大姊的事講清楚，怕小媳婦也是一頭霧水，只好先緩下心情，一邊領著夏婉往客棧走，一邊表明自己的態度。「我姊的神思特別靈敏，碰到被她懷疑上的東西，早晚都要弄個一清二楚，我要是在阮記外頭，這會兒怕是已經被她發現了。」

夏婉沒笑話他為了躲蕭大姊，弄得草木皆兵，她更感興趣的是別的事。「你怎麼知道你姊會對我起疑？我就是個一心想要賣方子賺點小錢的小婦人而已。」

蕭正苦笑，此時正在街上，也不好把小媳婦摟進懷裡安慰，只能拍了拍她肩膀，感嘆道：「讓妳受委屈了吧？我姊的脾氣，從前就是我們家裡最刁鑽的一個，如今她的疑心怕是比以前還重，只要對妳有懷疑，說話或許就會不太中聽。好了，這裡不是說這些事的地方，等我們回客棧，我再跟妳細說。」

夏婉點頭，剛剛還想著怎麼哄蕭正說出真話，誰知他自己想清楚，願意主動說明，簡直是再好不過。

既如此，該受的委屈就要說，瞧蕭正的樣子，似乎也不能拿他大姊怎麼辦，但是自個兒的媳婦，還是得他自個兒哄，連蕭正都認為她可能受了委屈，夏婉就更不用藏著、掖著了。「我給阮姊夫做魚，大姊過來就要給銀子把我打發走，起先可能還覺得我對阮姊夫有啥心思，後頭又像是那天在戲園裡見過我一面，如今我找上阮記，也太巧合了些，懷疑得很。」

「有我在妳眼前，妳能看得上他？」蕭正一臉的不忍直視。如今小媳婦若還不是滿心滿眼裡都是他，那他多失敗啊。「我姊夫在男女感情這事上，估計一輩子也就只開了我姊這一竅，偏偏他長得一副純良模樣，招蜂引蝶又不自知，當初沒跟我姊成親前，就一屁股的桃花債，如今多大的人了還沒長進。」

「我說我夫家姓蕭，還說你也喜歡吃魚，大姊對我的態度才立刻變了，後來又給我道歉，又要跟我談生意，我說要回來同你商量，這才告辭出來的。」夏婉覷著蕭正的神情，開口道：「大姊記得你的口味，瞧著也不像不想家，是為了躲開什麼人或什麼事嗎？」

蕭正似是想起從前，慢悠悠地回了一句。「我們家只有我比較喜歡吃魚，我姊怕是想起我的口味來了吧。」到底沒說出夏婉最想知道的情況。

夏婉瞧他神思不屬的樣子，直搖頭。「其實是大姊家的孩子小寶愛吃魚，我才說你同那孩子口味相似。你不知道大姊有孩子了嗎？那孩子都兩歲多了，就是不知是男孩還女孩，我剛才也沒見到。」

男人的目光一下子定在某個方向，過了許久，像是再也撐不住，晶瑩的淚滴悄然落下。

男人忍住其他的情緒，眼眶微紅，扭過臉看夏婉。「大姊同姊夫一起離開那時還沒孩子，一晃眼，孩子都兩歲多，我姊也回來了。」

蕭正那句「我姊回來了」，聽在夏婉耳朵裡，特別的可憐，就像是一條被人遺棄的小狗。她也不顧兩人正走在人來人往的街道上，悄悄拿手摸上蕭正的衣袖，下一刻，男人手心往後，一把抓住她的手，兩人漸漸靠得更近一些，好讓互相牽手安慰的舉動不要太過明顯。

瞧著火候差不多了，夏婉主動就蕭大姊的事勸慰道：「大姊隔了這些年還回來定居，顯見心裡還是惦記著你和娘的，都是血濃於水的一家人，有什麼事，雙方坐下來好好講清楚，總比這樣互相牽掛，又忐忑不安來得強。」

夏婉直視蕭正的眼睛，給他出主意。「你好好想想，若是打算跟大姊談，等明天我去阮記，可以給她多透露一點咱們的消息。等大姊心裡有個底，你們兩邊要是都有心，就能順其自然了。」

夏婉的主意出得正，蕭正也有此打算，奈何總有人比他們更心急。

兩人剛回到客棧，就發現自家客房的門鎖沒了，進去一看，剛剛還跟夏婉說話的蕭家大姊，此時正坐在客房的桌子旁，給自己倒茶喝。

她見小夫妻倆進來，沒管夏婉，先把自家弟弟懟了個遍。

「蕭正，你長出息了啊，老牛吃嫩草，這麼小的姑娘都能吃得下去，真是幾年沒挨揍，皮又癢了！」

方才還因為牽掛長姊而掉眼淚的男人，立刻炸了毛。「有本事妳別住縣城啊，妳回東鄉去，看到底誰會挨揍，咱娘想揍妳，念叨得有好幾年了！」

夏婉：「……」

蕭欣也不跟弟弟爭執，瞅了夏婉一眼。「你媳婦兒還在看著你呢。」

蕭正立刻偃旗息鼓，只是依舊微微起伏的胸膛，昭示了默不作聲只是暫時的忍耐罷了。

被迫當成擋箭牌的夏婉，震驚於蕭家大姊的神速，果然是雷厲風行的性子，如今人都在眼前，什麼試探、慢慢透露，全都成了浮雲。

夏婉十分有眼色，對蕭正提議道：「我去客棧前面坐一下，你跟大姊好好聊聊吧。」

「我們沒什麼好聊的，妳就在這裡待著，哪兒都不用去。」

夏婉才不聽他的，瞪了他一眼，道：「咱們先前不是說好了，既然大姊都來了，也省得再拐彎抹角，必須要把事情說清楚，我還想趕在回家之前，見見大姊家的孩子呢。」

蕭正抿嘴，到底還是理智戰勝了情緒。「那妳就在大廳裡喝茶，我等等就去找妳。」又細細叮囑了夏婉幾句，才放他的小媳婦離開。

夏婉剛走出去，蕭欣便開始嘲弄親弟弟。「哈，幾年沒見，怎麼變成這副腔調了，我的雞皮疙瘩都要被你膩歪出來了！」

「再膩歪也比不上妳跟姊夫。」蕭正沒好氣地開口，倒不覺得他跟小媳婦親密有什麼不妥，畢竟這其中還有他姊跟他姊夫當年作榜樣的功勞呢。「不是說以後都不會回來了，怎麼又偷偷摸摸回縣城了？」

「誰偷偷摸摸啦，我回來得光明正大，蕭正你別想著埋汰我。」蕭欣拎起水壺，倒了杯茶遞過去，示意弟弟坐下來好好說話。「人家小姑娘才多大，就被你這頭狼給叼了，咱娘怎麼也不看著你一點？」

剛坐下去的屁股，立刻又有抬起來的衝動，蕭正運了運氣，才強迫自己心平氣和。「小婉就是娘趁我不在家的時候給定下的，她年紀雖小，性子卻穩重，大姊往後說話，嘴上好歹有個把門的，我看妳才是跟大姊夫耳濡目染久了，失了大氣，小婉今天在阮記已經被妳嚇著了。」

「看不出來呀，你小子從前可不是這樣知道疼人的，果然開了竅就不一樣了。」提起從前，蕭欣面上笑容淡了幾分。「你是在戲園那裡認出我的？」

「當時只覺得像，沒往深處想，畢竟妳也不是那等附庸風雅之人，沒想到之後一查，還真的是妳。」

「都過了這麼多年，連你都跟以前不一樣了，你覺得你大姊會一點都沒變嗎？」蕭欣突然想起弟弟早兩天便知道她的行蹤，卻一直沒說破，不由得想伸手拍他。「若不是我今天找過來，你是不是打定主意只讓你那小媳婦跟我們接觸，自己就躲在後面不出來了？臭小子，見到親姊姊竟然都無動於衷，白疼你了！」

「我已經跟小婉說好了，即便妳不來，明天也會把消息透露給妳。當初可是妳一心一意要走，誰知道這會兒還願不願意見我們，我可不想拿熱臉貼妳的冷屁股。」蕭正給他姊一個大大的白眼。

「我這不都回來了嘛！針尖小的心眼也只有你了。」蕭欣嘴上罵著弟弟，心裡何嘗不是忐忑不安？不然也不會飯館開了半年多，卻遲遲不敢帶丈夫和孩子回娘家。

當初要走的是她，這會兒主動回來的也是她，蕭欣很是惱火自己的拉不下臉。

「小婉知道我們家的情況嗎？」

「不知道，我和娘都沒跟她說過這些。妳也說了，她還那麼年輕，有我跟娘護著她，還能有什麼問題？更何況這些年一直很平靜，鬧得最大的，還是妳帶著姊夫離開那一次，這麼多年，也沒出過什麼狀況，所以我暫時不想跟她說這些。」

倒不是怕嚇著小媳婦，依照長久以來對夏婉的瞭解，蕭正一直不覺得她是那種膽小怕事的性格，反而在遇到危險時，懂得該怎麼保護自己。

他怕的是，萬一夏婉知道實情，說不定為了明哲保身，會離他這個麻煩源頭遠遠的。所以，還是該生個孩子，才能把小媳婦拴在身邊啊。可她如今年紀還小，他答應了她不會那麼早要孩子。

這麼一想，蕭正突然覺得自己的未來還真是前途未卜。

「妳不要跟她說這些有的沒的，小婉以後需要知道的事情，我會親口告訴她。」蕭正突然想到自個兒的親姊也是個不靠譜的，義正辭嚴地提醒蕭欣。

「知道啦，婆婆媽媽的，果然是娶了媳婦忘了姊。」蕭欣十分嫌惡地擺了擺手，到底又提了一句。「你護著她沒關係，可身為蕭家的兒媳婦，能扛得住事才是本事，你總不能永遠把她護在羽翼之下吧？」

「小婉一直都有跟娘學打拳，她的廚藝可比妳好了千百倍不止，把妳們倆單獨送去外頭，妳淪為乞丐，她都能把自己照顧得好好的。這世上的人千千萬萬，每個人都有不同的活法，我覺得我媳婦很厲害。」蕭正一副與有榮焉的表情，惹得他姊又翻他白眼。

「行啦，知道你媳婦厲害。」蕭欣起身，走到弟弟身邊，拍了拍他的腦袋。「我這不是上門來，請你們家能幹的媳婦做生意了？我還沒把她怎麼樣，就像兔子似的溜掉了，害得我還得專門來跑一趟。」

蕭正就知道他小媳婦趨吉避凶的本領厲害，之前在炕上就是這麼對付他的。「妳還有什麼事，一起說了吧，我等等還要去前頭找小婉呢。」

「不是說了做生意嗎？現在最重要的就是這個，旁的先不考慮。」蕭欣邊說邊往外走。「阿熹把阮記看得重，如今的生意也還可以，把弟妹喊上，讓她把她會的那些菜餚做法都拿出來，阮記的生意會比以前更好。」

「她自己琢磨出來的方子，可不是蕭家的。」蕭正生怕小媳婦吃虧，趕緊聲明。

「知道啦，我們拿錢買方子，回頭掙的利潤，分給你媳婦做私房錢總行了吧？」蕭欣受不了弟弟三句話離不開小媳婦的模樣，故意逗他。「你怎麼不說乾脆直接占了阮記的乾股呢，更省事，萬一阮記開分店，還能分得更多。」

「也不是不可以，」蕭正立刻接話道：「小婉嫁進來，妳這個大姑還沒給過見面禮呢。」

到底是血濃於水的親人，雖然幾年沒見，短短的幾句話一說，從前的默契與回憶接踵而至，自然而然就熟悉起來，只是兩人都十分有志一同，避開了那個讓人敏感的話題。

由於蕭欣是自己出來的，怕阮肅等急了，姊弟兩個又說了幾句話，便去前頭找夏婉。

「大姊還要跟我談生意？」夏婉可沒有他們姊弟倆那樣自然熟，這會兒面對蕭正的親姊姊，還有些拘謹，剛想著要怎麼溝通，就被蕭欣話裡話外的意思驚了一跳。「大姊說這話就見外了，都是一家人，哪裡還提賣不賣方子的。」

原先是不知道，等知道了之後，也是想著探探情況才過去的。這樣一來，倒教夏婉不好意思起來，偏偏還有蕭正在面前搗亂。「咱們成親，大姊還沒給見面禮呢，回頭賣方子的時候多跟她要一點，反正我姊夫外號『不差錢』，他們家有錢。」

再有錢也不能逮著就坑吧，那可是你親姊姊。夏婉被相公幼稚得不忍直視，似乎這對姊弟一見面就忍不住互懟，只能無奈地給蕭正潑冷水。「你這個當舅舅的，不也什麼見面禮都沒給過嗎？正經一點。」

是啊，他都還沒見過，不知道是外甥還是外甥女？蕭正被夏婉提醒，抬起頭來看向大姊。

「是個男娃娃，過完年就滿三歲了。」蕭欣很配合地告訴他答案。「想見你外甥，乾脆收拾一下跟我一塊兒回去，家裡有住的地方。」

第十八章

夏婉再次邁進阮記的大門，只是這回卻是往後院走，還帶著她家相公。

胖嘟嘟的娃娃穿著薄夾襖，見到生人一點都不害怕，笑起來露出一側小酒窩，讓人忍不住就想伸手戳。

「這是舅舅和舅母，小寶，過來喊人。」

蕭欣一發話，跟年畫娃娃似的小寶立刻小跑過來，似模似樣地給夏婉行了個禮，甜甜地喊：「舅舅、舅母。」

「傻兒子，這個是舅母，舅舅在那邊。」蕭欣按著兒子的肩膀，把小娃娃轉了個方向，指著正在跟大姊夫吹鬍子瞪眼，誰都看不慣誰的蕭正，逗弄兒子。「你看，那個高高大大的才是你舅舅，他正在欺負你爹呢，你爹等等就要被打了。」

一聽爹爹要被欺負，小胖墩立刻轉身，甩開娘親的手，顛顛地往阮熹和蕭正那邊跑。那小腳每踩一下都沒點分量，半路還有點偏離方向，讓夏婉很擔心他會不會跑到一半就跌倒在地。

在舅母擔心的目光下，阮小寶安全地跑到親爹跟前，抬腳便朝欺負爹的大高個子腿上踢過去，嘴上還不忘強調。「不要欺負我爹爹、不要欺負我爹爹。」
「哎，還是我兒子心疼我。」被大舅子橫眉冷對的阮熹總算找到救星，一把將孩子舉起，抱進懷裡，同時不忘跟他強調。「舅舅沒欺負爹爹，舅舅跟爹說話呢，你可不能啥事都聽你娘糊弄。你看，舅舅還在對我們笑呢，他可是你娘最親的親人。」
都說伸手不打笑臉人，阮熹話都說到這分兒上，蕭正再不好當著孩子的面問姊夫是不是虧待了姊姊，否則怎麼放著好好的日子不過，又跑回這小縣城裡來？
被娘親糊弄的阮小寶神色茫然地來回打量兩個大人，終於還是相信自家親爹，用手指揉了揉鼻子，朝蕭正喊了聲：「舅舅？」
「欸，我是你舅舅，小寶真乖。」冷不防被這麼小的孩子軟糯糯地喊，蕭正的心都要融化了，也不好再當著孩子的面懟人家爹爹。他朝小寶伸手。「舅舅抱抱？」
阮小寶萬分願意，因為這個舅舅看起來很強壯，應該不會像爹爹一樣，沒抱他一會兒就喊累，無奈小寶的爹卻不同意了。「你沒抱過孩子，你會抱嗎？別把小寶抱得不舒服。」
連他自己都練了很久，才敢伸手抱兒子的。
「沒抱過不會學嗎？」蕭正看姊夫不順眼，直接忽視他，朝小胖墩伸手。「小寶想讓舅舅抱抱嗎？舅舅帶你去找舅母，舅母今天做了好吃的魚給你，還記得嗎？」

夏婉站在一旁，看著蕭正在阮姊夫的指導下，小心翼翼地把小寶摟進自己懷裡，那樣鄭重的喜悅是她從沒見過的。如果他們也有一個孩子，蕭正一定會比現在更高興吧？夏婉在心裡默默想著。

「妳別想太多，」一旁的蕭大姊彷彿看穿她心中所想，看著那邊三個熱熱鬧鬧、又抱又笑的，低聲對夏婉耳語。「妳跟阿正都還小，不急著要孩子，等妳年紀大一點，身子骨養結實了再生，對大人和孩子都有好處。別像我，年輕時候不懂事，為了生小寶，差點去了半條命。」

「怎麼那麼凶險？那大姊現在的身體怎麼樣了？」冷不防聽到這樣的消息，夏婉驚訝得張大眼睛。

「那種時候請來的大夫，都不知道是來幫妳還是害妳的。人心險惡，往往到了關鍵時刻才能看得清楚。」蕭欣想起從前的事，也只感慨了一瞬便丟到一邊。「小寶生下來身子弱，妳看他到現在，走路都有點不穩，我們為了讓他變得健康一點，儘量很少抱他，變著法子地哄他多走幾步路。」

那邊，蕭正終於學會正確的抱娃娃姿勢，笑容滿面地抱著小寶過來，跟小媳婦顯擺。

蕭欣看著越走越近的兩個男人，迅速地道：「跟妳說這些，是想讓妳知道，妳雖然有阿正護著，不用擔心，可外頭總有不知道什麼時候會出現的危險，為了妳男人，妳也得時刻警醒著些，把自己護好了，才是對他的支持。我的事，妳聽過就算，別讓阿正和娘知道。」

夏婉連連點頭，只覺得大姊話中隱含深意，可實際是什麼，卻又讓人摸不清。

「舅母！」雖然小寶走路還有些磕磕絆絆，口齒卻分外清楚，脆生生喊人的時候，彷彿他提任何要求都不捨得反駁他。「舅母，我還要吃魚，不辣的魚！」

「好呀，舅母晚上就做給你。」夏婉自然而然地朝小寶拍拍手，再把雙臂往前一伸。

蕭正懷裡的阮小寶立時身子一歪，朝夏婉懷裡掙過去，如願以償地撲進香噴噴的舅母懷裡後，還將手環住夏婉的脖頸，看來短時間內沒有要換人的意思。

蕭正不禁驚訝小媳婦抱孩子的熟悉程度，不知道想到了什麼，眼中閃著光。

阮姊夫見兒子已經脫手，這會兒正輕鬆著，又知道會做菜的蕭娘子還是弟妹，這敢情好，手臂一伸，試圖搭上妻弟的肩膀，被蕭正淡淡地看了眼，於是搭變成拍，拍過之後，不忘招呼夏婉。「能這麼碰上也是緣分，你們安心在家裡住下，想住多久都成。今兒個晚上給你們接風，我親自下廚，當然，有不足的地方，還請弟妹多多指教。」

她哪裡能指教，真要論起廚藝，自然是阮姊夫技高一籌才對。不過既然已經答應懷裡的小寶要親自做魚料理給他吃，就不能食言。

於是，接風晚宴便由夏婉和阮熹一起做，席間也聊起關於與阮記的合作。

「兩成乾股太多了，我不能要。」夏婉不是不通經濟的人，對阮記給出的豐厚報酬，堅決不同意。且跟阮記合作，已經是自家人幫襯了，她不好意思多拿。

「不單是妳這幾個食譜而已，入股之後，但凡妳想到什麼新菜式，都得歸阮記所有，從長遠來看，我們一點都不吃虧。」遇上生意，阮熹眼光的獨到之處是十分精準的。

夏婉想到後世只憑一樣菜，便能養活許多品牌和店面的火鍋，到底沒跟阮姊夫再爭。「那就一成乾股好了，以後還有別的食譜，都會送來阮記，大姊夫不用再謙讓了，再讓下去，我可就不好意思了。」

阮熹還想說些什麼，被自家娘子看了一眼，遂點頭答應下來，只在心裡暗暗琢磨，回頭還要對大舅子一家多貼補一些才好，畢竟那兩成乾股，有一半是為了討好岳母和大舅子的，如今想送的沒送出去，他還得想想別的方法。

蕭欣夫妻倆住的正是阮記的後院，因家裡人本就不多，院子雖沒有從前的住處大，但給蕭正夫妻倆騰一間客房還是行的。

這一天的衝擊，足以讓人心情無法平復，夫妻倆躺在被窩裡小聲說著話，不知怎麼提到了小寶，蕭正立刻生出蠢蠢欲動的心思。

「小婉，我們生個孩子吧！」

夏婉一把按住蕭正鬼鬼祟祟的大掌，雙腿卻不由自主地絞緊，略微底氣不足地嗔道：「不是說好了晚點再要孩子？」

「……那就不要孩子，只做點能生孩子的事？好小婉，我忍不住了。」

幾乎是話音剛落，已經濡濕的小褲迅速往膝彎掉落，明明被按住的大掌又肆無忌憚地活躍起來，男人火熱滾燙的軀體跟著覆上，夏婉就再也沒有精力想旁的事了……

時間過得飛快，在阮家住的日子，夏婉動手做了許多頓，總算讓大姊夫把幾道菜的做法都學會。

「這會兒集市上還買得到魚，可越到後頭就越不好買，萬一這道菜真火了起來，回頭還得聯絡貨源。」阮燾做的酸菜魚已經能出師，嚐著自己的手藝，不由得自誇起來。「味道好極了。不行，我還是得去東、西集市上找找看，別到時候客人點了菜，卻沒魚可做。」

「大姊夫不用著急，再過一個月，想要多少酸菜魚的原料就有多少。」夏婉見大姊夫已經定下主意，不由得笑著告訴他實情。「原本賣這做魚的方子，就是為了我在東鄉村養的那一塘魚，到時候魚兒賣得好不好，全看大姊夫推出新菜色後的受歡迎程度，大姊夫回頭一定要好好宣傳一下才是。」

「嘖嘖，我就說弟妹肯定還有後招，妳大姊還不相信我。」阮熹大手一揮，十分豪邁。「先說好，妳那塘裡的魚，我先定下了，至於酸菜魚怎麼賣，妳也不用操心，只管把魚養好，起塘時我自會派人去運。」

「也不單單是姊夫一家，等到菜品推廣給老百姓知道，我和姊夫還能把這魚的生意做下去。」但凡有個火爆的產品上市，一定少不了跟風。「姊夫到時不僅可以自己做酸菜魚，等到魚兒供不應求時，就是我那魚塘的魚上市的時候。」

阮姊夫哈哈大笑，連連點頭。「沒問題。你們大姊原先一直擔心阿正什麼話都憋在心裡，也不是個拘於內宅的，生怕他打理不好生活用度，如今有妳在身旁照應，你們大姊也該放寬心了。」

大姊夫誇人也誇得直白，能得到蕭正家人的肯定，夏婉心裡樂開了花，臉上的笑容一直到晚上見到蕭正時都沒退去，被好奇的蕭正追根究柢問了個清楚。

「能被別人肯定，說明我的付出是有意義的，當然忍不住就高興嘍。」

蕭正恨鐵不成鋼地去揪小媳婦的耳朵。「我姊夫慣會花言巧語，從前就是這樣，把我姊迷得暈頭轉向，妳還是離他遠一點，嘴巴甜的男人都不是什麼好鳥。」

「你原先不是還喊我好乖乖，難道都是哄我玩的？」夏婉氣苦，女人都想自家男人多誇自己兩句，這樣幹起活兒來也能充滿動力，幹麼非得揭穿呢。「說兩句好話又不會要命，來，你說說看，你家媳婦我有哪些優點？」

「不想說，只想做。」蕭正一把將小媳婦推翻在床上，低頭急切地逮著小媳婦的香唇吻了過去，等把夏婉吻得氣喘吁吁，身體酥麻，才慢條斯理地直起身，開始解自己的扣子。「想聽好話是不是？」

夏婉看他一臉壞笑，就知道不好，一邊搖頭，一邊伸手去捂他嘴巴。

蕭正輕而易舉地用一隻手捉住小媳婦的兩隻手腕，高高舉過頭頂，按在床上，居高臨下地看著小媳婦驚慌失措得像隻小鹿，張嘴就誇。「我媳婦兒被我壓在身子下面的時候最棒了，不僅兩條腿能把我夾得緊緊的，連聲音也勾人得不行，體力也比從前好多了，回去之後還要繼續努力晨練。」

夏婉忍不住拿眼睛瞪他，如果不是一副任人宰割的模樣，那一記白眼還是挺有說服力的，奈何這會兒已是砧板上的肉，夏婉無處可逃，只落得被吃乾抹淨的下場。

在蕭家大姊三令五申不許告訴娘她已經回來的警告中，夏婉同蕭正準備啟程回家。「難得來一趟，沒事就多住兩天再走。」蕭家姊弟兩個都是嘴巴硬的人，阮氏知道自家媳婦多少年沒見到親人，肯定是想跟弟弟多待些時日的，只妻子不開口，挽留的話就得由他說。「弟妹自從過來，一直在廚房忙碌，都不曾出門走走，你們再多住兩天，也好一起出去溜達溜達。」

「你讓他們走吧。」蕭欣沒等丈夫說完，開口攆人。「娘在家裡也等得著急，阿正過兩天還要出遠門，正好早去早回，咱們不耽誤他的正事。」

阮熹猶疑了一下，看到妻子鄭重的態度後，也不好再說什麼，只揀著好東西給蕭正兩個裝車，那架勢怕是恨不能把往年沒有往家裡送的禮都給補上似的。

「又不是下回不來了，你也矜持點。」

阮姊夫一邊點頭，一邊不停忙碌，總算把蕭正夫妻兩個送出城門。

比起來時對未知環境的迷茫，回家的路程就顯得非常短暫。傍晚時分，太陽還沒落山，夏婉和蕭正一起回到東鄉村。

到家時，蕭老娘不在家。蕭正把東西收拾齊整，囑咐夏婉多休息一會兒，自己出門找老娘。

夏婉還在猶豫著要不要把實情告訴給婆婆，那廂，蕭正可沒她那麼糾結，把老娘找回來，直接扔下重磅消息——

「我姊他們一家回來了，就住在縣城裡，這回去的時候恰巧碰見他們，姊夫在縣城開了一家飯館……」

夏婉目瞪口呆地看著蕭正把蕭家大姊的老底抖落得一乾二淨，蕭老娘起先還眯著眼，老神在在地聽著，待聽說自己已經做了姥姥，老太太一氣之下，把屁股底下坐著的椅子把手掰掉了一塊，嘴裡罵著「小混蛋」，頭也不回地進了堂屋，連吃晚飯時都沒出來。

夏婉發愁，忍不住抱怨。「明知道娘受不了刺激，誰讓你一回來就說這個的？」

「娘比妳想像的堅強，現在不告訴她，等她從旁人口中聽到，那時候才真要把難過都憋在心裡。」蕭正同樣也存了一份擔心，到底是理智戰勝情感。「我娘跟大姊的心結，早晚都要有解決的那一天，原先是我大姊離得遠，根本就搆不著，這回我姊自投羅網，自己先回來，那就是已經做好面對我娘的心理準備，有什麼話就面對面說清楚，該有的隔閡才能撕開。」

夏婉被蕭正說得一愣一愣，反應過來後，十分懷疑他的動機。「你不會是故意的吧？你先前可答應得跟真的一樣。」

「小孩子做錯事，就應該被教訓，不然下回還不長記性。我姊是我娘的孩子，做錯了事，該受什麼懲罰，都是我娘要做的，我只是告訴娘事實，娘心裡有數，自然知道要怎麼做。」

夏婉想到蕭正大姊離開那會兒，蕭正也只是個十幾歲的孩子，說心裡沒有一點怨忿是不可能的。她沒再說別的，伸手環住自己的男人，在他背上輕輕拍了幾下。

被小媳婦擁住的男人愣了一下，突然一聲低笑，回抱住夏婉，拍了拍她的肩。

「我沒事，都這麼多年過去了，早就忘得差不多了，我是不想看到我娘和大姊再繼續糾結從前，一家人相互扶持，往前走才是正經。」

「什麼呀。」夏婉在他懷裡撇嘴，才不相信他的這套說辭。「我看你就是故意讓你大姊吃癟，明明都說好了，轉頭就說話不算話。」

「大姊在我們臨走時叮囑的話，只有妳一個人傻呆呆地直點頭，我可從頭到尾都沒有答應過。」

「你就是隻狐狸，太狡猾了。」

「我是狐狸還是狼，小婉不知道嗎？」

蕭正憐惜夏婉趕路辛苦，晚上摟著媳婦好好休息，只是這個夜晚，到底還是沒法平靜地度過。

知道大女兒回來的消息後，蕭老娘在自個兒屋裡枯坐半夜，最後打定主意——她得去縣城找不孝閨女好好聊聊，不然這日子沒法過了。

雖然蕭正才剛從縣城回來，可身為親生兒子，自然得把老娘平平安安地送過去。

去縣城就要面對大姊，相信大姊在看到自家親娘時，一定會知道親弟弟幹了什麼好事，蕭正這算不算搬石頭砸自己的腳？夏婉不厚道地笑了。

蕭正送蕭老娘去縣城，家裡便只剩下夏婉和春生兩人，若是平時，夏婉直接跟春生回娘家住兩天，等蕭正回來就是，這會兒卻是不好再離開。除了大灰跟著蕭正一起走，家裡還養著兩隻羊、一窩兔子和一條狗，還真離不開呢。

尤其是小灰，自被蕭正抱回來，便一直是蕭老娘養著。蕭老娘原先還覺得狗太小，養起來麻煩，誰知等小灰被蕭正訓練得能自己上大號，晚上知道回自己窩裡睡覺，每頓飯吃完還有自己專用的小帕子蹭嘴，蕭老娘便再也放不開手，只覺得毛茸茸的小傢伙十分惹人疼。

偏偏作為狼犬的小灰還十分通人性，知道誰對牠好，便愛黏著誰，時常用牠那雙濕漉漉的大眼睛盯著人，盯得你不得不敗下陣來，於是蕭老娘在家時，幾乎走到哪兒都把小灰帶著。

家裡少了兩個人，頓時冷清不少。春生這一年，個頭竄得飛快，人也越來越懂事。大清早不用夏婉喊，自己起床洗漱，還知道陪著大姊一起練拳，弄得夏婉想藉機多偷兩天懶都不成。

「大姊夫怕妳偷懶，讓我幫他看著妳。一天之計在於晨，姊，妳精神一點，咱們趕緊練完拳好吃飯去。」

有春生在家，到底還是能幫上夏婉的忙。

從縣城回來，夏婉往魚塘跑的時間多了起來，估計再一個多月，魚塘裡的魚就能撈起來了。

為了在最後這段時間多增加魚兒的重量，夏婉把麩皮、豆餅磨碎，撒進魚塘裡餵魚，很是下了一番工夫。

魚兒長得好，老孫頭的情緒也跟著高漲，夏婉便跟他提了魚料理的事。

「我在縣城轉了幾圈，幾乎都是拿來紅燒，光是一道酸菜魚、一道糖醋魚就夠他們眼饞的了，只要飯館會做生意，要不了多久，咱們這兒就能聽到好消息了。」

夏婉臨走前，怕阮姊夫的酸菜魚推廣困難，只差沒幫他設計銷售方式，可阮姊夫卻一副胸有成竹的樣子，夏婉雖猶有疑慮，卻也願意相信阮姊夫的能力。

老孫頭見慣了年輕人的患得患失，夏婉嘴上說的全是希望，眼神裡到底還是有些不確定，便意味深長地開解道：「方子賣出去了就好，老一輩的都說，在其位，謀其事，咱們不是開飯館的，管不了他們怎麼做生意。咱們既然是賣魚的，那就把咱們的魚養得又肥又大，旁的不用想太多。」

可不就是這個理嗎？夏婉一想通，自己先不好意思地笑起來。她也是因為期望過高，才容易患得患失，猶豫不決。倒不如像老孫頭說的那樣，把自己的事做好，剩下的就順其自然吧。

自那次之後，夏婉便很少再往魚塘那邊跑，畢竟論養魚，她比不過老孫頭，用人不疑才是她應該做的。

離蕭正約定好回家的日子還剩兩天，夏婉想了半天，還是鎖上家門，和春生一起回了趟娘家。

小九如今正是認人的時候，夏婉不過半個多月沒回娘家，小丫頭便有些不認她，惹得夏婉使出渾身解數去討小姪女喜歡。

夏老娘的預產期就在近期，肚子已經挺得老大，見大閨女眼饞小孫女，便忍不住凶道：「小娃娃好玩吧？水靈靈的惹人疼，喜歡孩子就趕緊跟姑爺生一個，老眼饞人家的孩子幹麼？」

「不是說了還沒到時候，我們現在都忙著呢。」對於自家老娘，夏婉一向有啥說啥。「前頭有小九，後頭還有娘肚子裡的孩子，我跟著湊什麼熱鬧啊？等娘生了再說唄！」

「這事可不能由著妳性子來。」夏老娘眼睛一瞪，拍著桌子，教訓夏婉。「原先還能說年紀小，沒圓房，可妳跟姑爺這都圓房大半年了，還沒個動靜，娘都替妳急得慌，回頭妳婆婆那裡怎麼交代？」

「有蕭正頂著呢，這事順其自然，難道是心裡想著要生一個，就能生得出來的？」反正蕭正全都聽她的，夏婉也不會給自己找不痛快，反而忍不住調侃老娘。「娘當初心裡肯定是沒想著要個孩子的，最後還不是有了？這子女緣到底講究個緣分，您就當我的子女緣還沒到就是了。」

現在夏婉的臉皮厚得堪比城牆，夏老娘見她一副說不通的樣子，實在惱得狠了，直接拍桌子站了起來。「我說一句，妳就有十句、百句等著我是吧——」

夏婉還想反駁，冷不防聽夏老娘哎喲了一聲，夏婉順著她的聲音往下一看，簡直傻了眼。地上淅淅瀝瀝的一灘水，顯見是夏老娘剛站起來時顛出來的。

「娘，您這是尿褲子了還是羊水破了啊？」

「妳娘我幾十年沒尿過褲子了，還不趕緊給我喊人去！」

夏家瞬間慌成一團，夏婉把夏老娘扶進屋裡躺著，喊了春柳燒水，因夏老爹和夏春樹都不在家，又趕緊讓春生去請吳大娘過來。

許是頭幾個月，白氏生小九那回有了經驗，熬過最初的忙亂後，家裡人總算各司其職，井井有條起來。夏婉慶幸早早跟吳大娘說好，這次肯定不會再耽誤，誰知千算萬算，還是少算了夏老娘的身體狀況。

彷彿眨眼的工夫，都沒聽見夏老娘吭聲，響亮的嬰兒啼哭便從屋子裡傳了出來。

夏婉最小的弟弟出生了！一點也沒敢耽誤時間的吳大娘，前腳才剛邁進夏家門口呢。

剛出生的嬰兒被白氏抱到炕腳，擦去身上的胎膜，拿小衣裳給他穿好，再用小被子裹上。沒起到關鍵作用的吳大娘依舊鎮定自若，先是掀開小娃娃的衣裳看他肚臍，見臍帶剪得齊整，才點點頭，朝夏老娘那邊走，扭頭時還不忘誇一句。「娃兒臍帶剪得好，小心別碰著水，啥時候自個兒長好就掉了。」

夏老娘生孩子那時，屋子裡就只有三個女人，幾乎是夏婉還沒回過神來，孩子就呱呱墜地了。她見白氏把事先準備好的剪刀放在火上烤一烤，唰嚓一下，就把娃娃抱了出來，頓時覺得白氏前頭兩個孩子真不是白生的，那手法多沈穩啊，讓夏婉萬分佩服。

白氏拿紅繩給裹著娃娃的小被子繫好帶子，俐落地把小被子抱在懷裡，示意夏婉伸手接住。

夏婉卻不敢伸手抱一下。

白氏見她惴惴，好笑地問：「原先不是抱過小九？這娃娃比小九長得壯多了，手伸好，我教妳怎麼抱。」

小弟弟是足月生的，當然要比小九長得壯實一些，可夏老娘到底年紀不小，十月懷胎並不容易，孕期補充的營養，幾乎都長在大人身上，所以夏老娘胖了一圈不止，娃娃生下來卻只是將將大小，並不是個胖娃娃。

那廂，夏老娘見小兒子包好，還想伸頭起來看，被威嚴的吳大娘直接按回炕上。「胎衣還沒下呢，別耽誤工夫，我先幫妳把胎衣下乾淨了，妳再好好抱妳的娃兒。」

有吳大娘這個厲害的幫手，後面就處理得快多了，待夏老爹接到消息從外頭趕回來，夏老娘已經吃了一碗雞蛋麵，摟著剛生下來的小兒子睡著了。

「生下來就好。」夏老爹抽著煙桿子，懷揣著老來得子的喜悅，皺著眉頭想了半天，終於想出一個名字。「老小就叫春耀，光宗耀祖的耀。」

單獨拆開來唸是個挺大氣的名字，只是加上夏家的姓，夏婉覺得自己沒有笑場已經算給足了老爹面子。反正他們聯想力不會跟她一樣豐富，夏春耀就夏春耀吧，以後她直接喊「耀兒」就是。

把肉都補到自個兒身上的夏老娘也是個沒奶水的，白氏雖然奶水充足，可小九隨著月分的增長，食量也在增加，自然還是得先緊著她來。偏偏春耀又是個胃口大的，白氏的奶水餵兩個孩子，壓根兒不夠。

夏婉想了想，把自家正在產奶的母羊牽回娘家，還好么弟是個不挑嘴的，大嫂的奶水混著煮開的羊奶一起餵，他也吃得津津有味。

因為夏老娘生產，夏婉在娘家住了三、四天，家裡的牲畜還是請春梅嫂幫忙餵的。

等到把娘家的事安頓妥當，夏婉趕在傍晚時回了家，正好見到蕭正趕著馬車回來。

落日的餘暉把男人高大的身影映照在圍牆上，男人遠遠看見小媳婦，揮手示意夏婉過去。

夏婉心裡怦怦怦直跳，做賊似地掃了周圍一眼，見除了他們兩人再沒有旁人，立刻歡快地小跑著，撲進男人張開的臂彎裡。

「你怎麼才回來呀？」夏婉小聲地抱怨著，眼角眉梢卻是喜氣洋洋。因為蕭正彎腰攬住她，臉頰離她特別近，夏婉到底沒有忍住，壯著膽子抬頭，在蕭正臉頰上親了一口。

懷抱一下子縮緊，夏婉覺得屁股被大掌不輕不重地拍了一下，男人的聲音瞬間低啞下去。「別惹我，一會兒收拾完東西，回屋再說。」

只想親親而已的夏婉全當沒明白他話裡的意思，嘿嘿一笑，從男人懷裡掙脫出來，幫他收拾馬車上的東西。

「娘呢，沒跟你一起回來？」

提起親娘和大姊，蕭正一臉的慘不忍睹，旋即想到這樣一來，家裡就只有他和夏婉兩人，又樂呵了。「大姊想讓娘在她那兒多住兩天，娘也想跟外孫多相處相處，就準備多住一段時日。」

「對了，我娘生了，是個男娃娃。」提起么弟，夏婉也很歡喜。「我這幾天回去幫忙了。」

「我知道，在村頭遇見春梅嫂，她說給我聽了。岳母身體還好吧？過兩天我陪妳一起回娘家看看。」

「我娘身子還好，生我弟弟的時候可快了，我以後生孩子，要是也能那麼快就好了。」時間越短，受的罪就越少啊。

蕭正覷一眼小媳婦豔羨的神色，不想讓她被沒影的事煩心，拿話逗她。「等妳懷裡真揣上娃娃，再想這些有的沒的。來，想要娃娃，夫君給妳。」

蕭正嘴上說著，伸長手去摟夏婉，卻被她靈活地躲了過去，頓時，院子外頭的大灰也不管了，兩人笑鬧了好一會兒，才又想起外頭擱著的馬車，重新回來收拾。

蕭老娘不在家，春生也沒回來，只剩兩人的院子，空曠得讓人心生旖旎。

自從蕭正過生辰那回，兩人嘗試在浴室裡，後頭便一直沒有過。這回，蕭正終於如願以償地把小媳婦再次拐進洗浴的大木桶裡。

「阿正，嗯……我腿軟了，我們回房間好不好？」

夏婉已經被蕭正抵在桶沿邊要了一回，這會兒身子癱軟，斜靠在桶邊，潔白如瓷的後背泛著晶瑩汗水，讓蕭正忍不住重新低下頭，沿著小媳婦漂亮的肩胛骨吻了上去。

「好癢……再不起來，水就要涼了，把我給凍病了，看還有誰陪你胡鬧？」蕭正用的力道不大，酥酥麻麻，弄得夏婉心裡癢，忍不住轉過身子，好躲開蕭正的逗弄。

只是這樣一來，卻把兩隻大白兔送到男人面前。

擁著男人汗濕的頭髮，夏婉悶哼著，忍不住往後仰，挺胸送給他更多。被他啜得狠了，忍不住小聲抽泣。「阿正，我們回房間好不好？回去我再給你……」感覺到下面明顯濡濕，夏婉循著本能，往蕭正身上挨蹭。

蕭正抬頭，望著纖弱綿軟的小媳婦，眼睛忍得發紅，伸長手臂拿過自己的外套給小媳婦緊緊裹住。仗著家裡沒有別人，直接跨出木桶，踢開房門，往他們住的屋裡走去。

「先擦乾淨，帶著水氣出去，身體還要不要顧了？」夏婉見他發起瘋來不管不顧，連忙掙出一隻手去拍他，反被男人強健的肌肉彈了下。

蕭正見小媳婦沒好氣地拿白眼瞪他，忍不住哈哈大笑，下一刻直接把小媳婦剝光，扔進被窩裡，找尋那讓他快活的源頭去了。

第十九章

整整一個晚上，夏婉手指都懶得動彈一下，彷彿回到兩人剛圓房那時，永遠都不知道滿足似的。

事後，甭管蕭正再怎麼殷勤地幫她擦洗身子、用大掌給她揉腰，夏婉都沒拿正眼看他，只覺得被累慘了。

她的後背磨破了皮，這會兒塗了藥，還有點疼，只能側躺著睡，能給他好臉色才怪。

「好小婉，我下回力道再輕一點好不好？」若是往常倒還好說，只要兩人分開的時間久了，蕭正一碰上夏婉就容易變得激動。

「下回不在炕上了，我們在地上站著，保證傷不到妳。」

夏婉見他越說越離譜，忍不住拿胳膊頂了他一下，好歹讓他閉上不著調的嘴。

為了哄小媳婦解氣，蕭正是絞盡了腦汁。「這回去縣城，姊夫可把酸菜魚賣得紅火了，這段時間集市上的魚也都被阮記定下了，姊夫的意思是，咱們在家裡準備好，要不了一個月，就能把魚往縣城裡送。」

「那敢情好。」一提到魚，夏婉總算暫時放過蕭正。「明天我去跟老孫頭說說，讓他把魚兒養得更肥一點。你別說，大姊夫還真是做生意的料。」

雖然聽小媳婦誇獎大姊夫，心裡有些不痛快，可好歹不逮著他的錯處不放了。蕭正最後還是如願以償地摟著夏婉，美美地睡了一覺。

在夏春耀九天那日，夏婉和蕭正去了一趟夏家。

夏老娘頭上裹著棉帕，坐在炕上，精神倒是挺好。夏婉去瞧她時，正端了碗雞蛋麵在吃。

夏春耀被白氏抱去餵奶了，夏老娘叫閨女到自己跟前坐著，吃完了麵條，一抹嘴，跟大閨女提起兒媳婦時，語氣裡頗多感慨。

「這回多虧妳嫂子，每天除了給我做吃的，還把小耀抱去餵奶，讓妳爹跟妳大哥不用掛心家裡的事。好在上回沒押著妳哥把她給休了，家裡的事離了她還真不行。」

「現在知道了呀？」夏婉瞥一眼自家老娘，總算鬆了口氣。「大嫂就是性子執拗了些，心眼不是壞的，當初怕也是她娘家那邊蠱惑。如今大嫂不怎麼回娘家，不就比從前好多了？」

「是，啥都是我閨女說得對，我就盼著她能一直好好的，就阿彌陀佛了。」

「大嫂要帶小九和虎子兩個，現在還得幫忙餵小耀，回頭跟大哥說一聲，讓他多體諒體諒大嫂，能幫忙就搭把手幫一下。」

想到上回的事，大嫂不讓自己插手，只說會自己跟丈夫說，夏婉又問夏老娘。「大哥和大嫂現在怎麼樣了？」

「他倆在屋裡怎樣，我哪知道？妳哥疼小九比對虎子還疼，就衝他那心軟的性子，也不會跟妳大嫂怎麼樣。昨兒個聽春生說，妳大哥說妳大嫂要做飯、帶孩子，還要收拾家裡太累了，這會兒連衣裳都不讓她洗，能洗的他自個兒都給洗了。」

夏婉聽完，會心一笑。夫妻倆過日子大都是磨出來的，走過了大風大浪，往後的生活也該越來越順暢了吧。

過了寒露，開始種莊稼，為了來年多種些玉米和棉花，蕭正特地從租地的農戶那裡收回四畝地，把小麥種到地裡，施好了肥，才著手準備出行的事宜。

「大姊夫寫信來，再過幾天他會派人過來拉第一批魚回縣城，娘正好順路搭車一起回來。地裡的莊稼都弄好了，妳不用操心，就是魚塘裡起魚的時候，我不在家，若是湊不夠人，我讓老李他們幾個去幫妳。」

剛剛饜足地把小媳婦裡裡外外揉弄了一頓，蕭正伸展手臂，任由夏婉枕著，側躺著拿空閒的那隻手輕輕揉著小媳婦的腰，同她講起自己出門的準備。

「老李他們不跟你一起去？」夏婉其實已經懷疑起蕭正嘴裡的「跟鏢」。

雖然蕭正出一趟遠門，能拿回遠遠多過一般莊稼漢的銀錢，可哪個鏢局會這麼通融好說話，不管他們是一隊人過去，還是兩、三個人過去，不僅統統接收，就連走鏢的時日也能隨心而定？

「魚塘有老孫頭和孫錢看著，起魚的人手若是不夠，我直接拿錢請人就是，老李他們可是跟你一起做大事的，暫時還用不上他們。」

聽出夏婉話中有話，蕭正手掌向上，挑起小媳婦的下巴，直視著她。「小婉怎麼了？是不是不高興我走？為了能早點回來，我特地把行程時間縮短，等妳把魚塘的魚起乾淨，興許我就回來了。」

夏婉扭頭躲開蕭正的手指，斜眼瞥了他一下，意味深長地笑著問：「阿正連鏢局的行程也能隨意調整，看來同這鏢局的關係十分要好了？」

「……」對於自己的事，蕭正從未刻意隱瞞，原想著等小媳婦問出口，他就把事情的始末原原本本地告訴她。就像大姊說的那樣，作為蕭家的媳婦，即便那些前因後果對現在的日子影響不大，該說的也還是要說。

只是真到了要攤牌的時候，蕭正才發現自己一時口拙，竟不知該從何說起。

「小婉信我，我是去做正事的……」

嘴上說著話，人已經不由自主地低下頭，朝小媳婦的香唇尋去。

夏婉最怕他來這一招，也知道他一旦碰上不知道要怎麼回答的問題，慣會跟她玩轉移注意力的把戲，有時候被他親著、親著，就忘了要說的話。

這一回，夏婉無論如何也不能讓他得逞。

她伸手擋住蕭正到處點火的嘴，捧著他的腦袋。

碰上不走尋常路的小媳婦，蕭正只能妥協，老老實實地回答。「有什麼想知道的，妳就問吧，我都告訴妳。」

「咱們姥爺是幹麼的？咱家跟三聖山那裡有何關係？」夏婉把藏在心裡的疑問問出口，立刻感覺如釋重負。

「……」蕭正愣住。不是要問他跟鏢局的關係嗎？

眼看沒等到回應的小媳婦就要伸手揪他耳朵，蕭正連忙將她兩隻手抓住，拉下來藏在懷裡。「乖一點，我得好好想想怎麼跟妳說。話說怎麼突然問到這上頭去了？」

「你和娘都不是一般人，」夏婉手被制住，還不老實地拿手指撓男人胸口。「我們村裡那麼多嫁出去的姑娘，沒聽說哪家相公不僅會功夫，還識得那麼多學問，偏偏又不是為了考功名。阿正，你跟旁人不一樣，怎麼看都不像個農夫。」

被小媳婦間接誇讚一番，蕭正眉眼彎彎，捉住夏婉作亂的手指，放在嘴邊咬了一口，笑著問：「在妳眼裡，妳男人就這麼厲害？」

「是啊，在我眼裡，你厲害著，老李他們都要聽你的，就連族長也事事為你打開方便之門，夫君在東鄉村的地位一點也不低。」說完這些，就連夏婉自己都愣住了。原來不知不覺中，她已經累積了那麼多懷疑，也是她性子穩，才能在心裡藏那麼久。

蕭正顯然也清楚這一點，忍不住摟著夏婉，狠狠親了兩口。「能透過蛛絲馬跡，提出合理的質疑，我的小媳婦也是個敏銳的，一點都不比我當年差。我跟我娘之所以習武，都是我姥爺教的，這點妳早已經知道了。

「妳不知道的是，我姥爺從前是土匪出身，不光是我姥爺，整個東鄉村大部分村民的祖輩，也多是當年日子過不下去，被逼著上三聖山做土匪的。」

夏婉閒來無事琢磨這些時，其實有想過關於蕭正姥爺的身分，可任她再怎麼腦洞大開，也沒往這上面想過，簡直讓她震驚。

「本朝開國之初，戰亂不斷，先太祖皇帝平定四海不是一朝一夕而就的，其中的艱難與辛苦，哪裡是我們能瞭解的，我也是小時候聽姥爺說了，才略微懂得一些。」蕭正頓了頓。

「姥爺家裡原本是這山中的獵戶，碰上戰亂，百姓流離失所，無處可去，為了生存，這才從我太姥爺那輩被迫集合了逃難的百姓，隱藏在這山林中做土匪。三聖山上，有一部分遺址就是當初山寨的原型。直到我姥爺那輩，朝廷漸漸穩定，姥爺眼光放得長遠，生怕朝廷安定之後，想起他們這些土匪暴民，且為了親人、朋友的安危，也不能繼續鋌而走險，便漸漸地跟山下倖存的百姓混居在一起，直到我姥爺過世那時，才將整個山寨徹底解散。」

「所以，娘小時候還在山上住過？」

蕭正見夏婉在他說到土匪時，並未露出鄙視、厭惡的神情，不由得心中一片柔軟。

「是啊，娘當年還小的時候，姥爺就不打算再讓她過父輩那樣的生活，總想著她也能跟富貴人家的小姐那樣賢慧溫柔。只是不知道從哪個富人家裡找來的嬤嬤，把我娘教得善良又單純，偏她力氣又大，我姥爺怕她以後下山嫁了人，會因為她的出身受人欺負，又教了她功夫，後來我娘嫁給我那手無縛雞之力的爹，長年寵著，才成了如今的性子。」

「那你在山上住過嗎？」

「沒有，我娘嫁人之後，姥爺再沒讓她回山上過。等我和大姊出生，姥爺每年都會下山來看我們，那時候，山上幾乎已經沒有老人了。我姥爺常說，當年的事就應該在他們這一輩停止，便很少與外人接觸。」蕭正抬頭，直直看向夏婉。「我姥爺雖然是土匪，大抵還是為了保護鄉親的安危，並未做過傷天害理的事，這一點妳要相信我，歸根究柢，他們也只是想在亂世中活下去的普通人而已。」

夏婉沒想到蕭正對自己祖輩的事，扛著那麼大的壓力，不由得伸手把他摟住，一遍遍拍著他的後背，讓他知道，無論如何她都會站在他身邊。

這一晚，夏婉跟蕭正談了許多，講到蕭老娘經常玩在一起的幾個老姊妹，她們的父輩們都是從山上下來的，當初就是想著能互相有個照應，才把熟悉的姑娘們嫁在近處。

「其實許多上了山的人還有親戚在當地村子裡住著，那些老弱婦孺不是人人都能適應山上的生活。」蕭正沒在山上住過，大部分事情都是從長輩們，最主要還是自己老娘嘴裡聽得。「所以村子裡的老人大抵是知道這些的，只是隨著老一輩的人一個個都走了，即便當初偶爾有些小傳聞，也都很快平復下來，到底還平平安安地過了這麼些年。」

「像這樣的情況，怕是不只我們這裡有吧。動亂的年代人人自危，被逼無奈的事情多著呢。」沒瞭解到事情的真相時，夏婉還不覺得有什麼，這會兒被蕭正話裡的意思一震，到底有些心緒不寧。「只要沒在官府那裡掛上號，應該不會突然追究到村子裡來吧？三聖山上除了一座廟，不是什麼都沒有了嗎？還有，你們平時跟鏢局裡的人十分熟悉，是不是給往後留一條退路啊？」

見夏婉的問題一個接著一個，可見還是被他說的話影響了心緒，蕭正一把將小媳婦摟進懷裡，拍著她的背，安慰道：「別怕，都是過去的事了，我跟妳保證，不會讓這些事情影響到我們以後的生活。」

夏婉平復了心緒，只是一想到蕭家還有這樣的過往，到底有些意難平，拍著蕭正的胸口，嘟囔道：「溪山村離得挺近的啊，我們怎麼從來沒聽說過這些事？我們家啥都不知道，就被你哄過來了，也是你們瞞得嚴實。」

「已經沒什麼傳聞流出去，妳大可以放心。」蕭正在小媳婦噘著的唇上狠狠親了一口，想到若是夏家一開始就知道這些傳聞，肯定不會同意把小媳婦嫁給他，就有種萬分慶幸的感覺，忍不住又把人往懷裡摟緊了一些。「原想著等妳嫁進來久一點再告訴妳，最好是生了孩子以後，誰想到妳這麼快就察覺出不對……」

「你的意思是，生了孩子後，不管再大的消息，我都被拴住了，再也跑不掉了是吧？」夏婉沒好氣地瞪他。「我就說東鄉村怎麼比外頭的村子富裕得多，敢情你們還有別的收入，是不是平時跟你一起去趕鏢的兄弟祖輩，都是從三聖山上下來的呀？你們平時出去都做些什麼？」

這就牽扯到另外一個無論如何都不能跟小媳婦說的事實了，蕭正遲疑了一下，對夏婉發誓。

「我們除了給鏢局押運貨物，還有另外的事情要做，只這些事除了當事人，旁人一概不能知道，知道了反而不利於妳的安危。總之，我向妳保證，我們做的絕對不是傷天害理的事，妳要相信我。」

「那我不問了。」夏婉把頭埋進蕭正懷裡。前頭的消息已經夠她消化的了，再問下去反而庸人自擾。「那你得保證以後出門都要平平安安的，不要讓自己受傷，要好好地回來。你說，娘是不是也知道你每回出去都不是真的押鏢，才一直極力反對你出門？可笑我什麼都不知道，還一心順著你，都說『兒行千里母擔憂』，娘才是真正掛念、憂心著你呢，往後我要什麼事都聽娘的，再也不信你了！」

「是，都是我的錯，害妳們擔心了，我以後一定會把自身安危放在頂頂重要的位置。」眼看小媳婦又開始愁眉不展，蕭正一個翻身，把她壓在下面，低頭吻住她的唇。

「唔……天都快亮了，我們敘了一晚上的話，我現在睏死了……」夏婉感覺到貼在她大腿上的「睡龍」又有醒來的勢頭，忍不住把蕭正往旁邊推。「不行，我得再睡一會兒，你快別鬧我……」

「不要，明後天就得走了。」蕭正腦袋被推得歪到一邊，索性左邊親兩口、右邊咬兩下，隨著夏婉的動作隨機應變，就是不願意從小媳婦身上起來。「好小婉，再給我一次，乖，不需要妳費力氣，妳就美美地補個覺，這回都不壓著妳，保證不會讓妳累著，好不好？」

她能說不好嗎？這壞蛋根本不給她拒絕的機會，她就被蕭正一個翻身，仰面朝上，放在他的身上。

夏婉想到他們沒圓房前，有一次差點擦槍走火，蕭正就是用這種詭異的姿勢把自己磨出來的，心裡不禁一陣慶幸，想著是不是男人大發善心，打算用同樣的姿勢，讓她幫他一回忙而已。

事實上，即便是一樣的姿勢，只要有心人為之，也會達到不一樣的目的。

被輕鬆進入的瞬間，夏婉還沒反應過來，直到被頂弄的小腹都能感覺到微微的突起，男人牽著她的手緩緩向下，讓她的手撫在自己的小腹上感受著他，她才轟地一下，羞得滿臉通紅。

「乖乖，這樣不累吧？」想起小媳婦每回被他壓在身下，都要忍不住抱怨他身子沈，蕭正洋洋得意地加快撞擊的速度，惹來夏婉一聲聲悶哼。

他稍微抬起下半身，改變角度，讓自己能夠進入得更徹底。

夏婉的腳趾舒服地微微蜷起，甚至能感覺到為了能讓他們倆更契合，蕭正的大手挪到下方，幫著睡醒的巨龍一起搗弄。而空下來的一隻手則握著兩隻白兔，輕輕揉出不一樣的形狀，讓她沈醉其中。

「你是故意的！」高潮來臨之際，夏婉含著淚，嬌氣抱怨，惹來男人更加得意的笑聲。

「都說不會讓妳累著，小婉舒服吧？」男人忽而加快速度，向終點衝刺，在極大的愉悅來臨之前，許下更大的心願。「我還記得好多姿勢，等我回來，小婉再陪我一起嘗試！」

夏婉瞪不到身下的人，忍不住朝房梁上翻了個白眼。

每到這個時候，總忍不住祈禱蕭正能多出幾趟鏢，最好一年出十二次，一次一個月，省得他還有精力再來折騰她。

這次出行，蕭正收拾得很輕便，一人一馬、一個包袱和一袋乾糧。

天不亮，他從馬廄裡牽出大灰，在自家院門前親了小媳婦一口，便策馬離開東鄉村。夏婉靜悄悄地立在家門口，直到再也看不見丈夫的身影，才在熹微的晨光中轉身回了院子。

蕭老娘隨女婿運魚的馬車回了家，見家中只有兒媳婦一個，便知道兒子又趁自己不在家時溜了，這一回卻是半句惱火的話也沒有，只好生認真地囑咐夏婉。「妳趕緊懷個孩子，咱們娘仨一起搬出去……不對，是咱們娘仨一起過，讓蕭正滾蛋。哪，就讓他在外頭搭個茅草房子自己住去吧！」

直到這個時候，夏婉才能徹底體會到婆婆對蕭正的擔憂之情。她往蕭老娘身邊偎近。「阿正說了，他往後在外，一定會把自己的安危放在最前頭，既然出門是不能避免的，好歹一定平平安安地回來。」

蕭老娘頓了半晌，回過神，拍拍兒媳婦挽著自己的手。「阿正都跟妳說了？」

「沒說全，只知道娘的好功夫是怎麼來的。」夏婉歪頭，笑咪咪地道：「等我和阿正有了閨女，娘也從小教她功夫，等她嫁去外頭，就不怕受人欺負了。」

蕭老娘被逗笑了，末了不忘誇自己的兒子。「女人嫁得好不好，還得看男人有沒有擔當，妳當初嫁過來，不也啥功夫都沒有，阿正還是一樣疼妳。」

「所以娘的功夫都用來抓兔子了，因為爹對娘好，娘的一身功夫就沒處使了，娘找男人的眼光跟小婉一樣好。」

「美得妳，還會自誇了？妳娘我可沒什麼眼光，當初是妳姥爺幫我挑了阿正的爹，還是跟阿正的爺爺商量好的。我看呀，他們蕭家當初會娶我，說不定就指望著在緊要關頭，我這點功夫能把蕭正他爹那個文弱書生給帶走呢。」蕭老娘瞥一眼明顯被勾起興趣的夏婉，哈哈一笑，也不接著往下說了。「想知道蕭正他爺爺那邊的事嗎？趕緊給咱蕭家生個孫子，回頭我讓阿正告訴妳！」

夏婉沒聽到蕭老娘的秘密，還差點閃了腰，只覺得蕭正一定是遺傳婆婆的性子，才會那麼調皮。

她不理會婆婆的調侃，轉而關注起她的魚塘來。

阮姊夫是個會做生意的人，不僅把夏婉最擔心的長途運輸問題給解決了，就連隨車過來的人也都是捕魚的好手，讓夏婉省了不少工夫。

大魚塘的魚兒多以鰱魚、鯉魚和鯽魚為主，其中又數鯽魚長得快一些。等到正式起魚那天，老孫頭的那艘小木船完全用不上，阮姊夫派來幹活的兩、三個小夥子，愣是紮了個結實的木筏，專供他們抓塘裡的魚。

他們先是把老孫頭日常餵魚的魚食撒在水面上，不一會兒，夏婉家的一群傻魚便紛紛冒出頭，在水面上搶食搶得歡快，被兜頭一網撒下，再撈上來就是滿滿的一漁網，可憐那些魚直到離開水面才知道掙扎，下一刻卻被倒進專門準備的木桶裡。

為了保證魚兒能活蹦亂跳地活到上餐桌那一刻，木桶裡的水都是在魚塘裡裝的，騾馬拉來的馬車到底只有那麼大，為了保證魚兒有充足的活動空間，幾乎兩漁網下去，木桶裡就裝不下了。由老孫頭先過目一遍，有需要留下做種的魚撈出來單獨放著，等這一次起魚結束，再放回魚塘裡，剩下的則被小夥計們直接拉去縣城。

魚兒在縣城秤重，也是夏婉事先同阮姊夫商量好的，大部分的鰱魚和鯽魚留在阮記食府當食材，剩餘的則運到集市上零賣，所有得來的錢，阮姊夫會算好，最後再跟夏婉結清。

雖然暫時沒有拿到錢，可聽捕魚的小夥計說起縣城的情況，夏婉就知道頭一年養的魚還是能賣得上好價錢。因為阮記的一道酸菜魚，到底帶動附近集市上魚類的買賣，阮姊夫派夥計過來起魚，便是瞅準這個時機，在魚兒價格上抬時，幫夏婉養的魚多賺上一筆。

至於阮記的酸菜魚，得到饕客的青睞後，不管外頭競爭如何激烈，竟是巋然不動，不僅價格沒有降低，到最後竟要提前預定才有機會品嚐。

不知不覺，這道酸菜魚便被打上了阮記的標誌，碰上路過往來的商旅，聽說縣城的這道菜色，聽到最多的還是阮記的酸菜魚，只因為他家是頭一號，還是最正宗的那一號。

每隔一段時間，阮記相繼推出水煮肉片、毛血旺，把夏婉的菜方子當成一系列的主打菜色推銷出去。於是，阮記食府憑藉與眾不同的菜品，一躍成了縣城裡最炙手可熱的食府。

夏婉的魚兒賣得好，蕭正卻沒按照他之前說好的十多天便回。為此，夏婉特意找老李去打聽，只說北邊交通不方便，偶爾遲一段時日也是有可能的，叫夏婉不用擔心。

夏婉在心裡把蕭正罵了個狗血淋頭，不想在家裡擔驚受怕地等，想著還是手裡有活兒幹才不會胡思亂想。剛好，蕭老娘想大外孫想得不行，婆媳倆一合計，拜託老李幫忙照顧家裡的牲畜，她們娘兒倆則牽著小灰，坐車往縣城出發。

阮記最近的生意十分紅火，見夏婉過來，阮姊夫笑著要跟夏婉結帳。

「賣魚的錢先不忙著算，這回過來是給姊夫錦上添花的。」魚塘裡的魚起第二回時，夏婉便聽小夥計說起阮姊夫打算在縣城裡另開一家阮記酒樓的消息。

既然食府走的是高檔路線，那有什麼能比火鍋更適合逐漸變冷的天氣呢？

夏婉躍躍欲試地問道：「姊夫的酒樓準備得怎麼樣了？」

提起很快就能開幕的阮記酒樓，阮壽努力壓抑不太矜持的笑容。「還多虧了弟妹，酒樓才能開得如此順利，裝潢也差不多了，只等招募好夥計，便能運作起來。」

「大姊夫若是信我，能把招募夥計的事先緩一緩嗎？」比起以色香味俱全為宗旨的美酒佳餚，火鍋店更重要的無非是個「爽」字。除了火鍋材料，最重要的還是在配菜與服務上，這與一般的酒樓招募夥計可不同，既然是個機會，夏婉肯定是要同阮姊夫講清楚的。「天氣越來越冷，若是圍著熱呼呼的鍋子，熱熱鬧鬧地吃一頓，簡直是人生一大樂事。小婉又想到一種吃食，正好娘也在，晚上便獻醜一手給大家嚐嚐，大姊夫嚐過了再聽我細說。」

一聽又有好吃的，阮熹哪還顧得了其他？只一迭連聲地說需要什麼食材只管吩咐。大白菜洗淨，一片片剝開切好，紅薯切片，魚兒切片，豬、羊肉切片有些困難，只能切成條……阮熹一直洗菜、切菜，最後才是夏婉調製鍋底、醃製肉類。

「咱們阮記有地窖放冰塊吧？這回時間匆忙，下回把肉塊冰凍之後，切成薄片，湯鍋裡一燙就熟，比肉條味道更鮮美。」一盤盤的生菜、生肉送上桌，拿出平時燒水的小爐，放上乾淨的銅盆，夏婉把鍋底倒進銅盆裡，才開始點火。

「火鍋想要當作菜品推銷出去，還要用到特製的爐子，只是這會兒這樣吃也是能成的。」夏婉一邊講解，一邊把肉片放進已經沸騰、泛著紅油的鍋裡。「材料的準備很簡單，精華在於鍋底和根據各自需要而準備的蘸料，有肉醬、醋、麻油還有芝麻醬，各取所需，才是最吸引人的地方。」

聞著火鍋特有的麻辣香氣，夏婉忍不住嚥了口口水，邀請大家品嘗。「事實勝於雄辯，大姊夫嚐過這一頓，咱們再來說說阮記酒樓主打火鍋如何？」

火鍋的魅力只有吃過的人才能深刻理解，一頓飯結束，沒等夏婉張嘴，阮熹已經有了決斷。

新開的阮記酒樓以火鍋為主打菜色，因為夏婉主意多，關於開張這部分，阮熹便全權交由夏婉打理。

旁的都好說，最重要的還是規格統一的火鍋器皿。老京城火鍋的造型，若是慢工出細活，倒也能做得出來，奈何夏婉需要的數量多，工期又緊，無論如何都來不及做出來。

夏婉只好退而求其次，拿規格稍小的銅盆為基礎，在銅盆裡打造如陰陽八卦般的隔斷，寓意為「鴛鴦火鍋」。

新的鴛鴦火鍋打造好之後，夏婉特地用新器皿做了一頓火鍋給大家品嚐，這一回才算是徹底找回從前涮火鍋時的獨特味道。

除了準備火鍋器皿，夏婉也沒忘記酒樓夥計的服務態度以及專業素質。為此，阮熹特地從阮記食府調來兩個最機靈的小夥計，先跟在夏婉後頭學習一段時間，直到熟悉，才算徹底出師。

「咱們的火鍋店只要開張，自然少不了跟風的，所以最重要的是打響阮記的名頭，讓人想到吃火鍋，頭一個記起來的便是阮記。還是那句話，有始有終方為正道，新菜式想紅很容易，想持續下去就要看真功夫了。」

阮熹一邊笑咪咪點頭，一邊把切成薄片的羊肉放進翻滾的湯汁裡涮幾下，鮮嫩的羊肉就著蘸料便下了肚。「這個我明白，後續的監管我一定會加強把關，這兩個夥計在阮記待的時間最長，我有什麼規矩，他們向來記得最清楚，後面再請的夥計都按妳先前叮囑的教，應該差不到哪裡去。」

等阮記酒樓的人事都準備得差不多了，阮燾才跟夏婉好好說道阮記酒樓的分紅。

「先前妳說只提供幾個菜譜，不願意多占阮記的乾股，可這回酒樓推出火鍋，從頭到尾都是妳的主意，若是還只拿那麼一成乾股，妳大姊回頭準要跟我急。」阮燾就事論事，因跟夏婉已經熟悉，說話也比較直接。「這回是我跟妳大姊商量好的，原想著給妳三成，就怕妳不同意，便改成給妳兩成，另外那一成給娘，不算平日裡的孝順，只當我們給老人家盡點孝心，也求個心安。」

阮燾說得合情合理，夏婉再不好推辭。

而蕭老娘那邊，原本要由蕭家大姊親自跟老娘說，奈何娘兩個不對盤慣了，一個要給，一個執意不收，最後蕭欣氣得肝疼，如甩手掌櫃一般，丟給了弟妹。「我是沒辦法了，妳等阿正回來一起商量著給吧，反正她也只聽兒子的話。」

這麼大的醋味，逗得夏婉直樂呵，讓她想起以前春生也喜歡抱怨夏婉只喜歡春柳，不喜歡他。

不過蕭家大姊提起蕭正，夏婉這才想起，她這段時間光想著酒樓的火鍋生意，蕭老娘又一心只有眼前的大外孫，兩人把過了預定時間還沒回來的蕭正給拋到腦後去了。

於是婆媳倆又趕緊跟蕭欣夫妻道別，往家裡趕。

兩人踏著夕陽的餘暉到家，打眼就見大門的鎖沒了，顯見家裡是有人在的。

「是不是春梅嫂他們過來餵羊啊？」夏婉站在門口，不確定地問。

「這個時間餵羊？」蕭老娘搖搖頭，表示不大可能。

她推開門，走進院子裡，打算一探究竟。

第二十章

就在這個時候，廚房突然響起鍋鏟碰到鐵鍋的聲音，恰好廚房門就在右邊，蕭老娘隨手推開，就見她高大威猛的兒子，正不知所措地把掉落的鍋鏟撿起。

「臭小子，回家怎麼也不說一聲，沒聽見我跟你媳婦在外頭的聲音嗎？好歹吱一聲吧，嚇死人了！」蕭老娘見兒子在家，一顆心立時回歸原位。「既然回來了，還不去縣城找我們，自己在家做飯容易嗎？小心再把我的廚房給燒了……」

夏婉忍住剛見到男人時的激動心情，抬頭打量，看到蕭正挺翹的鼻子上不知道從哪裡沾上的鍋底灰，也忍不住笑了。「臉花了，出來洗個臉吧。」

「趕緊把他領出去，在廚房裡也是礙手礙腳的……」蕭老娘一邊嫌棄地抱怨，一邊手腳麻利地收拾兒子弄出來的殘局，好在也快到晚飯時間，一併收拾出來就好。

夏婉把沾了水的帕子擰乾，遞給蕭正，這才發現男人不對勁。這傢伙的右手明顯不索利，還用左手來接帕子，讓夏婉聯想到剛才那一幕。

「你受傷了？」

「一點小傷，不礙事。」眼見小媳婦由晴轉陰的臉色，蕭正十分自覺地招供。「不小心傷了胳膊，休養兩天就好了。」

「你是不是早就回來了，只是怕我、娘還有大姊擔心，才特意待在家裡，不去縣城的？」一想到蕭正手臂不方便，還像剛剛那樣一個人在家裡住了好幾天，夏婉不禁愧疚起來。

「也沒回來幾天，原想著過兩天就去縣城接妳和娘，誰知道妳們那麼快就回來了。」連他想要保密的傷情也暴露出來，蕭正認命地伸出完好的左手摟住小媳婦，晃了晃胳膊，安慰道：「過兩天就好了，真沒事。這一趟回來，我到明年春天都不用出門，一直在家裡陪著妳，好不好？」

夏婉可不會被他的花言巧語所迷惑，只挽起他的袖子，看著被包得嚴實的傷口，才惡狠狠地訓道：「我們都不在家，你怎麼過的？早讓人去縣城說一聲，我們也好早點回家照顧你。我是沒啥好說的，反正擔心你也擔心慣了，你等著娘知道了再罵你吧，我是不會陪著你一起挨罵的。」

話音剛落，抬頭便見蕭老娘拿著鍋鏟，站在廚房門口，看來已經聽到了小倆口的話。

蕭正抬手捂眼。真是失策，他就不應該站在院子裡跟夏婉說這些事的。

於是，傍晚時分的老蕭家，在經歷了將近兩個月的寧靜後，終於迎來又一次的雞飛狗跳。

夏婉在幫蕭正換藥時，看出這傷口是刀傷。那麼長一條口子，從上臂斜著劃過，只要再往前半分，整條胳膊怕是都保不住了。

可這種事又不好讓蕭老娘知道，免得她再心疼、惱火，夏婉只能自己忍著氣，好些天不愛搭理蕭正，直到他胳膊上的傷口結了痂，慢慢能夠靈活自如，才平息這口怒氣。

難得安生地在家停留許久，為了討小媳婦歡心，蕭正自從胳膊好了之後，這個冬天就沒閒下來過，除了幫忙夏婉管理魚塘，連塘裡的鴨子也一併照顧。

因為蕭正手臂上的傷，這一回進三聖山狩獵的隊伍換了個人領頭，蕭正從縣城回來，進山的狩獵隊伍還沒出山，夏婉體恤他沒說出口的失落心情，到底還是多順著他一些。

第一回養魚成功，讓夏婉嚐到了甜頭，跟老孫頭商量過後，又從族長那裡租來兩個附近的野塘，打算趁冬天水位下降，先把野塘清理好，等來年不管是養魚還是養鴨，都能擴大量產。

老孫頭是夏婉尤為重視的人，她特地給老孫頭加了工錢，連帶著孫錢一起，更是給了老孫家一層利潤，好在老孫頭是個念舊的人，已經決定要在蕭家幹到底，頓時讓夏婉安心許多。

清理泥塘、整頓周圍的土地，夏婉小倆口帶著請來的幫工，熱火朝天地忙碌著，幾乎還沒等來喘氣的空檔，就已經進入了臘月。

這一回，村裡的狩獵隊伍也是滿載而歸，而蕭家今年沒人上山，想要吃到野味，自然得跟其他村人一樣，到祠堂那邊的空地上買。

比起一年前，夏婉的口袋深了許多，不僅留了自家吃的，還給縣城裡的大姊一家買了許多。畢竟山珍野味難得，雖然在縣城也能吃得到，可一來沒這麼新鮮，二來已經轉過幾手，自然比自己村裡獵的要貴上許多。

北方的冬天寒冷，自從大姊把酒樓裡打造的新火鍋器皿送了兩個過來，蕭家幾乎每隔兩、三天，便要圍坐在炕上吃一頓火鍋。

自從老李他們幾個來吃過一次之後，火鍋器皿就被他們搶走了，後面還有等著蕭正去縣城幫忙帶鍋子回來的。夏婉覺得自己在無形之中，又帶動了眾多鐵匠鋪的生意。

或許是這段時間不用辛苦勞動，可以好吃好喝地休息，夏婉發現一年多沒有正常來過的癸水，終於按時出現。

於是兩個小年輕人，各有各的沮喪。

夏婉的沮喪在於癸水正常，表示她不小心懷上孩子的機率要大大增加，尤其這時代沒有較好的避孕措施，一懷上就鐵板釘釘的要生下來。

而蕭正卻是鬱悶於小媳婦每個月不方便的日子怎麼越來越多，又因為一開始答應她不那麼快要孩子，突然發現小媳婦的規矩也多了起來。

每個月只有幾天的日子可以胡來，剩下的日子任憑蕭正使出十八般武藝耍賴，也撼動不了小媳婦的決心。他糾結於自己的男性魅力是不是已經低到再也不能誘拐小媳婦，便從旁的地方開始想點子。

蕭正不知道從哪裡拿來一塊木材，閒暇之餘，就在自家院子裡做起木匠的活計。

夏婉一開始只感慨自家男人果然是個全才，等看到他切割、打磨，漸漸做出的模型後，便猜測他應該是想打一把椅子，也不怎麼過問男人的事，心裡想著大過年的，能給家裡打兩件新家具也不錯。

為此，夏婉還特地鼓勵蕭正好好幹活。

蕭正只奇怪地笑了笑，也沒說別的。

夏婉沒多想，只顧著忙自己的事去了。

打好的椅子只有一把，被蕭正磨砂拋光後，又細心地上漆、晾乾，那模樣彷彿他做的是件十分珍貴的寶貝。夏婉這才發覺，這椅子模型太彆扭了，那椅背的高度和傾斜的角度，怎麼看都不是能正常使用的椅子。

再看那椅子扶手的前端，還有兩個凹陷，夏婉越看越覺得是個失敗品。

直到蕭正把晾乾了漆的怪椅子搬進他們的房裡，而夏婉被男人親得迷迷糊糊，被架在那張椅子上時，她才徹底恍悟，但為時已晚。

夏婉深深覺得，自己這輩子是徹底走不出浪蕩男人的套路了。

這隻可惡的大尾巴狼！

這一年的百家宴，應村人們的強烈要求，蕭家做了跟去年一樣的兩道菜。

已經在東鄉村生活一年多的夏婉，已能跟村子裡的大姑娘、小媳婦徹底打成一片，不管是嗑瓜子、聊八卦，完全沒有任何問題。

在勤勞樸實的鄉親們舉杯同慶的歡聲笑語中，夏婉端著散發醇厚酒香的杯子，小口抿著，只覺得未來都將如此生活，也是件挺不錯的事。

年初二，夏婉起了個大早，跟蕭正一起帶著禮物回娘家拜年。

這一年多來，夏家一直沒少讓夏婉操心，但就像有時運氣也會傳染，自從夏婉嫁到蕭家，夏家除了度過最初的困難，日子也慢慢地越過越順暢，即便經歷夏老娘婆媳兩個生孩子、夏春樹兩口子的鬧騰，依舊有驚無險地過了一個安穩的新年。

家裡孩子多，能幹活的勞力少了，夏大哥除了剛開始時出去找過一些臨時的短工做，後來便一直在家裡操持夏家的滷味生意，尤其熱鬧的春節剛過，生意還挺紅火的，雖說還不是很富裕，到底比在外面打短工掙的銀錢多。

因此夏婉這次回娘家，看到的全是面帶笑容的喜慶臉龐。

夏老娘也是滿意的，在夏婉去看春耀時，偷偷跟閨女嘀咕。

「當初說什麼蕭女婿剋妻，我看他是旺妻才對！沒見咱家如今的境況，在溪山村裡有不少人家羨慕著呢，還真是多虧了蕭女婿。

「年前，妳大妗子還拎了一籃子雞蛋過來，說是來看看春耀。」夏老娘提起這事，還是有些氣。「我沒要她的東西，也沒聽她嘮叨，等她自己說夠了，直接把人送走了。」

眼見自家老娘一副「我很沈得住氣，沒跟她大妗子吵起來」的得意模樣，夏婉好好把夏老娘誇了一通。「也不用當成仇人似的，不搭理他們就是了。娘，妳記得，只要咱家越過越好，遠遠好過他們家的日子，往後只有他們羨慕咱們的分兒，就是對他們最好的打擊。」

「是哩！」夏老娘樂呵呵地握著兒子的小拳頭，舉起來晃了兩下。「等咱家日子過得好了，就把春耀送去鎮上讀書，春耀給娘爭氣，考個秀才回來，讓娘也嘗嘗當秀才娘的滋味。」

春生不適合做學問，夏婉早就跟家裡人說了，從那之後，夏家老兩口怕是把老夏家能生讀書人的願望都放在小兒子身上。

提到才幾個月大的春耀，夏老娘不免又想起閨女不爭氣的肚子。「是不是姑爺外出的時間太長了？否則都過了一年多，怎麼還沒個動靜？妳娘我當初嫁給妳爹不到兩個月，就懷上了妳大哥。」

夏婉可不敢跟夏老娘說自己現在正預防太早懷上孩子，只怕這話一出口，她就會先被自己老娘打死，只能慢慢轉移話題。「之前癸水一直不正常，幾個月才來一次，後來看了大夫，大夫說我這樣的體質還不適合懷孩子，叫我好生養著，等癸水正常了才好生。」

夏老娘緊張地問：「那妳現在養得怎麼樣了？大夫要妳吃什麼藥就吃什麼藥，千萬別再耽誤了。」

「知道了，如今比以前好多了，懷孩子的事也不能急，您越催我就越生不出來了。」夏婉小聲嘀咕，見夏老娘果真不吭聲了，只在嘴裡念叨去廟裡幫閨女拜拜的事，便乘機溜去大嫂房裡看小九了。

在白氏的精心照顧下，小九已經瞧不出是早產的孩子，只是怎麼吃都長不胖，依舊是一副瘦瘦小小的模樣。

夏婉瞧她精神還好，都已經會認人了，知道夏婉是對她好的姑姑，每回夏婉過來，都能得到一個軟糯的抱抱。

因為提早許多時辰回娘家，在夏家吃過早飯後，夏婉和蕭正便打算提前回家。

「蕭正他大姊不是許多年沒回來了嗎？今年他大姊一家三口也要回娘家，我們得早點回去準備。」夏婉悄悄把夏老娘拉到一邊，算是給自家老娘打個招呼。

北方的風俗，正月裡拜年的時辰是一大早，要不就是趕在正中午之前。蕭欣回娘家自然也算在拜年裡頭，因此夏婉急著回蕭家，就是知道大姊一家必定會趕在正午前到達東鄉村。

時隔這麼多年，蕭家大姊頭一回回娘家，自然要準備得妥貼一些。

很顯然，有這種想法的人並不只有夏婉一人。她和蕭正從溪山村回來，就見蕭老娘已經在家裡準備配菜了。

蕭老娘略微激動地嚷道：「阿欣口味奇怪，那時家裡就她一個人喜歡吃的跟旁人吃的不一樣，她爹還什麼都慣著她。其實說起來，妳公公對阿欣比對阿正還要寵得多，那可是我們的頭一個孩子。」

夏婉一邊點頭，一邊調配鍋底。

蕭正也被蕭老娘拉來當幫手，在廚房幫夏婉燒鍋。

有夏婉在，除了親閨女特別喜歡吃的幾道菜，剩下的蕭老娘也樂得放手讓兒媳婦自己做。

蕭老娘空閒下來，過一段時間就要到大門口張望，一心想著閨女一家來的時候，她能第一個看到。

夏婉估計大姊一家想要準時過來，必須入夜沒多久就得從縣城出發，便讓蕭正先把大姊屋裡的炕給燒熱了。

「大姊他們半夜趕路，也好有個暖和手腳的地方，尤其是小寶，別在路上給凍病了。」

果然是掐著點的，蕭家大姊一家硬是趕在正午的一刻鐘之前到了蕭家。

正好夏婉的菜也做得差不多了，聽見蕭老娘在大門口「大外孫、心肝寶貝」的一通喊，夏婉解下圍裙，將手擦乾，稍微把自己整理了一下，就跟蕭正一起到門口迎接大姊一家。

初二這天，應該是自蕭正和夏婉成親那天以來，蕭老娘最快活的日子了。

午飯時，蕭老娘左邊坐著兒子和兒媳婦，右邊則是閨女和女婿，親親大外孫在旁邊並排坐著，熱熱鬧鬧地吃菜、喝酒，其間，蕭老娘臉上的笑容一直沒斷過。

午飯過後，蕭老娘帶著閨女去從前住的屋子裡瞧，男人們便避到外頭說話去了，夏婉見婆婆把大姑以前的衣裳和小玩意兒都拿出來，頗為感慨地回憶著，覺得自己也應該有眼色一些，便說要帶小寶到村子裡遛達遛達。

「春梅嫂不是在家裡嗎？我就帶小寶去她那兒坐坐，正好她家孩子也比小寶大不了幾歲。」

蕭大姊聽了直樂呵。「他願意跟著妳，妳就幫我帶一會兒吧，我也正好偷個懶。」

阮小寶出了他娘的視線，便不讓人抱了，拉著夏婉的手，邁著小短腿就往院子外頭跑。

由於身高差距明顯，夏婉只能弓著背，由他拉著小碎步跟上，心裡默默下了決定——以後有了孩子，帶孩子出門玩的事一定要交給蕭正。

夏婉這廂想了很遠，那廂，看到兒媳婦已經走出去的蕭老娘，十分急切地把閨女拉過來。

「怎樣，讓妳買的東西帶回來了嗎？」

蕭欣似笑非笑地瞥著自家老娘，默不作聲，等蕭老娘急得用巴掌拍到她身上，才皺著眉頭提醒道：「阿正和小婉還年輕呢，您著什麼急呀，我和阿燾也是過了兩年才有了小寶。」

想起生小寶時的凶險，蕭欣笑容收斂了一分，再出聲，便又更加鄭重了。「我和阿熹在縣城也算是立足了，他家那邊雖然從來沒幹過什麼好事，到底還能把名頭借過來用一用，我們如今生意做得再大，也沒人敢為難。我還想趁著這次回家，跟阿正商量帶你們一起去縣城，離得近些，也互相有個照應。如今正好提到這事，您就說吧，要不要跟您閨女住一塊兒？」

蕭老娘被閨女突如其來的話頭弄得一愣，反應過來之後，立即哼了聲。「我跟妳弟在這兒住得好好的，幹麼要去縣城？這兒有咱家的田地，還有妳爺爺、姥爺和妳爹的墳都在山上，咱們都走了，他們怎麼辦？妳別給我弄這些有的沒的糊弄我，我讓妳買的藥呢，妳給我買回來了沒？」

雖然想到親弟弟被老娘逼著喝補藥，一定會痛不欲生，頗覺有趣，可蕭欣這個做姊姊的，還是沒能殘忍到那一步。「我為何提議要讓你們去縣城住，還不是為了小婉以後生孩子方便。村裡有大夫嗎？到鎮上請大夫，就得花好幾個時辰，難道以後小婉生孩子，就指望村子裡的接生婆？搬去縣城，不僅大夫醫術高明，就連穩婆也能找最好的，您不是口口聲聲為了您的孫子好，那就答應跟我到縣城去唄！」

蕭老娘被閨女說愣了，過了好一會兒，才想起該如何反駁。「妳別跟我講這許多，小婉真懷上孩子也不怕，頭幾個月在家裡住著，月分大了再把她送到縣城去，妳不是有好大夫和好穩婆，照樣請啊，一點都不耽誤。妳這個做大姑的總不能把弟妹支到外頭，借妳家生個孩子，啥時候養到滿月了，再把大人和孩子一起接回來。」

蕭老娘見把閨女懟得不說話，立刻得意洋洋地笑起來。「快點，你們從車上拿包裹時我就聞到藥味了，買了就買了，還講這麼多，趕緊給我拿過來。」

蕭欣被老娘弄得哭笑不得，心裡替弟弟默哀了一把，再不廢話，轉身從包袱裡把蕭老娘先前吩咐她找大夫開的補藥拿出來。

「喏，這是阿熹特地從鄰縣那個有名的老中醫那裡開的，能給妳生孫子的補藥，您可拿好了。」

蕭老娘如獲至寶，把成包藥材藏進自個兒屋裡。

夏婉絲毫不知道等孫子等得著急的婆婆已經有了實際行動，她帶著小寶去春梅嫂家的半路上，正好碰見剛從魚塘回來的蕭正和阮熹，夏婉便改變主意，陪他們一起回頭往家裡走。

阮熹知道夏婉這個魚塘不僅養魚、養鴨，之後還會有新鮮的蓮藕，只覺得能進蕭家門的就沒一個差的，夏婉是這樣，連他自己也是這樣。

兩人邊走邊聊魚塘的未來，一旁的蕭正已經自動把小外甥抱進懷裡，也不出聲，只悄悄地在一旁逗著孩子，聽他們兩人談論生意的規劃。

「去年鴨子到底養得晚了些，今年等天氣暖和後，我打算早點把鴨子養起來，以後產出的鴨蛋還能醃出鹹鴨蛋和松花蛋。唔，若是還能養些雞，我還可以做溏心皮蛋，也能給阮記多上兩道菜。」

阮熹知道鹹鴨蛋，但對皮蛋和松花蛋卻沒怎麼聽過，總之，就是弟妹又能做出從前沒吃過的好東西，光這一點就能讓人高興起來。

三個大人和一個小孩說笑著往家裡走，蕭正聽說大姊一家要在家多住兩、三天，自然高興，直說明天上午就帶蕭大姊他們去拜訪族長。畢竟當初蕭正他們的爹去世後，族長對蕭家十分照顧，蕭欣作為後輩，去拜訪也是應該的。

這廂還在為家裡熱鬧起來而高興的蕭正，當天晚上便被蕭老娘叫進屋裡。

蕭老娘遞給他一碗藥，蕭正的臉徹底黑了。他已聽他姊說了補藥的事，卻沒想到他娘動作那麼快。

「我下午不是去了秋雙家嗎？我託她煮的。快點，趁熱喝，喝完就回屋陪你媳婦去吧。」蕭老娘端著碗，笑咪咪地道。

望著送到嘴邊的藥碗，蕭正沈默了。不過到底沒拗過蕭老娘，蕭正黑著臉，把那碗據說喝了就能生娃兒的補藥給乾了，回到屋裡講給小媳婦聽，惹得夏婉在炕上直笑。

奈何這天剛好是夏婉規定不能同房的日子，蕭正不管喝再多的補藥，也得自己憋著。一整夜把那茶壺裡的冷茶水喝了個精光，才勉強睡了一會兒，第二天一大早，嘴裡長了水泡不說，睜開眼看到穿著裡衣的小媳婦，瞬間流了兩管鼻血。

「……」夏婉趕緊拿帕子幫他把鼻子堵上，又拿臉盆捧了些涼水來給他冰額頭。看著男人可憐巴巴的樣子，既好笑又無奈。「早知道這麼受罪，就不應該喝，你不在家裡，娘也想不到孩子這事，要不過了十五，你再出趟遠門？」

被小媳婦無情對待的蕭正生無可戀地躺在炕上，感覺鼻血已經不流了，穿衣服下炕，拿冷水洗了把臉，也不接夏婉的話，就出去鍛鍊身體了。

夏婉起床給大家做早飯，見蕭正滿頭大汗地走回院子，趕緊給他打水讓他擦洗，又把人撵回屋，重新換了一身乾爽的衣裳，才讓他出來吃飯。

蕭老娘起床後，瞅一眼神色正常的兒媳婦，心裡頭直嘀咕，趁著空檔把閨女拉到一旁問話。「妳那藥管不管用呀？我看阿正跟他媳婦也沒啥情況。」

蕭欣沒好氣地道：「阿正又沒去給那老大夫把過脈，就是按照普通的補藥開的，說不定用在阿正身上起不了作用呢。娘動作怎麼那麼快呀，昨天就讓他把藥灌了？」

「啥叫我灌的藥，他心甘情願喝的！妳說那大夫也真是的，沒見到人就不給開唄，這麼糊弄人，萬一再給人吃錯藥了怎麼辦？」

「阿正這不是沒事嗎？您也別老想著這事了。」眼見老娘的態度已經有所軟化，蕭欣趕緊打鐵趁熱地勸慰。「早就跟您說了，懷孩子也是要看緣分的，他倆感情好比什麼都好，阿正是對您孝順才事事順著您，您小心把他逼狠了，回頭又跑出門，幾個月不回家。」

「知道啦！」蕭老娘翻眼瞪閨女。「我不給他灌藥了，回頭就把那藥給扔掉。」

想到花大錢買回來的補藥，蕭老娘肉疼得直咂嘴，覺得自己這回可真是賠本買賣。

當蕭正帶著蕭大姊一家過去給老族長拜年時，老族長可激動了。

瞧著從小看著長大的蕭家大閨女已為人母，老族長捋著山羊鬍子，笑容滿面地連連點頭。「好，你們的爹、爺爺和姥爺知道了，也能含笑九泉了，這回只等阿正也給蕭家添丁，你們老叔我下去找他們的時候，也能有個交代了。」

老族長年紀雖然大，記性卻不錯，夏婉聽他把蕭家姊弟倆小時候的事如數家珍地抖落出來，好笑的同時，只覺得蕭家的來歷越來越猜不透了。

如果蕭正一直不打算說，或許只能等時間來告訴她真相。

第二十一章

去過老族長家，又走了幾家親近的人家，連秋雙嬸那裡，蕭欣也特意去了一趟，回來就跟蕭老娘感慨道：「秋雙嬸還跟從前一樣，沒啥變化。」

「她變化大著呢，只是妳不知道而已，等以後經常回來住就知道了。」蕭老娘到底還是沒答應到縣城住，只說：「東鄉村就是我的根，有我在這裡，就覺得離你們的爹近得很，若是連根都丟了，我才是那個百年後沒臉下去見他們的人，往後這話就不提了。」

既然蕭老娘已經表態，蕭正和夏婉自是以蕭老娘的意願為主。其實夏婉已經習慣鄉間生活，若是真搬到縣城，反而會不知所措，畢竟這裡離她娘家更近，還有她熟悉的朋友們。

蕭大姊一家在東鄉村住了三天，第四天天還沒亮，就趕著馬車回縣城了。

蕭老娘捨不得乖巧聽話的阮小寶，跟閨女說了好幾回要把小寶帶在身邊養，奈何蕭欣這個做娘的不同意，蕭老娘只能把閨女逮住一頓拍，到底給女兒和女婿裝了一車的野味和吃食，說好了開春再去縣城找外孫，這才依依不捨地把閨女一家送出門。

家裡少了一半的人，立刻變得冷清，蕭老娘眼看著孫子指望不來，大外孫又回去了，整個人變得蔫蔫的。

夏婉瞧著不是辦法，還沒出正月，就把春生接了過來，甚至把照顧春生的事全都交給蕭老娘去做，總算讓沒什麼精神的蕭老娘重新活躍起來。

新一年的春天，夏婉比往常更加忙碌。

有著頭一年的經驗，夏婉剛把收魚苗的消息傳出去，就有隔壁村的村民把撈上來的魚苗殷勤地送過來，連魚兒的保護措施都做得十分到位，夏婉以為今年能順順利利地過去，卻不料熱鬧沒幾日，又出岔子。

打聽到消息的幫工義憤填膺地說起聽到的情況，紛紛替夏婉抱不平。「外頭有兩個鄉里聽說妳去年養的魚賣了大錢，這會兒也派人到處收魚苗，還把價錢抬得比咱們家高，很多準備來賣魚苗的人家都轉頭把魚苗賣給了他們。」

夏婉早有預料到會引來旁人的注意，只是沒想到會來得那麼突然。

原本她打算等養魚的技術再成熟一點，若是有同村或鄰村的村民想要試著弄魚塘，她也能幫得上忙。只是沒想到，同村和鄰村都沒出現動靜，反而是距離很遠的村子先弄起來了。

蕭正跟夏婉分析，可能是阮記的酸菜魚闖出了名號，魚兒的需求變多了，知道消息的村民們想著養魚也能賺點錢，這才也跟著收購魚苗。

「咱們開春要下的魚苗夠嗎？若是不夠，我帶著幾個兄弟再去想想辦法。」小媳婦好不容易想出一個掙私房錢的營生，花了許多的心血和精力，蕭正都看在眼裡。上一回收魚苗時他不在，這一次好不容易在家裡，當然要努力替夏婉分憂解難。

「老魚塘裡的魚苗差不多夠了。」夏婉想到早已清理乾淨的兩個新魚塘，頗為鬱悶。「關鍵是那兩個新魚塘，收不到魚苗，難不成要空著？我還得再想想辦法。」

雖然外面有人出了比夏婉更高的價格收購魚苗，只是這消息還沒有傳得很遠，去年把魚苗賣給夏婉的鄰村人，還是有一些送了剛撈的魚過來，有小的也有大的。

夏婉象徵性地多給了一些銀錢，卻沒有高過競爭者開的價格。

「他們養魚不用計算成本嗎？」夏婉想不通。「魚苗的價格給得這樣高，後面還有養魚的飼料，看管和預防魚生病也得花錢，萬一成本虧了怎麼辦？」

夏婉忍不住跟老孫頭抱怨，殺敵一千，自損八百，她實在不明白那些人的想法。

「他們那兒離縣城比較近，可能是依照縣城裡魚兒的價格算出來的。」老孫頭叼著煙桿子，一臉老神在在，好像不是很著急。「老漢敢打包票，咱們就按著從前的辦法來，只要養得穩當，不出大岔子，誰來了都不能把咱們怎麼樣。」

「由您看著，我哪裡還有不放心的？」聞言，夏婉心情稍定，想想自家還有兩個魚塘的魚苗沒有著落，再顧不得管旁人了。

這件事到底還是蕭正幫了大忙，也幸虧他平時去的地方比較多，他帶著孫錢又往遠處走，把收魚苗的事情傳出去，又指導當地的老百姓怎樣運輸新鮮捕撈上來的魚兒。費了好大一番周折，總算把夏婉另外兩個魚塘需要的魚苗給弄出來。

外頭的消息傳得亂七八糟，到最後，連老族長都被驚動了，特地把夏婉和蕭正喊到跟前。

「若是養魚真能掙到錢，阿正媳婦瞧瞧咱們村裡還有幾個野塘，看能不能整理出來，不管是誰來養，好歹給村裡弄點進項。」

「族長叔不提，我也有這個打算的，只不過去年才弄頭一回，難免經驗不足，如今有了經驗，鄉里鄉親誰家願意跟著學，我一定知無不言，言無不盡。」

「好好好，你們都是性子寬厚的好孩子。」知道夏婉一心為村人好，老族長一連說了三個好，想了想道：「咱村子裡，妳瞧著腦子好使的、能派得上用場的，就別客氣，儘管把人喊過去幫忙，咱們東鄉村人旁的不敢說，就一把力氣還能炫耀炫耀。妳自己若是不方便講，就讓阿正去跟他們說。」

這一年夏婉要忙的活兒多著，養魚需要人手，養鴨子、種蓮藕也少不了勞力，正好趁現在把能幹活的村民找齊，熟練之後能起的作用可大著呢。

魚苗下好，隨著春天到來，氣溫回暖，恰巧到了插藕的時候。

一事不煩二主，夏婉還是請了原先那群幫工，在老孫頭的指導下，把一大半的藕塘插滿藕種，直到把去年冬天留下的藕種全都用完為止。

夏婉又買來一群小鴨，因數量比上一年多，她還特地請了兩個幫工幫忙放鴨子。今年不僅要把正宗的北京烤鴨弄出來，還有另外一種做法的板鴨，夏婉打定主意一定要研究出來，放進阮記的特色菜餚裡，加上皮蛋、松花蛋和鹹鴨蛋，這些東西不僅美味，還容易保存，說不定銷量會非常可觀。

鴨子身上全是寶，夏婉覺得，她今年光弄這個就要忙得停不下來了。

這晚，夏婉美美地睡了頓安穩覺，天不亮就被蕭正從被窩裡撈出來。

「今兒個是清明，咱們到山上給爹和姥爺他們上個墳。」

在祭奠祖先這一點上，蕭家的習慣也挺奇怪的。蕭家堂屋裡擺著一個長條案，條案上卻不設香爐，牆上的中堂也不掛祖先的畫像，只簡簡單單掛一副長對聯。

夏婉曾問過婆婆，蕭老娘說反正祖宗的墳頭都在山上，心裡有念想時，上山燒個紙就是了，家裡不用擺，也省得擾了活人的清靜。

望著前頭正拎著籃子沈穩走路的蕭正，若說他們母子倆有對祖宗不敬的意思，夏婉是一丁點都不會相信，她只覺得蕭正還有些事情沒讓她知道，只是這種隱瞞，應該還是為了保護她。

隨著兩人的感情不斷加深，夏婉總覺得自己已經離那個秘密越來越近，而她現在需要思考的是，她有沒有足夠的勇氣去承受那個真相？

蕭正見小媳婦緩緩走著，沒一會兒直接停在原地，以為她太累，幾個大步走到她面前。「是不是累著了？一會兒還要爬山呢，要不我先揹著妳走一段路，等到要爬山時，就得妳自己走了。」

蕭家的祖墳在山裡，由於一年去不了幾趟，過往的小路早就被雜草灌木覆蓋，他們現在走的還是進山的正路，長年被村民們踩踏，又特意撿了石塊鋪在路上，已經算是好走的路了。等到往山林裡去，蕭正要在前面拿砍柴刀劈出一條小路走，自然就沒法再揹著小媳婦。

夏婉搖搖頭沒有同意，既然是清明掃墓，總要有對祖宗的誠心，也就是一條小路，雖然需要走好久才能到達，她也沒在怕的。「我能走，若是走得慢了，你就等等我。」

蕭正聽了小媳婦的話就笑，眉頭也放鬆不少，抬手把夏婉鼻尖上滲出的一點汗珠擦去，笑道：「累了就跟我說，反正咱們出來得早，今兒個上午啥事不幹，只把這件事弄好就行了，不用著急。」

「知道了。」夏婉點頭答應，忽然加快腳步，反而走到蕭正的前頭去了。

有夏婉故意給他逗趣，蕭正淡笑著放慢了腳步，讓著夏婉，好叫她一直走在前頭，直到小媳婦把去祖墳的小路給錯過了，才含笑喊道：「走過頭了，再走就要往三聖廟去了。」

夏婉頓住，扭頭瞪蕭正一眼，慢慢退回到男人身邊，不知突然想到了什麼，拉著蕭正的衣服，輕聲道：「以後，我就像你剛剛那樣，不管你往前走多遠，我都在原地等你回來。如果你走得太遠了，我會喊你，你聽到我的聲音，也要跟我剛才那樣，乖乖走回我身邊來，好不好？」

蕭正驚訝，看著夏婉那雙如同帶著晨露般的雙眸時，隱晦地四下環顧一圈，見路上只有他們兩人，立刻張開雙臂，把她攬進懷裡。「我跟妳保證，不管以後我走到哪裡，都會記得有妳在家裡等我，不管用什麼辦法，都會走回妳身邊。」

男人一邊輕輕哄著，一邊在夏婉眼角吻了下，感覺到微鹹的味道，忍不住輕輕用唇瓣摩挲著小媳婦的臉頰，直到夏婉覺得不好意思，輕推了他兩下，才戀戀不捨地把人鬆開。

剛才那番對話，彷彿已經融進兩人心裡，彼此心照不宣，再也沒有提起。

說是祖墳，其實並沒有幾座，最早的也只追溯到蕭正的高祖那輩，且每一輩都是一脈單傳，怪道蕭老娘從前說起，都說還好蕭正有個姊姊，倒不至於孤身一人，沒個血脈至親。

蕭家每一輩都是夫妻合葬，夏婉給去世的公公磕頭燒紙時，看到公公墓碑上有婆婆的名字，只是蕭老娘的名字是用紅漆描繪過的。

聽蕭正說，父親的墳塋雖然已封，等將來母親百年之後，還是會跟父親合葬在一起，紅漆描繪的名字表示的是未亡人。

「我們蕭家都是男人走得早一點，等以後我死了，也把妳的名字刻上去，用紅漆描上，等妳享夠了兒孫福，再下來陪我。」特殊的日子總會引起內心深處的情感，蕭正義正辭嚴地道：「就算我死得比妳早，妳也不能改嫁旁人。小媳婦生是我的人，做了鬼也是我的鴛鴦鬼。」

夏婉被他的胡言亂語噎得不得了，想使勁打他兩下，顧忌著這會兒還有蕭正的祖宗們看著，給她一百個膽子也下不了手，只好隱晦地掐了他一把，催促道：「別耽誤時間，還要給姥爺上墳呢。」

夏婉知道婆婆和公公的感情好，卻不知道都已經過去十來年，婆婆每回來給公公掃墓，都哭得很傷心，回家幾天都緩不過來，才知道有種感情，連陰陽兩隔都無法改變。

後來，蕭正實在擔心蕭老娘的身體，這兩年就不怎麼讓她到祖墳來了，等到夏婉嫁過來，就更不需要蕭老娘過來。倒是每一回他們上山，蕭老娘都會給丈夫和親爹準備他們生前愛吃的菜，囑咐兒子一定要把規矩都做齊。

「娘嫁給爹之前，我爺爺尚在人世，只是很少回東鄉村來。聽娘說，父親那時幾乎是孤身一人住在村子裡，因為有田地，不愁吃喝，還十分古道熱腸地教村裡的孩子讀書，姥爺就是相中了父親的善良踏實，家裡沒有婆婆，只有個公公，還跟不存在一樣，才決定把我娘嫁給我父親的。」

跟蕭家的祖墳不同，蕭老娘的爹，也就是他們的姥爺，從小就是個孤兒，吃著百家飯，憑著自己的本事長大，最後陰差陽錯上了山，所以並沒有什麼祖墳之說。他老人家生性豁達，百年之前就跟女兒和女婿說好了，人死如燈滅，只跟山上那些沒有家人的老夥伴葬在一處就行。

夏婉聽婆婆說過，姥爺為了讓閨女好好過自己的日子，不要老想著過世的爹，特別吩咐女婿，不要讓女兒沒事就來給他掃墓。

在蕭正還是孩子的時候，每年的清明時節，都是蕭老爹到老丈人墳上去燒紙，不管颳風下雨，從來沒有耽擱，也算是蕭正的姥爺當年沒有看錯這個女婿吧。

蕭正姥爺的墳塋就在三聖廟後面那一大塊墓地裡，待蕭正和夏婉走到正路上，繼續往山上走時，才陸陸續續碰到同樣上山給親人燒紙的村民。

雲霧繚繞的山林中，飄著一道道燒紙祭奠的煙霧，蕭正小聲跟姥爺說了許多話，直到看著黃紙燒得乾乾淨淨，兩人這才起身往山下走。

回到家，勉強趕上午飯時間，蕭老娘已經把素菜端上桌。清明這天，東鄉村的規矩是整天都要吃素，即便日子過得紅火，該做的也還是要做。

蕭老娘的興致明顯不高，問過蕭正墳裡的事，知道一切都好，許是又想起從前的事，老半天沒有作聲。

夏婉變著花樣地討婆婆開心，過了兩、三天，蕭老娘才終於又活躍起來，把塵封往事又重新埋回內心深處。

清明之後，夏婉在村子裡收了兩籃子雞蛋做皮蛋。

蕭老娘看著兒媳婦用帕子包著手，把買回來的雞蛋往泥巴裡滾，偏偏又一本正經地說，過兩個月就能吃到好吃的雞蛋。蕭老娘想像著兩籃子爛成泥巴的雞蛋，突然感到一陣心塞。

藕塘裡插栽的藕種已經往外冒芽，到了該給藕塘加水的時候，夏婉又請了四個幫工。沒辦法，以老孫頭如今的體力，管理之前兩個魚塘已經夠吃力了，新的魚塘需要有人看著，加上夏婉今年又多養了一群鴨子，於是來幹活的幫工，一個在老孫頭這邊幫忙看著鴨子，另外三人則負責新的魚塘。

氣溫逐漸升高，夏婉和老孫頭商量在鴨欄邊消毒一回，防止滋生細菌，給鴨子們的生長帶來危害。這件事他們去年就已經試著做過一次，今年鴨子的數量雖然變多，做起來也不費什麼功夫。

除了維護鴨欄的清潔外，夏婉又讓人找來消炎殺菌的草藥，煮成湯水，稀釋後倒進鴨子日常飲水的器皿中，也是為了能起到預防作用。

這段時間，夏婉一直非常忙碌，為了幹活方便，她還特地拿以前不要的被單，做成罩衣穿在身上，一點形象都沒有。

來尋她的春梅嫂看到，忍不住咂嘴。「瞧把妳給忙的，妳這也是花了老大力氣了。」

「第一回養那麼多鴨子，慎重一點總是好的，經驗累積起來，以後給村人也能有個示範。等到鴨子養得好的名聲一出來，所有努力都會有回報的。妳看，秋雙嬸家裡養的羊羔子，不是咱幾個村子都誇好嗎？」夏婉不甚在意地笑，泛著紅光的臉蛋生機勃勃，讓人看著眼睛發亮。

「實話跟妳說，是妳家蕭正覺得妳最近忙得狠了，託我來喊妳回家呢！要不怎麼說男人矯情，妳若是我的媳婦，我直接過來扛妳回家就是，忒多彎彎繞繞……」

夏婉忍不住想笑，哪裡是蕭正矯情，她在家時，耳朵都快被他磨出繭子。蕭正覺得，家裡既然請了幫工，夏婉就應該好好休息才對，偏偏夏婉幹勁十足，拿他的話當耳邊風，蕭正也是沒辦法，才會把春梅嫂都搬出來勸她。

「難為姊姊妳了。」夏婉跟幫工囑咐了幾句，脫下自己的罩衣，洗過手，隨春梅嫂一同離開。「蕭正就愛大驚小怪，村裡幹活的女子多著呢，我這還不是在處理正經事。」

「妳別身在福中不知福了，連我們家老李都說，若論對娘子好，他們那一群人裡，也就只有蕭正一個。為了妳，他們今年春天都沒出去了。」

夏婉一愣。「阿正跟我說今年春天不用出遠門了呀，難道他們每回出去都是慣例？」

「哎，瞧我這張嘴！」春梅嫂也是跟夏婉說話隨便慣了，不小心說溜嘴，連忙補救。「沒出門才好呢，其實我也不想他們出遠門，妳家男人年前不是還傷著了？老李每回出遠門，我都提心弔膽的，生怕他受傷，可咱們東鄉村能有如今的日子，還不是靠男人們的血汗換回來的，所以妳就趕緊回去陪陪妳家男人吧，他也是不容易啊。」

夏婉聽她的意思，似乎知道蕭正他們出遠門是去做什麼的，只還沒等她問得深入一點，春梅嫂就死活不說了，只說讓她自己回去問蕭正。

提起這個，春梅嫂還忍不住壞笑地教夏婉。「妳把男人弄舒坦了，自然啥話都能問出來。」

夏婉被她直白的話弄了個大紅臉，不禁懷疑女人生完孩子，是不是都會變得這麼葷素不忌？

雖然面上不好意思，夏婉也深知這段時間忽略了自家男人，最後還是攢足力氣把蕭正好好「伺候」了一頓。

其間，耳聰目明的蕭正知道小媳婦有意補償自己，還把被夏婉收到角落裡的那把自製椅子拿出來用了一回。

夏婉被他在炕上弄了一遍，又抱到椅子上弄一回，最後重新抱回炕上，人都鑽進被窩裡了，又來一回，只覺得這哪裡是讓她好好休息，根本比去魚塘那邊幹活還累。

她翻眼瞪了饜足的男人一眼，昏昏沈沈地睡過去前，還在心裡算了一下，這日子正好趕在危險期和安全期的交界，也不知道會不會倒楣得一擊即中……

勤勞的老百姓即使在農閒時也不會閒著，哪怕是打零工，也能給家裡添點進項。相比走許久的路到鎮上，留在夏婉的魚塘反而更方便，且夏婉給的工錢還不低，又承諾農忙時會讓他們回家收拾莊稼，簡直沒有比這個更棒的活計了。

夏老娘聽回娘家來看她的閨女偶爾提起時，忍不住還是要多嘮叨兩句。「若是嫁在咱們村裡，哪還用得著請旁人，妳哥和妳爹都能幫妳幹活呢。請那麼多人得花多少工錢呀？妳不會還負責人家吃飯吧？」

「不請幫工，難道讓我婆婆和阿正下魚塘幹活嗎？」見夏老娘撇撇嘴不吭聲，夏婉安慰道：「都是村子裡的同鄉，我沒花錢管人家吃飯，他們都是自己回家吃飯，您就別操那個心了。」

夏老娘之所以這麼說，也實在是夏家如今做點小生意不容易。許是附近村民幾乎都吃過夏家的滷味，再不是什麼稀罕物，買的人漸漸固定下來，大抵只有家裡境況稍微好一點的人家才會多買一點，又或是誰家這天來了客人，才捨得花錢添個下酒菜。

夏老娘為了家裡的開銷，愁得頭髮直掉，這會兒就指望著閨女能幫點忙。

為此，夏婉特地跟夏春樹商量了一回。她記得大哥從前是做木工的，幫人打個家具的手藝還可以，若是有漂亮的花樣，或許也是個不錯的門路。

夏春樹想了半天，還是選擇了做滷味。

「爹年紀大了，春柳和春生又幫不上大忙，家裡還有三個小的，做木工的時間太長，有時候要去人家家裡打家具，一走就是好幾天，家裡離不開我。」

想要春生能幫上忙，至少還得四、五年的時間，家裡的擔子落在夏大哥身上，也實在是難為他了。

夏婉見夏春樹心裡想得明白，便不再提木工活，只說村裡賣滷味的進項有限，那就只能往鎮上賣了。

「每天把在村裡賣的分量留下來，反正誰家想買滷味，都是直接來咱家裡買的，讓爹還有春柳他們誰看著賣都成，你頭天晚上多做一點，剩下的送鎮上去賣吧，在集市上賣應該比村裡賺得多，價格也能往上提一些。」

「爹有時候要下地，娘和虎子他娘自己都算不好帳。」夏春樹不是沒想過送滷味到鎮上賣，只因為不知道前路如何，就不敢輕易丟了村裡的這份生意。要是算錯了錢，再把手頭上的生意給丟了，那就得不償失了。

「大哥，你太小瞧自己的弟弟和妹妹了，春柳認得秤，也會算帳。」

自從知道春生往後不走讀書這條路，夏婉和蕭正討論過要怎樣教育這個孩子。

從前夏婉還覺得跟在蕭正後面走鏢，倒賣南北貨物，也算一條出路，可知道蕭正他們外出的目的不單純之後，夏婉便沒再提過，只讓蕭正教春生算帳。

「年前你妹夫就在教春生，他如今算盤打得飛快，能幫得上忙。」

「春生也不常在家。」夏春樹聽說弟弟本事學得好，也十分高興，只是這下就更不可能為了家裡的小生意，耽誤春生學本事了。

「都說了是春柳嘛！春生跟在蕭正後面學，不管是識字、認秤，還是打算盤，每次回家都會再教給春柳。春柳平時不怎麼說，其實已經學了不少東西。雖然她才剛開始學打算盤，但秤個菜、找找零頭一點都難不倒她，若是還不放心，你把春柳叫過來，讓她做給你看。」

夏春樹這才想起過年生意紅火，有時忙不過來，春柳就會默默在一旁幫他搭把手，從來沒出過錯。

「妳說的我自然相信，那就先讓春柳在家賣兩天滷味，等她徹底適應，我就揹著東西去集市上試試。」

小九和春耀如今也大了，平時只要一個人看著就行。夏老娘如今看白氏順眼許多，不僅會幫忙白氏做飯，開春之後，夏家還買了一頭小豬來養。

婆媳倆知道夏家老大打算讓春柳幫忙賣滷味，也是先驚訝了一番，隨後又高興起來。有時候，一家子和和氣氣、共同努力的態度，會給整個家帶來不一樣的積極氛圍。

白氏也開口幫春柳說話。「春柳閒下來的時候，還教虎子背詩，可見跟著春生學了不少東西，她性子又穩重，肯定能幹得很好。」

就連偶爾還是會嫌棄小閨女不夠聰明伶俐的夏老娘，看了眉眼彎彎的小丫頭，也沒再說個不字。「行吧，正好咱家不養閒人，就看她做得怎麼樣。」

頭一回被全家人肯定的感覺，讓春柳心裡直冒泡泡，也是在這個時候，她才體會到大姊當初叫她好好跟著春生識字的用心。原來賠錢的小丫頭片子只要變得有能耐，能給家裡幫上忙，大家對妳的態度就會發生巨大的變化。

春柳堅信，她往後會學到更多本領，雖然不能變得跟大姊一樣厲害，卻能變成溪山村裡最有本事的姑娘，為此哪怕再辛苦，她也不怕！

第二十二章

春柳在家當了兩天幫手，更神奇的是，平常不愛開口說話的小姑娘做起生意，竟能同來買滷味的人聊得津津有味，例如：「今兒個滷的雞爪可入味了，俺爹就喜歡配著雞爪多喝兩口酒」，原本只打算買個豬頭肉的村人，果然又多買了一盤雞爪。

這樣的本事，連夏春樹都自嘆弗如。他自己是個嘴笨的，往常能說出好聽話，還是被苦日子給逼的。

確定自家小妹比他還能勝任這份工作，夏春樹放心地挑著擔子，天不亮就往鎮上出發。決定等到了集市，也要像春柳那樣把嘴巴放甜一點。

夏春樹一直沒間斷地來回跑了半個多月，夏婉從夏老娘那裡聽說在鎮上的集市賣得挺好，也就放了心。

打開局面之後，小生意越做越紅火。誰知有一天，蕭正卻面色難看地告訴夏婉。

「妳哥被人打了，我陪妳回娘家看看。」

聽了蕭正的話，夏婉差點崴了腳。

蕭正眼疾手快，一把拉住小媳婦，安撫道：「傷得不重，回來的路上剛巧碰到去鎮上賣東西的老李，老李幫他看了，都是皮肉傷，這才回來告訴我的。我準備了活血化瘀的膏藥，回頭給大舅子用。」

夏婉心亂如麻，猜想是不是大哥去鎮上賣東西，得罪了地頭蛇。按理說，她已經告訴大哥，若是碰上收保護費的，花錢消災就是，怎麼還會被打呢？

等回到娘家一問，才知道確實是因為賣滷味引來的禍事。

鎮上的臨時集市那兒有專門收取攤位費的，卻也只是收個占地方的錢而已，並不具有保護攤販的作用。夏大哥的滷味賣得紅火，引來旁邊小商販的嫉妒，幾個不學好的，合夥把夏大哥揍了一頓。

幸好中途遇見巡邏的衙役，那幾人才溜了。夏春樹惦記著兜裡賺的錢，沒心思找那些惡人的麻煩，也沒看大夫，匆忙往家裡趕了回來。

蕭正把藥膏遞給大舅子，白氏沈默地拿過藥膏給丈夫抹藥，家裡的孩子許是察覺到氣氛不對，一個、兩個的在炕上老實地睡著了。

夏老娘望著好不容易因為賺了錢，神采奕奕起來的大兒子，如今又沮喪地垂著頭，兩手支在膝蓋上，無聲地忍著痛，頓時忍不住哭出聲，把那群天殺的罵得祖宗十八輩都要冒出來。

夏老爹朝老婆子使眼色，用煙桿子敲了敲板凳腿，才讓夏老娘的聲音低下去。

「明兒個我去鎮上打聽打聽，總不能連生意都不讓人做。」蕭正在鏢局裡認識人，跟鎮上的衙役也能說得上話，抓壞人是不大可行，但把人叫過來警告幾句還是可以的。

如今也只能先這樣了。

時間太晚，夏婉兩口子便直接住在夏家。

夏婉翻來覆去睡不著，最後睜開眼問蕭正。「要不在鎮上租個店面，給我大哥做生意？也省得被人欺負。」

蕭正摸了摸小媳婦的頭髮。「那妳明天跟我一起去鎮上瞧瞧吧。」小媳婦無論做什麼事，他都會支持。

都是長年在集市上賣東西的小攤販，打聽起來十分容易。蕭正沒讓夏婉跟著，自己先去了趟衙門，同相熟的衙役套了套近乎，再去集市上把那些欺軟怕硬的混混提了出來。

夏婉沒親眼看到實際的情況，沒多久，蕭正就拎了一串銅板回來，說是那些人給夏家大哥的看診費。

「若是大哥心裡氣不順，下回來鎮上，再讓那些人給大哥賠個不是吧？」衙役處理這種事，自有他們的一套，慣常是兩邊壓著的，這一回還是看在蕭正的面子上，才把那幾個人給按下去。

「不用了，我大哥大概也不想再看見他們了。」

說是挨打，幾個像瘦猴的小販能有多大的力氣？夏春樹之所以沒還手，還是因為人生地不熟，又是在鎮上，生怕惹來別的事，這才忍下一口氣。

除了臉上幾塊瘀青，身上倒沒怎麼挨著，以他的性子，多一事不如少一事，怕是這會兒根本沒把自己的傷勢放在心上，而是擔心以後再去集市上賣滷味，又惹來鬧事怎麼辦？

「當務之急還是先去街上看看有沒有合適的鋪子，要是真能順利盤下來，大哥以後不僅能賣滷味，還能想辦法賣點別的東西。春生他們都還小，擔子都壓在我哥肩上，也是難為他了。」

「剛才同衙役閒聊時聽他們提了一句，衙門口對面有間麵食店，旁邊就有閒置的鋪子，我正打算帶妳去看看。」蕭正深知只有夏家人過得好，小媳婦才能在蕭家踏踏實實地生活。

蕭正所說的鋪子，其實還是那家麵食店自家的鋪子。早晚賣麵條、包子、餛飩、水餃，中午也賣一些簡單的糕點。最主要的客人便是離得不遠的衙門口，以及附近住著的居民，由於大都是當差的家眷往來，治安不錯。

只是麵食店能賣的東西就那些，兩家店鋪開得太大，還不如租出去一間，也算有個進帳。剛準備出租，還沒貼出告示，正巧蕭正同相熟的衙役說起想要租個門面，這便碰上了。

夏婉仔細瞧了一眼，大小同隔壁的麵食店一樣，只是少了一個後廚。這倒不是問題，夏婉原就沒打算讓客人內用，而是準備前面一半負責賣吃食，後面一半用來加工食物，這樣一來，不需要另外請招呼客人的夥計，只需要兩個人，就能把店鋪開起來。

「我覺得能成，若是真要租店面，除了滷味之外，我還想讓大哥把酸菜魚學出來，也能直接外賣帶走，那東西也有簡易版的做法。」

夏婉對店鋪滿意，只是這租金卻要先談好。

麵食店老闆一聽說是衙門裡的衙役介紹過來的，當下十分熱情，給的租金價格也比較實在，夏婉稍微討價還價了一點，便交了押金把鋪子定下來。

「我們家準備賣滷味，跟老闆家的麵食也能相輔相成，大家互惠互利，一起發財！」論客套，向來只要夏婉願意，總能跟人熟絡起來。「今兒個晚了，過兩天我們來把錢交齊，順帶還要把鋪子重新佈置一下。」

沒想到能那麼順利談妥，夏婉心情很好，同蕭正回家時，先拐去夏家，同夏大哥說了這件事。

「租鋪子得花多少錢，若是賣不出去，再給虧了……」聞言，眼角泛著瘀青的夏大哥忐忑不安，生怕浪費妹妹的一片用心。

「你按我說的做，保證能賺錢，就算賺不到錢，好歹也努力試了一回，知道底子在哪兒，以後更加仔細就是，還沒嘗試就退卻，可不是夏家老大該做的事。過兩天，材料找齊，咱們把鋪子重新裝修一下，我還想把酸菜魚的做法教給你，以後鋪子裡既賣滷味，又賣酸菜魚，總有讓人喜歡吃的。就是鋪子裡裡外外至少得有兩個人打理，你得想好是家裡兩個人過去，還是再另外請個人。」

白氏得知夏婉為了能讓老夏家在鎮上的滷味生意做下去，特地給他們找好了鋪面，整個面容都亮了起來。

婆婆記取了從前的教訓，是不會輕易讓外人摻和夏家的生意，這會兒能幫夏春樹的，也只有她了。「我跟春樹一起去鎮上開店，我雖不識字，但也能在後頭幫忙。」

「那孩子怎麼辦？」雖然知道白氏是最適合的人選，夏婉還是有點心疼孩子。望著懷裡的閨女，白氏咬咬牙。「虎子大了，放在家裡，他奶奶和他姑姑都能帶他。我把小九帶在身邊，這孩子乖巧聽話，不會鬧的。」說完看了眼一直沒有表態的婆婆。說到底，這麼大的事，最後做決定的還是夏老娘。

「好，虎子留在家裡，我來帶。」夏老娘並不是執拗的人，閨女連鋪子都找好了，他們若連嘗試的膽量都沒有，那就活該在泥巴地裡刨一輩子土了。「既然小婉都做到這分兒上了，你們當哥哥、嫂嫂的就更得下工夫掙出錢來，家裡有我跟你們爹哪，放心吧，不會讓你們操心的。」

因為女婿在，夏老娘也沒好意思問，只說一應的費用都記著，該多少就是多少，回頭該給的還是要還的。

待找齊裝修的材料，蕭正便領著幾個兄弟，還有夏家兄妹倆，趕著兩輛車把東西送到了鎮上。

夏婉全程監工，而蕭正那幫兄弟也很夠義氣，等店鋪徹底收拾好才告辭。

夏婉過意不去，回東鄉村之後，特地請他們吃了一頓，又給幾家挨個兒買了點心送過去。

男人們在鎮上幹活，夏婉就手把手地教白氏做酸菜魚，只道往後夏家滷味店就賣這兩樣東西。

夏婉已經跟蕭正準備好第二天一大早趕去鎮上，幫夏家兩口子的店湊個開業的熱鬧，誰知當天夜裡，蕭家卻來了一群陌生人。

說是陌生人，也是因為夏婉不認識。她被留在屋子裡，能聽到雙方說話，具體內容卻聽不清楚，等蕭正再回到屋裡，卻是要收拾東西，準備出遠門。

夏婉懵懂而慌亂地幫蕭正收拾行李，因為時間緊急，也沒聽他說什麼。

她和婆婆兩人目送蕭正連夜離開，無邊的恐懼突然漫上心頭。

她心裡彷彿有一個大窟窿，等婆婆輕輕拽了拽她，讓她一起進院子，才突然想到她把收拾好的包裹遞給蕭正時，男人在清冷的黑暗裡，欲言又止地握著她的手用力緊了兩下，淚水一下子奪眶而出。

「這孩子怎就哭了呢？」蕭老娘連忙給夏婉擦眼淚。同夏婉經常怕涼的手不一樣，蕭家母子倆的手長年都是熱的，帶著點做活、練武留下的繭子，又讓夏婉忍不住想起蕭正的大掌，眼淚掉得更凶了。

「這孩子……快別哭了，回頭那臭小子回來，我幫妳狠狠揍他！」蕭老娘把夏婉拉到廚房，舀一點溫水讓她擦臉。「阿正出遠門，咱們才應該在家裡好好地過，也省得他在外頭掛念。不哭了，再哭就要哭醜了。」

「娘，我害怕，阿正以前也有像這樣，突然被人喊走的時候嗎？」事到如今，夏婉再不能裝作對蕭正的事一點都不好奇了，這種如同踩在懸崖邊的心情，讓她很沒有安全感，而這裡唯一能給她答案的，也只有蕭老娘了。

「娘，那些人到底是誰？阿正被他們喊去，是不是要做什麼危險的事？他的胳膊去年才受了傷，這才養了多久，難道就不能不去？」

「傻丫頭，事情哪像妳說得那樣簡單？阿正不是一直勤於練武嗎，不管遇到什麼事，總有能力保護好自己的，妳就算知道了，又能幫上什麼忙？咱們能做的，就是好好過日子。」蕭老娘嘆口氣，把兒媳婦帶去自己屋裡。「我看妳後半夜也睡不著了，咱娘兒倆作個伴吧。天亮後妳不是還要去鎮上給妳大哥慶賀新店開張嗎？阿正不在家，我跟妳一起去，也省得妳一人過去，我不放心。」

夏婉張了張嘴，見蕭老娘是不打算告訴她更多的消息，只能默默嚥下想說的話，在心裡把蕭正罵了個狗血淋頭，心想蕭正若是能平安回來，往後就直接讓他睡書房，再也不讓他回屋。

這一夜，婆媳倆都睡得不好。隔天夏婉迷迷糊糊醒來，過了好一會兒，才知道自己睡在哪裡。

洗漱之後，也沒什麼精神，隨便弄了點早飯正吃著，大門又被人拍得直響。

蕭老娘揚聲喊了一句。「來了，別拍了！」

大門打開，春梅嫂風風火火地進來，臉上的神色一點也不比蕭家婆媳兩個好到哪裡去。「大林子半夜被妳家阿正喊走，東西都沒收拾好……他嬸子，阿正兄弟可說他們這一回要去哪兒了？」

聽春梅嫂話裡的意思，顯然她和蕭老娘知道得比她多，否則也不會不來問她，而是直接去問蕭老娘。夏婉沈下心，在一旁聽她們怎麼說。

「那些人來得匆忙，阿正也啥都沒交代就走了。」蕭老娘看夏婉一眼，嘴裡答道。

「俺家的連衣裳都沒帶，從炕上爬起來就被叫走了，這都什麼事啊！」春梅嫂想起來，又羞又惱。昨兒個晚上好不容易把孩子哄睡了，夫妻倆正在炕上親熱，那大得嚇人的拍門聲直接把自家男人拍成了瘺犢子，手忙腳亂地提上褲子，跑出了門。

為啥沒來得及收拾衣裳？還不是媳婦正光著身子在被窩裡縮著，加上時間又緊，李林只能隔著窗戶喊了一聲。「出趟遠門，在家照顧好老娘和孩子。」人就頭也不回地走了。

「我一大早去了大林子他們幾個弟兄家裡，跟著一起去的還有兩、三人，想著阿正兄弟一直都帶著他們一起，就想說過來看看。」

「男人的事，咱們也管不了，去的人多，好歹能搭把手、幫個忙，想再多也沒用。早飯可吃了？吃一點吧。」最後蕭老娘也沒說出什麼消息，實在是事情來得太倉促，就連蕭正他們也是一頭霧水地被帶走的。

春梅嫂穩下心，也沒了來時的慌張失措，只推辭道：「不吃了，家裡的孩子和老人還等著我回去。我就是來問一聲，有阿正大兄弟跟著，我心裡也能踏實一些。」

夏婉都不知道該擺出什麼樣的表情，她這裡擔心蕭正遇到危險，春梅嫂倒把蕭正當成她家男人的護身符了，就好像蕭正是個戰神似的，有了他，就能把兄弟們平安順利地帶回來。

可她男人也是血肉之軀啊，要不然怎麼會被人砍傷了胳膊？

原以為那樣的傷勢，也能換來一年半載的安生，誰知形勢變化這麼快，根本沒給她反應的時間。

可不管怎麼樣，夏家大哥夫妻倆在鎮上的新店開張，總還是要去的。吃完飯，夏婉就跟婆婆一起往鎮上趕。

直到來到鎮上的衙門口，遠遠瞧見門框上貼著的喜慶紅對聯和歡快的爆竹聲，夏婉才吁了一口氣，露出一抹笑容。

新奇的事物總會惹人關注，不管是看熱鬧的還是好奇的，多多少少都會有人過來瞧一眼。

夏婉來的時候，夏大哥在店門口擺了一張長條案，上頭放著切成小塊的滷肉，給感興趣的老百姓嚐鮮。

因為夏家之前在集市上賣過，吃過的人上來打聽，這才知道原來就是之前在集市上買過的，只是如今變成店鋪，便十分高調地介紹給其他沒吃過的人。「這家的滷菜味道真不錯，下酒吃極棒，如今有固定的店面，以後就方便了。」

「真有你說的那麼好吃？」

「可不是？那裡不是有免費試吃的，不信你就去嚐嚐唄！哎喲，今兒個家裡正好來了客人，我得先秤一點去，免得一會兒都賣完了。」

夏婉在一旁扮成客人，靜靜地聽人們說話，聽完，當即從後門拐進店裡，跟夏春樹商量。「大哥原先在集市上賣滷味，還認識那些經常來買的人家吧？等等碰上以前的回頭客，你悄悄給人家多添個雞爪之類的，就說感謝他們捧場，還替店裡招攬客人，算是一點小心意。」

夏春樹聞言，一臉笑意。「他們怎麼那麼好，還給咱們拉生意？」

「這有什麼打緊，碰上熟悉的回頭客，你就按我說的辦，吃人家嘴短，得了一點好處，也是人家張口一句話的事。」

「好，我聽妳的。」

早上剛開業時，觀望的客人比較多，到了晌午，試吃過之後，陸陸續續便有人打算買回家當午飯了。

至於酸菜魚，倒是無人問津，畢竟這玩意兒還沒怎麼在鎮上傳開，況且一盤魚，價格也不低，即便有感興趣的人，也會遲疑再三。

夏婉卻一點都不擔心，她先從隔壁的麵店買了一盤饅頭過來，再跟她大哥訂了一盆酸菜魚。

夏春樹原本還煩惱一份酸菜魚都沒賣出去，見小妹來點酸菜魚，想也沒想就做了一份。見夏婉要給錢，他反射性地推辭，推到一半被瞪了一眼，立刻定住，乖乖把手伸回去。

夏婉借來兩張板凳，婆媳倆就著一盆酸菜魚，配著饅頭，直接開吃。

這麼一來可不得了，酸菜魚香濃酸爽的氣味和上頭淋的油煸香蒜的味道，直把一旁的老百姓饞得忍不住吞口水。

夏春樹還沒反應過來，就有客人詢問了。

「她們吃的東西是在你這裡買的吧？多少錢呀？」礙於夏婉婆媳都是女人，那些人也不好趁人家在吃飯就上去問，便一窩蜂地擠在店鋪的窗口前。

「她們吃的就是酸菜魚，價格在牆上都掛著呢。」一聽有人來問，夏春樹高興得嘴都合不攏。

「你這個怎麼賣？是直接在這兒吃，還是能帶回家呀？」有一位買了滷味沒走的客人尋思著家裡的菜不夠，正想再去買隻燒雞添上，這會兒立刻改變主意。那酸菜魚的價格跟一隻燒雞差不多，可是分量足啊，滿滿一大盆呢，瞧著就體面。

「酸菜魚也是外賣的，那兩位客人是今兒個來趕集的，實在沒東西裝，便直接買了在外頭吃。店裡也有湯盆，就是數量不多，您若是離得近，不妨回家裡拿盆子來裝。若實在嫌麻煩，也能把咱們店裡的湯盆端回去，只給個押金就成，等順道還回來時，押金便退還給您。」

那人一聽，連忙道：「那你給我用湯盆盛來，我家就在附近，等等回去把這菜倒出來，騰出湯盆再給你送回來。」

「好的，您是要不辣的，還是稍微有點辣的？」頭一份酸菜魚的生意可算是開張了，夏春樹接過菜錢和湯盆的押金，笑得眼睛瞇成一條縫。

「要配酒的，稍微帶點辣吧！」

夏春樹得了話，往裡頭一喊，早就躍躍欲試的白氏立刻動起手來。

有了第一個客人，就有第二個，夏婉和蕭老娘吃得肚兒圓的時候，夏春樹準備做酸菜魚的材料只剩下一半了。他估算一下還能做多少份，便朝外一喊，排隊買的人就更多了。

後面的人數著，到了自個兒，正好是最後一份，那高興勁啊，立刻笑呵呵地跟後面的人打招呼。「兄弟啊，明兒再來吧，我是最後一份，沒您的分嘍。」

那剛剛下定決心排隊的人隨即懊惱，奈何自己沒把握住機會，只好朝夏春樹嚷嚷。

「這才半天呢，準備得也太少了吧，下半晌就不賣了？」

「真不好意思，原也沒想著能賣那麼快，材料都用光了，明兒個俺們再多準備一些，客人要不明天再來？」夏春樹陪笑道歉。

「那行吧。」那人拍拍大腿，只能離開。

晌午剛過一個時辰，不管是滷味還是酸菜魚都賣個精光。夏婉陪著蕭老娘出去轉了一圈消食回來，夏家兩口子已經在收拾東西了。

「還有兩個湯盆沒送回來呢，不會瞧著好，不打算給咱們了吧？」白氏手腳麻利地把案檯擦乾淨，見夏婉從後門摸進來，忍不住念叨。

「那湯盆也就裝個酸菜魚，誰家真留下來，也沒有用，況且還有押金呢，錢可比那湯盆貴多了，興許是晌午請客吃飯，這會兒還沒散會，再等等就是了。」

白氏向來把夏婉的話當作定心丸，聽她這樣說，立刻放下心來。

那廂，夏春樹見說好要來的蕭正沒有出現，不由得可惜。「原先說好要請姑爺和那幫幫了大忙的兄弟來鎮上吃飯的。」

蕭老娘臉色變了變。

白氏趕緊拉丈夫衣袖，讓他少說兩句。沒看見親家母都過來了，代表姑爺有事不能來，才讓親娘代替。

「蕭正臨時有事，要出去一段期間，他那幫兄弟向來是一起的。大哥才剛開業，等過陣子賺了大錢，蕭正他們也回來了，這頓飯肯定跑不掉。」夏婉也想明白了，不管蕭正在不在，日子還是要過下去，她雖然是蕭正的妻子，卻也是別人的閨女、妹妹、姑姑和兒媳婦，不能蕭正一走，就不過日子了。

夏婉提醒自家大哥。「看現在的樣子，原先估計的分量還是太少了點，且看今天的情況，大哥還是去買兩張桌子吧，碰上一、兩個趕集的人餓了，搭兩張桌子在外頭，也能用得上。」

今兒個放在外頭的長案，還是跟隔壁麵店借的，夏春樹為此還特意送了點吃食過去。麵店掌櫃的見夏春樹來還長案，熱情得不得了。夏家滷味賣得快，也帶動麵店的客源，掌櫃的嘴裡直道一起發財。

夏婉提議買兩張桌子，也是看到斜對面的衙門。碰上放班的衙役，也有個喝小酒的地方。賺錢倒在其次，同衙門裡的人打好關係，才能把店開得更安穩。

要知道，蕭正之前只是借了點關係把店鋪順利盤下來，既然是關係，當然要一直維持，才能長久發展下去。

夏春樹一聽，當天下午就去木匠那裡買了桌子和板凳回來。

第二十三章

由於沒想到生意那麼紅火，準備的食材到底少了許多，把店鋪收拾乾淨以後，夏家夫妻倆打算跟夏婉婆媳倆一起回村子。

「許多東西還要在家裡弄好，早一點回去，晚上能多準備點東西，明兒個才好做生意。」

經過這一天，夏春樹彷彿找回自信一般，雖然挺累的，精神卻好得不得了。

離開忙碌的喧囂，重新回到家裡的婆媳兩個，看著空蕩蕩的院子，一同嘆了口氣。

夏婉一整天被兩種不同的情緒困擾著，早就想轉換心情，當下笑著問蕭老娘。「阿正不在，咱們可不能把自己餓瘦了。娘想吃什麼，我去做飯。」

「我跟妳一塊兒做，咱做了好吃的，叫那小子一點都吃不上。」蕭老娘打起精神，跟兒媳婦一起下廚房。

無奈婆媳倆晌午才聯手幹掉一盆酸菜魚，哪裡還有什麼胃口，稍微吃點東西，各自睡下。

在蕭正他們離開之後，整個東鄉村奇異地平靜下來，彷彿那些男人根本沒出現過一樣。

夏婉沒見過比東鄉村還要團結的村落，單看他們每年齊聚一堂上山祭奠，以及大年三十的百家飯就能知曉。

有一回，夏婉特意問蕭老娘，對於村裡有些比較橫的人家有什麼看法？

蕭老娘只笑著告訴她。「關起門來，村裡的人怎麼爭執、怎麼討巧都是小事，在一致對外這件事上，再沒有比東鄉村做得更好的地方。大家的心擰成一條繩，這才是三聖廟之所以屹立這許多年的原因所在。」

夏婉不知道這份信念是從哪裡來的，或許是上百年生活在這個村裡的人們共同留傳下來的，又或是跟整個村子建立之初的淵源有關。

總之，雖然蕭正突然離開，夏婉卻還有自己的事要操心，在忙碌的過程中，對自家男人的擔心與些許怨忿也漸漸消散而去。

只是有時候她想要平靜下來，生活卻總是會給她帶來另外的麻煩。

五月上旬的某一天，夏婉不用去魚塘，估計著時間差不多了，便把前段時間做的皮蛋從罈子裡拿出來，用井水清洗乾淨。

兩個晶黃彈滑的皮蛋滾到碗裡，讓一旁等著吃新鮮東西的春生眼睛瞪得老大。

「姊，這個東西能吃嗎？瞧著還怪好看的？」

「我去弄點醋，要蘸著吃才好。」

皮蛋被切成兩半，夏婉怕春生和婆婆頭一回吃不慣那個味道，想了想，又對半切，倒了點醋和香油，這才領著春生一起去堂屋裡獻寶。

果然不出夏婉所料，皮蛋的味道不是人人都能接受，春生看到皮蛋整個被切開，流出黃色的溏心，就有點不能接受。

在大姊的威逼利誘之下，加上自己又有點好奇，終究忍不住嚐了一塊，那眉頭皺得，像年紀輕輕就長了皺紋似的，生生把皮蛋像吞刀子似地吞下去，沒等夏婉問，立刻像兔子似地竄出門，打死他也不會再吃第二回。

相比之下，蕭老娘就淡定許多。起先也是皺眉，吃完就完全舒展開來，後面筷子就停不下來了。

要不是顧及著要給夏婉留下一點嚐嚐味道，兩個皮蛋很容易就能吃光。

蕭老娘知道兒媳婦做這個是要送去大女婿那兒賣的，這會兒卻是捨不得了。

「阿熹不是不知道妳做了這個嗎？咱們先不給他知道，娘給妳錢，重新再買兩籃子雞蛋去做，之前做好的，咱們自己留著吃。」

夏婉點點頭。她本就沒指望兩籃子皮蛋就能拿到縣城賣錢，就是做個實驗罷了，結果當然是再好不過的。等她養的鴨子可以生蛋的時候，不僅能做松花蛋，還能收更多雞蛋來做溏心皮蛋，等到那個時候，再拿去縣城裡賣。

知道兩籃子皮蛋保住了，蕭老娘立刻大方起來，囑咐兒媳婦。「春生這兩天不是要回家嗎？給親家母他們帶一點回去嚐嚐。」

半個多月過去，夏婉正準備再洗兩個皮蛋吃，就見春生赤急白臉地小跑著回來。

「大姊，不好了，妳趕緊去看看吧，外頭來了一群人要找咱們算帳呢，說咱們養魚的法子禍害人，他們按照咱們的法子，把魚都給養死了，賠了許多錢。這會兒大家都去村頭瞧熱鬧了，堵在村頭不給外村的人進來哪！」

夏婉心中一凜，沒想到她跟老孫頭無意間的說笑竟然成真了。那時老孫頭誇下海口，只說方圓十幾里會養魚的也就他還行，她原想著那些跟她學著收魚的人家，哪怕養得再差，也就是魚兒長得不好而已，如今看來，怕不是這麼簡單的事。

村裡的事一傳十、十傳百，夏婉趕過去時，村頭已經圍了許多人，就連老族長都被驚動了。

精神矍鑠的老人站在最前方，威嚴的模樣立刻讓外村的一群人不敢多說話。

「旁的話不多說，俺們養魚是照著你們村裡的辦法養的，收魚苗那時花了許多錢，這會兒魚苗還沒長大，已經死了一半。這事還是因你們而起的，你們看怎麼賠俺們吧！」外村為首的一人，義正辭嚴地說了一大通，若是不知曉其中緣故的，還真會以為是東鄉村欠了他們的。

在場的村民不知其中緣故，只覺得這罪名來得冤枉，忍不住氣悶，剛想上前理論幾句，便被老族長抬手打斷。

「我是東鄉村的族長，你們有什麼事可以直接問我。你們口口聲聲說是照著我們村裡養魚的辦法養的，敢問你們是照著哪一家的辦法？」

「我們是照著姓蕭的人家的辦法養的。」先前那人眼珠子轉了轉，一口咬定道。

「是這戶姓蕭的人家，親口告訴你們的法子？」

「這……」先前不管怎麼誣衊都沒關係，來人的目的就是為了訛點錢而已，只是老族長這麼一問，他倒不好回答了。

是啊，這養魚的法子，總得有人教吧，他又一口咬定是蕭家，這會兒蕭家人一出面，他還不得露餡兒？

想不到好辦法的外村人，當即胡攪蠻纏起來。「雖然沒親口對我說，總是從你們村裡傳出來的方法，我們無知蠢笨，用了那法子，被你們坑害得慘了，難道就這麼算了？」

「我們村只有一戶人家在養魚，魚塘的主人也不姓蕭，有什麼話，你們當面說清楚。」老族長原想著蕭正不在家，不管怎麼樣，他都要護著夏婉婆媳倆，只夏婉讓人給他傳了話，說要自己解決，老族長也尊重她的意願。他就不信了，村裡那麼多的人，還能讓一個小媳婦受欺負不成？

「東鄉村裡養魚的只有我一家。」夏婉得到老族長暗示，走到人群最前方。「我不記得教過你養魚的法子，也根本沒見過你，自己養死了魚，到我們這裡來訛錢，我聽說無故誣衊他人也是犯法的，要不，咱們一起去衙門理論理論？」

「可我養死的魚用的就是妳的法子，這個妳要怎麼說，不是故意害死人嗎？」最前頭的那個人被夏婉懟得氣急，只抓住一點，還想把髒水往夏婉頭上潑。

「那就奇怪了，誰家有了營生的法子，都是藏著、掖著的，誰願意無緣無故給旁人知曉？我家當然也不例外，我能明確地告訴你，我從來沒對外頭說過養魚的方法，除非……」夏婉看了那人一眼，故意拉長聲音道：「除非你們不知道從哪裡偷學來我家的方法，若真是如此，我更要跟你去公堂上走一遭了，我得問清楚，偷學別人家的方法，是不是也算偷？」

「誰偷妳的法子？你們用野塘養魚，哪個人不知道？那魚兒都是水塘裡長出來的，還用偷學嗎？」偷雞不著蝕把米的漢子憋紅了臉，忍不住叫嚷起來。

「哦，原來是你自己想的呀。」夏婉一改先前的漫不經心，突然犀利道：「用魚塘養魚這是誰都知道的事，畢竟魚兒不是莊稼地裡長的，也不是樹上摘的，單憑這一點，你賴不到我頭上。要我說，你是不知道從哪裡聽說我把收來的魚苗放進塘裡的吧？我就說才剛開始收魚苗那會兒，還有不知道哪裡來的人抬高魚苗的價格跟我搶，看來那人就是你們吧？

「不知道魚兒能不能長大，先抬高價錢就是為了跟我搶魚苗，不是我按著你的頭，讓你這麼幹的吧？魚苗買回來，知道怎麼餵嗎？知道魚兒愛吃什麼嗎？知道魚也會生病嗎？你們啥都不知道，聽說我收魚苗在魚塘裡養，就一頭往裡衝，如今有了損失，不是應該搧自己嘴巴嗎？哪怕是天王老子來了，這道理也不在你們那邊吧，怎麼著，還想去衙門理論理論嗎？」

夏婉每問一句，漢子的血色就褪去一點，等夏婉把話說完，失去希望的漢子抓著頭髮，再不知說什麼好了。

先前的氣勢徹底熄滅，讓跟著他一起來的一群人大氣都不敢出了。

「俺就是聽說縣城裡的魚賣得好，價錢也高，才想著找個賺錢的營生……誰知全他媽的賠了，俺們兄弟幾個存了好幾年的錢，魚都掀白肚了，為啥妳能養得好，輪到俺們就不成，這可怎麼辦……」

「那你也不能自己沒養好魚，就想著來訛旁人吧？難道你們想錢賠光不說，再被抓進牢裡？」夏婉見事態已能平息，也不想咄咄逼人，便出言提點他們。「與其在這裡糾結這個，還是趕緊回去把那些翻了白肚的死魚撈上來，免得污染河水，再禍害到活著的魚。這麼長時間，那魚也長大了點，若實在不會養，你們還是把剩下的魚撈出來賣了吧？下回自己不懂的生意，最好別做，想賺錢也不是那麼容易的。」

就算她有老孫頭這個養魚高手，也一直小心翼翼地慢慢摸索，這幫人也不知道是誰給他們的膽子？

「大哥，就是鎮上那個臭娘兒們說的，咱們都被她給糊弄了，要不是聽她說起東鄉村用野塘養魚怎麼賺大錢，咱們也不會輕易上當。」漢子後頭的一個人突然忿忿道。

夏婉驚訝地挑眉，沒想到這裡頭還真有人挑唆，只是眼前一群人已經有散去的跡象，夏婉把事情說清楚，也算是功成身退，剩下的事情交給老族長他們來處理就好，沒有過多追究。

後續過了幾天，夏婉終於從春梅嫂那裡聽到結果。

「妳知道原先咱們村的范婆子她閨女吧？不是嫁給人做妾，又搬到別的鎮上去了嗎？范婆子跟她閨女在咱們村還有房子，偶爾范婆子回來聽村人說過兩句閒話，這才給傳出去的，那個沒安好心的老太婆這下捅了大婁子，見天地躲在鎮上不敢露面呢！」

夏婉見春梅嫂一邊義憤填膺地替她打抱不平，一邊嘴不停地吃酸梅，直把她瞧得牙疼。「一直這麼吃，把牙酸倒了怎麼辦呀？」

「哎呀，這不是懷上了，就愛吃口酸的。妳瞧著酸，我還覺得味道淡呢！」前兩天春梅嫂被診出懷了身孕，還是在老李走之前懷上的，將近一個月都沒注意，還是一大早吐得不行才知道的。

這會兒，春梅嫂一心撲在肚裡的娃娃身上，也沒工夫再去想不知道在哪裡受苦受難的孩子爹了。

比起她，夏婉就惆悵得多。這會兒要是也能懷上孩子該有多好，最起碼分散了注意力，不會再去惦記著不知所蹤的蕭正。

時間不緊不慢來到六月，春梅嫂的孕吐都已經結束了，夏婉依舊沒能得到蕭正的任何消息。

夏家在鎮上的生意漸漸穩定下來，剛開始的租金還是夏婉幫忙補貼，一個月之後，夏春樹就已經能從每個月的收益裡拿出一部分償還夏婉先前出的錢了。

看著大哥眼中神采奕奕的自信，夏婉知道夏家往後會越過越好。

現在除了中午稍熱，晚上還是有些涼。夏婉晚上洗完澡，頭髮沒晾乾就睡著了，大清早起來不僅覺得有些鼻塞，還一連打了許多噴嚏。

她原本在自個兒屋裡躲著沒出來，最後還是驚動了院子裡的蕭老娘。

蕭老娘走到屋裡，見她鼻頭因為打噴嚏而通紅，眼裡還泛著水光，恨不能把兒媳婦拉過來揍一頓。「妳就不好好愛惜自己吧，阿正那臭小子不在家，妳也來氣我是不是？妳說妳要是再病倒，剩下我一個老婆子還活不活了？」

都已經穿好衣裳的夏婉，又被蕭老娘重新塞回被窩裡，在這個傷風咳嗽都有可能要了小命的年代，蕭老娘的擔憂一點都不為過，加上她們離鎮上又遠，看大夫可不就是難上加難的事。

夏婉被婆婆灌了一碗由生薑、蔥、蘿蔔和胡椒煮出來的湯水，那怪味差點沒讓她吐出來，不禁萬分後悔昨天晚上沒有照顧好自己。

看著夏婉把一碗湯水喝完，蕭老娘又拿了床薄被子出來，給兒媳婦蓋著捂汗，還好夏婉傷風並不嚴重，加上鄉間的土法子確實管用，夏婉捂出一身汗，又換上乾淨的衣裳後，覺得渾身輕鬆多了，就連原先一直壓在心頭的鬱氣都像散了不少似的。

見兒媳婦沒事，蕭老娘才徹底放下心來，眼瞅著兒媳婦這兩個月一天瘦過一天，她看在眼裡，急在心裡。原打算趁魚塘裡的事忙完，婆媳兩個去縣城投奔大閨女，可夏婉一生病，蕭老娘又不敢提了，還是等夏婉身體好一些再說。

都說人禁不起惦記，蕭老娘上午還在想著閨女，中午蕭欣就帶著一個丫鬟和家丁，趕著馬車回到娘家。

夏婉開門請人進來，看到那位高大壯碩、謹慎機警，神色怎麼看都不像是個家丁的漢子，原本放鬆下來的心情又止不住地提高。

蕭家大姊一進門，就在各個屋子門口轉了一圈，開口就問蕭正的蹤跡。「阿正他人呢？到外頭閒逛去了，還是出遠門了？」

蕭老娘忍不住瞪閨女。「瞎嚷呼啥？有啥話趕緊進屋說，就顯擺妳嗓門大是吧？」想了想，蕭老娘這次倒是把兒媳婦一併喊了進去。

蕭大姊在椅子上坐定，先灌了一杯茶水，隨手抹了嘴，直接道：「阿正又出遠門了是吧？妳們趕緊收拾東西，跟我回縣城去，東鄉村還是不要待了。」

「妳不說清楚，我哪兒也不去。」蕭老娘沒好氣地跟閨女對嗆。「妳又從外頭聽來啥消息了？在這兒危言聳聽，我又沒做啥壞事，跑啥跑！」

「您是沒做啥壞事，那阿正呢？您知道他跑到哪兒去了？您敢擔保他在外頭沒引來什麼禍事？」蕭大姊一提起這事，完全控制不住自己的情緒，言辭越發犀利。「他就跟祖父一樣執拗，只想著自己樂意，從來不去想他的行為會給周圍的親人帶來什麼結果。我從一開始就不同意這件事，就是怕他夜路走多了，難免遇見鬼，這些年成天替你們擔心受怕的，這下好了，再不用想許多，我只管把妳們兩個護住就是，任他蕭正在外頭自生自滅好了。」

「啪」的一聲，那清脆的巴掌聲把夏婉都弄懵了，她還在試圖弄明白蕭大姊話裡的意思，蕭老娘已經一巴掌呼到親閨女的臉上。

蕭欣捂住臉頰，狠狠地把頭偏向一邊，絲毫不覺得自己這樣說有什麼錯。

夏婉見情況不對，連忙把胸膛起伏不定的蕭老娘扶回椅子上坐著。「娘，您先消消氣，大姊也是擔心咱們才這麼著急的，她肯定是從外頭聽來什麼消息，還是先弄清楚再說。」

「阿正是她親弟弟啊！妳聽聽，那是一個親姊姊該說的話嗎？阿正這些年做的辛苦事情，還不都是為了整個東鄉村！」蕭老娘也顧不得聲音大不大了，抓著衣襟，語氣悲憤。「他從前一年到頭忙，能在家待幾天？若不是我硬把小婉要到蕭家，阿正這會兒連個媳婦都沒有！妳當初自己看不下去跑了，這會兒還回來幹啥？阿正就算在外頭惹了抄家滅族的事，也跟妳這個出嫁女沾不了關係，要走妳自己走，帶著姑爺和我外孫走得遠遠的，這回就算我死了，妳也別再回來！」

「娘……」眼看母女兩人劍拔弩張，夏婉拉住婆婆的手臂，滿眼祈求。「別置氣了，我們先聽大姊知道什麼消息好不好？我擔心阿正的安危，咱們總要知道他到底遇到什麼危險了呀。」

蕭家大姊怕是也被氣過了頭，被自家親娘罵了一頓，非但沒惱，反而呵呵笑了兩聲。「娘也知道阿壽家有親戚在京城，咱們這會兒得到的消息，已經是傳了不知道多少手的老消息了——皇城裡異姓王沈淵反了！我這麼說，娘能明白我的意思嗎？」

簡簡單單一句話，對於夏婉來說，還真的不明白會有啥嚴重的局勢？異姓王謀反，皇室不得安穩，京城應該會亂成一團吧？可他們這裡天高皇帝遠的，只要不是爆發戰爭，似乎並不會影響到老百姓的生活。

夏婉瞅一眼臉色突然刷白的蕭老娘，原本沒什麼反應的心情一下子降到谷底，顯然婆婆對這個所謂的異姓王似乎知道一點。

蕭大姊見親娘不吭聲，弟妹又懵懂，不由得自嘲地笑道：「到最後還是要我來開這個口，注定我就是個做惡人的命。索性小婉都已經嫁進蕭家，生是蕭家的人，死是蕭家的鬼，此刻說什麼都晚了，娘既然喊弟妹進來，想來也不準備再藏著了，娘好好想想，我是不是在危言聳聽吧！」

說完，她看向夏婉。「弟妹，如此看來，還是蕭家對不住妳了。」

聽蕭家大姊這麼說，夏婉知道自己即將得知真相，不禁有種塵埃落定的感覺，彷彿只要把蕭家大姊的話聽完，她就真真切切地成為蕭家人，禍福相依，再無可避免。

「大姊直接跟我說吧，我都聽著。」

「小婉知道咱們這用來祭奠的後山為啥叫做三聖山嗎？」知道夏婉不可能熟悉史實，蕭欣也沒故意賣關子，繼續道：「本朝建立之初，正是國家動盪不安、百姓流離失所之時，由劉、沈、蕭三家泥腿子出身的義士，集結了受苦受難的萬千百姓，匯聚成軍，歷經千辛萬苦才終於打拚下來的。這其中，因為劉姓家族子弟眾多，更有耕讀傳家的美譽，最終得以榮登大寶；而無心權勢的蕭家，在開國皇帝登基之後，自請離開，尋到一處山明水秀之地，世代定居下來。所謂的三聖山，其實就是當年劉、沈、蕭三家自高祖那一輩所留下的情誼罷了，先祖為了懷念那段過往，讓子孫後代不至於遺忘，這才在定居之地留下這樣一處廟宇。」

蕭欣見自己說了這麼多，夏婉卻沒流露出任何異樣，以為她沒聽明白，便為她解釋道：「此後，劉姓晉為皇族，沈姓輔佐帝王，被皇帝親封為異姓王，以彰顯曾經並肩作戰的情誼；而蕭姓一族便漸漸隱匿下來，很快就淡出皇城眾人的視線之外。如今，本該輔佐帝王的異姓王反了，朝廷的局勢嚴峻，勢必會動盪不休，我這麼說，妳能明白嗎？」

「所以，阿正一直在幫誰做事？是幫著皇帝，還是幫著異姓王？」夏婉終於把神秘莫測的三聖山，同蕭正長久以來的奇怪舉動聯繫在一起。聯想到老族長對蕭正的鄭重態度，以及蕭正在東鄉村年輕人裡的重要位置，有些答案即便她不願意承認，也不得不感嘆，命運早在很久之前就已經確定了，再難以更改。

不按牌理出牌的夏婉一問，頓時把蕭欣弄愣了。但凡跟皇權扯上關係，普通的老百姓不都會誠惶誠恐嗎？怎麼她這弟妹還能跟沒事人一樣，怕是還沒弄明白其中的厲害關係吧？

「阿正跟妳說過了？還是妳自己猜出來的？」

「大姊不是說了，開國功臣中有蕭家一份？後山的祖墳阿正帶我去看過了，原來高祖還做過這麼厲害的事情，能為了老百姓做到如此地步，小婉為能成為蕭家的媳婦感到驕傲。」

知道了事情的真相，夏婉的心前所未有地安定下來。她家男人最大的秘密已經被她知道了，從此之後，他們就是最親密無間的愛人了。

「蕭家定居在此後，想來一直低調生活，並沒有再被外人找到吧？我若是高祖，當初離開之時，一定會跟皇帝要求，從此不再出現在權力中心，只求能安穩度日。以蕭家的貢獻來說，那麼簡單的要求，皇帝也一定會答應的吧！從什麼時候，蕭家的日子再也不能繼續安穩下去呢？是因為祖父嗎？從娘和阿正的嘴裡，我知道公公一直是淡泊名利的性子，能出岔子的就只有祖父那輩了。」

以蕭家忠君愛國的本性，想來祖父也不會做那背棄祖宗原則的人，能讓蕭家效忠的，就只有皇族了。所以，異姓王沈淵造反，蕭家大姊才會覺得大事不妙，因為一旦皇權更迭，跟在皇族後面的蕭氏一族，怕是真的會被抄家滅族、發配邊疆。

知道最壞的結果也就這樣，夏婉反而徹底平靜下來，目不轉睛地盯著蕭家大姊，看她接下來會怎麼說。

「妳這丫頭！」蕭欣指著夏婉，張了張嘴，露出自從回到娘家後，第一個真心實意的笑容。「罷了，我看妳跟阿正倒真是天生一對，既然妳都想得這樣通透了，我何苦還來當這個惡人？以蕭家如今的情勢，怎麼可能直接跟在皇帝身後，雖也是幫皇族做事，都不知道被支到多少道門檻之外了。我原本一直想著，哪怕在皇帝那裡留了底，若不是上趕著往上衝，就像祖父那樣一心想回到權力中心，未必還會有人記得蕭家。就這樣平平淡淡地過日子不好嗎？刀光劍影的日子有什麼好過的？祖父當初對身弱的父親百般看不上眼，卻一心想要培養我和阿正，等我長大了，明白祖父的用心之後，恨不能從沒有習過武，想來當初祖父之所以會承認娘的身分，也是看在姥爺是山匪出身，更有血性而已吧！」

「胡說，我跟你們的爹能成為一家子，可沒妳祖父什麼事，萬事都是你們爹自己作的主，等妳那天天不在家的祖父知道這件事，我都已經懷了妳。妳祖父不是沒想著讓我跟妳爹和離，完全是妳眼裡身弱的父親同他父親萬般爭取，才能有妳跟妳弟弟的安穩日子，你們爹雖然不會功夫，可在我眼裡，他絲毫不遜於任何頂天立地的大丈夫。」

「知道我爹厲害，全家也就只有爹能管得住您！」隨著秘密的曝光，蕭家大姊同蕭老娘的緊張氣氛越來越緩和。

蕭欣看著老神在在的弟妹和明顯防著她的親娘，突然覺得這回的目的怕是達不到了，不由得催促道：「京城裡的事已經發生三個多月了，阿正也已經走了兩個月，我和阿燾就是擔心，萬一有什麼不測，阿正的身分被異姓王那邊知曉，再順藤摸瓜地找到東鄉村來。妳們還是跟我一起去縣城吧！當初選擇在縣城裡定居，也是因為那裡交通發達，一有不對勁，我們可以舉家往塞外逃，不管怎麼樣，只要全家人能活著在一起，就比什麼都好。我都說得這麼明白了，能不能抬抬貴手，咱們趕緊收拾東西呀，小寶還在家裡等著呢。」

「那妳有沒有想過，沒有了阿正，小婉少了男人，我少了兒子，根本就沒有一家人之說了？我說什麼都不會跟妳一起走的，除了等阿正回來，東鄉村裡還有這麼多的人，如果我們蕭家人帶頭離開，倒楣的還不是村子裡的鄉親？妳既然知道你們祖父當年不顧家人的死活，一心往京城裡靠近是自私的行為，那妳在知道有危險之後，只想著自己家裡的人，不顧世世代代同我們生活在一起的鄉鄰，難道不是更自私？更何況，這件事還是由我們蕭家引起的，我們就更不應該這樣不負責任地離開。」

看著婆婆和蕭家大姊的態度又緊張起來，夏婉這下不表態都不行了。「大姊，沒有等到阿正回來，我哪裡都不會去的。」

「妳看，連小婉都這樣說了，我也不會走的。我看，妳還是跟姑爺一起商量商量，趁著局勢還沒惡化，先把手頭的生意放下，到外頭避一避吧。若是有啥消息傳到縣城，又來不及通知我們，妳就不要回村裡來了。是生是滅，全都是命，我在這裡活了幾十年，往後就算是死，也要死在這裡，好跟妳爹葬在一起。」

「娘，還沒有確切的消息，說什麼死啊活的，異姓王是造反了，也不能說皇帝就一定贏不了呀，說不定最後把異姓王扳倒，阿正還能風風光光地回來呢！」

「就是、就是，我也是老糊塗了，被妳幾句話一說就帶偏了。」蕭老娘開始攆閨女滾蛋。「趕緊回家去守著相公和孩子！我的阿正知道他老娘和媳婦在家裡等著他，即便跑去再遠的地方，也會回家的。」

蕭欣徹底沒了辦法，不管她好說歹說，把家裡的情況都抖光了，娘和弟妹都不願意走，後來她想把她帶來的家丁留下來，更是得了蕭老娘一對老拳。「臭丫頭，妳是不是腦子裝漿糊了？家裡就我和小婉兩個女人，妳放一個男的在家裡像什麼樣子？滾滾滾，趕緊回妳自己家去！」

萬般無奈之下，蕭欣只好打道回府，回去的路上還想著回家以後要跟丈夫商量，看能不能暗中留下兩個人手護著夏婉和蕭老娘，畢竟這些是她僅有的親人了。

第二十四章

秋收時節，春梅嫂的肚子已經顯懷，眼瞅著丈夫在秋忙時都沒能回來，內心的惶恐和不安壓都壓不下去，沒兩天都要往蕭家來一趟，指望蕭老娘人脈廣一些，是不是能打聽到男人們的去向。

夏婉生怕她有什麼閃失，只好一個勁兒地拿孩子來安慰她。「孩子跟爹都是血脈相連的，李大哥這會兒說不定已經感覺到又要當爹了，無論如何他都會回來的，妳得把身子養好，老是積憂成疾，也影響孩子呀。」

夏婉安慰完春梅嫂，不禁慶幸現在正好是秋收，大家都忙，至少還要一個多月的時間，人們才會再一次重新想起離開的男人。

只是，即便是再偏遠的鄉村，哪怕消息落後得再久，風言風語也有傳來的一天。

老族長是第一個找來蕭家的，在確定自己聽說的事情應該是真的之後，老族長啥也沒說，只催促村裡的年輕人把少了男人的這幾戶人家的糧食幫忙收進糧倉。

等到地裡的莊稼收得差不多了，老族長直接把全村村民集合在祠堂前。祠堂裡有一口銅鐘，往年只有在新年時才會敲響，這一回卻是十分意外地響了起來。

集結而來的村民被告知，外面的日子怕是要不太平了，既然家裡收了糧食，東鄉村自今日起，便要低調行動，能不去鎮上走動就不要再走動。

也只有在這個時候，東鄉村裡少壯皆愛習武的好處才徹底展現出來。村民們不往鎮上去，可消息的來源還是要知道的，於是平時不顯山露水的幾個年輕人被老族長派了出去，說是趁秋收後的空閒到鎮上幫工，其實是為了幫村子傳遞消息。

夏婉最擔心的還是蕭正的身分一旦暴露，會連累整個東鄉村的人，蕭老娘卻讓她不要太過擔心。

果然過沒多久，村子裡挨家挨戶的便開始悄悄前往三聖山，領路的都是往常入冬狩獵的那群漢子，只帶著老百姓進山轉一圈就回來，不過村裡的氣氛卻愈加輕鬆起來。

直到夏婉同蕭老娘和秋雙嬸一家也被帶著去山裡轉一趟，夏婉對蕭家祖先的高瞻遠矚已經徹底甘拜下風。

有誰能夠想到，蕭家當年定居在此時就已經想好退路了？雖然沒有看到全貌，只隱約見到一條人工開鑿出來通往藏身之地的道路，就能讓人心安定下來。

誰管那條路背後究竟是什麼樣？他們只知道若不是有熟悉道路的獵人們引領，根本轉一個月都發現不了那條小路，這就足夠讓人安心了。萬一外頭發生戰亂，直接從小路逃出去，也能保障鄉親們的安全。

蕭欣一家依舊在縣城安穩住著，還把老族長派去縣城的年輕人安排在阮記當小夥計，每隔一段時間傳遞兩邊的消息，也讓蕭老娘徹底安下心來。

夏婉原也想著要不要跟夏大哥說一聲，讓他們夫妻兩個關上店鋪，回去村裡比較安全。

誰知道夏春樹比她想得還透澈，在夏婉回娘家送吃食的時候，正好趕上夏大哥在家裡，直接就跟妹妹交代。「鎮上人心惶惶，也就表面上平靜罷了，內心都緊張著呢。不過到底離咱們遠了些，應該不容易波及到這裡，可惜店裡生意還是大不如前，所以我往後不打算再住在鎮上，每隔兩、三天營業一天，好歹把租鋪子的錢給掙回來。咱家好不容易做起來一回生意，可不能叫它黃了。」

如今白氏已經重新回家帶孩子了，只有夏大哥一人在鎮上，不管遇上啥事也能應對自如。

秋季雨水充沛，氣溫適宜，正是泥塘裡的蓮藕生長的時候，等到荷花漸散，蓮蓬成熟，夏婉才打起精神讓幫工把蓮蓬採摘下來。除了各處親戚家送了一些，她還像去年那樣把蓮蓬放在院子裡曬乾，把夾著蓮子心的蓮子以同樣的方式曝曬、收藏。

秋季的夜晚，散發著屬於荷塘的清香。夏婉百無聊賴地坐在院子裡抬頭看天上的星星，想著去年這個時候，她用蓮子心泡的茶把蕭正苦得直咧嘴，這會兒蓮子心做了那麼多，不愛喝苦茶的男人卻不在了。

一聲極細微的聲音傳入耳中，夏婉心裡一突，還以為是蕭正回來了，轉念又想，若是蕭正回來，直接從大門進來就是，哪裡還要偷偷摸摸的。只是還沒等她察覺不對，站起身往屋裡跑，一個黑影倏忽即至，夏婉只來得及發出一聲短促的喊叫，便被來人扼住喉嚨。

夏婉頭皮發麻，以為是蕭正身分暴露，被人追查到家裡。那廂，聽到動靜的蕭老娘已經拎著棍子掃過來。「哪裡來的小賊，還不快把人放開！」

夏婉還沒看清來人的動作，就被帶著身體一個反轉，再看清時，婆婆手裡的長棍已經被來人一把抓住，那剩餘的一隻手依舊沒從她喉嚨上鬆開。

大一也是十分無奈，主人的命令是讓他把蕭正的娘子請回去，誰知這女人這麼機警，若不是他眼疾手快扼住她的脖子，這會兒怕是把左鄰右舍都給喊過來了。

眼看著都交上了手，大一沒有退路，只能硬著頭皮，當機立斷道：「奉主人之命，請蕭夫人過去一趟，跟蕭正大人見上一面。老夫人應當知道，以在下的能力想要把人擄走是輕而易舉的事，在下並沒有撒謊的必要。」

「那你先把我兒媳婦給放了！」蕭老娘抓住棍子的另一頭，並不輕易上當。

「得罪了，嫂夫人。」見蕭老娘雖然警戒地望著他，到底沒再激動，大一迅速鬆開兩隻手，朝夏婉婆媳兩個抱拳行禮。

夏婉一得了自由，立刻跑到蕭老娘身後，一想到她應該保護婆婆，又挺身跟蕭老娘並排站著，卻立刻被蕭老娘一把抓到身後。「老實點。」

大一從懷裡掏出一個荷包，遞給蕭老娘。「蕭大人說這個荷包是嫂夫人做給他的，那面上的繡花是小黃鴨。在下真的是為了來接嫂夫人同蕭大人見上一面，因事態需要保密，這才不得已深夜來訪。」

夏婉不禁慶幸現在是黑夜，不會讓人注意到她臉上的紅暈。這話她只跟蕭正在炕上說起過，想來也只有蕭正能說得出來了。

「既然是見自個兒的媳婦，我兒難道不會自己回家來看，把媳婦交給外人算什麼事？」蕭老娘見兒媳婦默認，曉得真是兒子要見小婉，卻還是猶疑不定。

「實不相瞞，蕭大人要去執行一項重要任務，只這回相見也是主人特許的，還請老夫人相信在下，不要再耽誤時間，晚了怕是這一面都難相見了。」

「娘，我要去見阿正，我得知道他到底怎麼樣了！」說是執行任務，誰知會有什麼凶險？夏婉徹底忘了其他，現在誰跟她說能見到蕭正，就是鋌而走險，她都願意。

蕭老娘沒辦法，只能忐忑不安地讓兒媳婦隨來人一道離開。

「嫂夫人會騎馬嗎？」大一向來謹慎仔細，否則也不會被派來，即便是要帶人回去，也手腳規矩，半點不曾踰矩。

見夏婉點頭，大一伸出胳膊讓夏婉扶了一把，把夏婉放上馬背，自己則直接牽著韁繩在地上跑。那馬兒的四蹄也不知道包了什麼，悄無聲息，一點也聽不到動靜。

蕭老娘在門口看見來人果然是個規矩的，也稍微放下心，只把大門虛掩著，等著兒媳婦回來。

耳邊的風呼呼吹著，卻吹不冷夏婉一顆熱切的心，想著終於能見到蕭正，差點掉下眼淚來。

見面的地方離東鄉村沒有太遠，就在從東鄉村往鎮上去的路上。兩旁的莊稼已經收得差不多了，卻還有成片的高粱地，由於還要一段時間才能成熟，並沒有收割，長長的高粱稈子隨風搖曳，發出沙沙聲響，從外面根本看不到裡面的情形。

夏婉便在這一片高粱地之前見到了蕭正。

一片皎潔的月光下，男人不僅黑了還瘦了，夏婉見他咧嘴望向她，立刻捂住嘴，哽咽出聲。

「蕭大人，請抓緊時間，一會兒我還得送嫂夫人回去。」說完，大一十分識趣地牽起馬飛快跑遠了，留下兩口子互訴衷腸。

夏婉立刻心疼地抬手去摸蕭正的臉。「你怎麼瘦成這樣了？」

蕭正卻二話不說，拉著她鑽進高粱地裡，用力把小媳婦摟進懷裡，像是要把她嵌進肉裡似的。

「小婉……我的小婉，終於讓我見到妳了。」

這樣隱秘的環境，以及讓人心疼的男人，夏婉呢喃著蕭正的名字，忍不住踮起腳，尋著男人的唇吻了上去。

津液相遞的水聲，在靜謐的夜裡尤其清晰，夏婉身子不由得漸漸軟了下來。相比之下，蕭正就顯得克制許多，唇角逸出一絲輕笑，唇分之時拉出一絲長長的細線，被他抬手抹去。

「我很高興妳能這麼想我。」

夏婉疑惑，又踮起腳尖親了親自己的相公，見原本瞧著她都要猴急得忍不住的蕭正竟然十分鎮定，沒有回吻，忍住心裡的失望，小聲地問：「阿正，你怎麼了？」

聽著小媳婦軟糯的聲音，蕭正心裡如同刀割。「夏婉，我知道妳一直是個堅強的姑娘，我下面說的話，妳要牢牢地記住。

「我這次出去執行任務，十有八九是無法回來了，之前已經寫好了和離書，等妳簽上名字，就能重新成為夏家的閨女。若是我死了，妳能重新嫁人；若我的事暴露，作為已經和離的女子，也不會再跟蕭家有任何牽連，只有這樣，我才能放心地去。妳幫我跟娘說一聲，阿正不孝，不能再……」

「啪」的一聲，清脆地打斷蕭正還待出口的話。

夏婉往後退了一大步，原本扶著男人手臂的兩條胳膊因為用力過猛，垂在身體的兩側，微微發抖。她實在沒想到，前不久剛在婆婆和蕭大姊身上上演的一幕，會出現在她跟蕭正之間。

她可以忍受這世上任何艱難，哪怕是在一點蕭正的消息都沒有的時候，她也願意滿懷希望地等待。

可蕭正今天說的話，簡直就是在扼殺她唯一的希望。

「你自己的娘，孝不孝順，應該由你親口告訴她。至於我這個可以呼之即來、揮之即去的媳婦，既然你能隨隨便便就讓我滾蛋，想來，我也沒必要再對你心存幻想了。和離書呢？拿來給我。我還要感謝你教會我寫字，現在簽個名字也是輕而易舉的事了。哦，對了，那魚塘裡的收入我是要一併帶走的，有了這大筆的嫁妝，哪怕我嫁過人，也找得到願意要我的男人。還有，既然你傷我在先，我也沒必要給你留面子了，我不要等到聽聞你的死訊再嫁人，我可以明天就找人重新嫁了，幸運的話，等你死的那天，說不定我跟別的男人都能生出孩子來；若是你僥倖沒死，歡迎你來喝我孩子的滿月酒！」

月光下，夏婉像一頭發怒的母老虎，用最扎心的話語讓傷害她的人同樣內心滴血。夏婉每說一句，蕭正內心築起的城牆便崩塌一分，到最後，所有勇氣和決心築就的心瞬間分崩離析。

「我錯了，小婉，我不該這麼說的，妳就當沒有聽到，好不好？」蕭正發瘋似地掏出懷裡的紙張撕碎，猶不放心地直接吞進肚子裡才安心。

不等夏婉再次開口嘲諷，他已經一把將小媳婦撲倒在地上。

「不許妳給別的男人生孩子，妳只能給我生孩子！我們不和離了，到死我都要纏著妳！」

不知道是誰先起頭的，男人寬大的外套鋪在地上。月光下，夏婉玉體橫陳地躺在上頭，全身散發著瑩白的光澤。

被男人狠狠侵占時，夏婉張口咬在蕭正的肩膀上，每被撞擊得更加深入，齒痕便加深一分，直到夏婉都能嚐出血腥的味道。

纖細修長的雙腿緊緊箍住男人矯健的腰身，感受著水乳交融的無上快樂，以及生離死別的悲歡離合，直至被灌滿希望的種子，這是對彼此不離不棄的承諾和信賴。

蕭正走了，如果不是身上還留著男人的氣味，夏婉都要以為自己只是作了一場夢。

夏婉裹著蕭正外套，被大一悄無聲息地送回蕭家。

沈默的侍衛只留下一句話。「明天一早有貴人臨門，望嫂夫人同老夫人能隨機應變。」

夏婉抬頭迎向一直等著她回來的婆婆，扯出一個笑臉。「娘，蕭正好好的，很快就能回來了。我要養好身子，安心等他回來。」

伴著寒露的身子被溫暖的懷抱包圍，夏婉輕輕呼出一口氣，回炕上老老實實地躺了下去。

這晚，夏婉只睡了一個時辰，卻格外踏實、放鬆。

直到蕭家的大門被人從外頭拍響，夏婉才猛地從夢中驚醒，想起送她回家那人臨走時說的話，一骨碌從炕上爬起來，穿好衣服走出房門。

經過昨天的事，蕭老娘這會兒十分警惕，任憑外頭大門砰砰作響，都沒發出一絲聲響。見兒媳婦出來，豎起手指在嘴邊「噓」了一聲，把夏婉留在院子裡，她自己躡手躡腳地走到大門後，透過門縫向外張望。

習武之人向來耳力過人，門內雖然聲音極其輕微，大一還是能夠聽得到，再加上透過門縫內的光影變化，很容易便能看出有人藏在門口。

蕭老娘自以為動作隱蔽，殊不知早已被外人知曉了行蹤。

大一瞅一眼身後的馬車，頗無奈地繼續回頭拍門。想他堂堂的大內侍衛，連叫門的事都做不好，也是憋屈到家了。「請問這是蕭正蕭大爺家嗎？我家小主人上門尋親，還請開門行個方便。」

蕭老娘對大一的聲音可是記得真真切切，這會兒聽出他的聲音，雖沒明白大一話裡的意思，也不妨她想弄明白事情的來龍去脈。

她拉開門閂，俐落地打開大門。

「你家小主人是誰？來我們蕭家尋的是哪門子親？」蕭老娘惡狠狠地開口，那架勢彷彿只要大一說錯一個字，就要把他們打出去似的。

「大一過來。」年輕的侍衛被馬車裡的聲音止住腳步，十分訓練有素地退回到車轅邊上守著。

蕭老娘聽見那雖然努力顯出威嚴的氣勢、卻怎麼都改變不了的孩童聲音，眉頭挑得老高，乾脆立在門口，也不說話，只雙臂在胸前抱定，老神在在地瞧著這幫人究竟在裝什麼神、弄什麼鬼？

先是一條素色的麻裙從車廂裡伸出來，蕭老娘忍不住順著視線往上瞧，看見一個年歲同自己差不多大的老嬤嬤從車裡下來站定，對同齡人的莫名比較之心，瞬間襲上心頭。

蕭老娘下意識往自己身上掃了一眼，見自己衣衫整齊，並沒有任何失禮與不妥的模樣，瞅了一眼那神情嚴肅的嬤嬤，底氣十足地又往前站了一步。

老嬤嬤的神情同剛才的侍衛相比，簡直不相上下，只是慣有的規矩讓她此刻眼中最關注的只有小主人，至於蕭家底細如何、他們即將入住的環境又如何，一概不是她現在需要理會的事。

抬手撩起車簾，老嬤嬤伸手牽出一隻小手，等蕭老娘看見從馬車裡鑽出來的孩童，忍不住在心裡大大倒抽一口氣——

這孩子長得實在太好了！

只用粉妝玉琢都不足以形容，屬於皇家的尊貴氣質，哪裡是普通人家的小孩子能比的？即便這孩子只穿了一身尋常百姓家的棉布衣衫，也無法掩蓋那矜貴優雅的氣勢，只是他開口說出來的話，恨不能讓蕭老娘立刻暈過去。

「認的當然是蕭家的親。祖母，不孝孫兒來看您了。」九、十歲上下的男娃娃，小嘴一張就是天雷滾滾。

一旁的老嬤嬤聞言，不由得頗為不贊同地看了小主人一眼。

劉玄絲毫不以為意，繼續荼毒「祖母」的耳朵。「爹爹當年離開的時候，明明白白說了他是東鄉村蕭正，行不更名，坐不改姓，如今阿玄家中已再無親人，娘親臨終之前囑咐我一定要來投奔爹爹，認祖歸宗，以求庇護。阿玄不負所望，終於找來了。奶奶，您能讓我們先進去嗎？孫兒還等著給您磕頭呢。」

被喊了一聲祖母，蕭老娘覺得老命已經去了一半，她就算再遲鈍，也能猜出來一點端倪，一想到這孩子的來歷，膝蓋差點軟掉，哪裡還敢真的受他一跪？

瞧見那老嬤嬤明顯異於常人的寬大指骨，顯見也是個練家子，蕭老娘非常識時務地往旁邊一站。「有什麼話先進來再說，他卻不能進，只能在外頭候著。」

蕭老娘把小少年和老嬤嬤迎進院子，卻伸手一指大一，拒絕讓他入內。

「大一！」名為阿玄的小少年只輕輕喊了一聲，原本還欲要往前的侍衛立刻止住腳步，退回原地，心裡後悔極了。早知道小主人讓他跟著，昨兒個他就不該來把蕭老夫人給得罪了，這下可好，貼身守護的侍衛連主人的身都近不了，這事若是傳出去，他大一還不得被同僚笑死？

蕭老娘面上無比淡定，心裡卻十分惶恐，剛走進院子，便一把抓住兒媳婦的手。

夏婉感受到婆婆手心裡的汗，不由得看了她一眼。

蕭老娘這會兒卻沒心情注意兒媳婦，只拉著夏婉，欲要把她一起拽著跪下去，嘴上介紹道：「這是老太婆的兒媳婦，夏氏。」

說話間，蕭老娘的膝蓋已經要打彎了，旁邊的兒媳婦卻還直挺挺地站著。蕭老娘怕夏婉認不清形勢，還要再用力，一旁立著的老嬤嬤已經伸臂過來把蕭老娘扶起站直，只轉身回去時，拿眼角掃過夏婉的面龐，不知道作何感想。

「蕭家奶奶，不得已為之，怕是要在蕭家逗留一段日子。」名叫阿玄的小少年先是把蕭家的院子看了一圈，等老嬤嬤站回原地，像沒注意到先前那幕的樣子，好聲好氣地對蕭老娘道：「這位宋嬤嬤是看著我從小長大的，也要同我一起住在蕭家，至於外頭那個……」

「阿正不在家，家裡可不能住外男。」關係到蕭家聲譽，蕭老娘哪怕壯著膽子都要提出來。「要麼給他在院子外頭蓋間房，要麼就讓他住到魚塘那邊去，蕭家在魚塘那兒還有幾間屋子。」

為了一個侍衛，大動干戈地蓋屋子，想想都不大可能，劉玄十分乾脆地作出決定。「那就讓他睡魚塘那邊。」雖然對於所謂的魚塘，他也沒什麼具體的認識。

仍舊老老實實守在大門口的大一，隨著被拒於門外之後，又再一次被踢飛，離他的小主人越來越遠。

「娘，這二位是誰呀？」夏婉已經明白大一告訴她的所謂貴人臨門究竟是什麼意思，只是她沒想到這些人竟然那麼大膽，沒有隱藏身分躲在暗處，反而想要偷梁換柱，用另外一種方式隱匿身分。

這下子東鄉村算是徹底地跟皇族一脈拴在一條繩子上了，根本不容許他們有絲毫拒絕。

「這是……」蕭老娘張嘴，想到來人用的那能生生嚇死人的身分，雖然知道是假的，也完全說不出口。

她自己不敢當人家的奶奶，她兒子更不能當人家的爹呀！

劉玄不等蕭老娘開口，笑咪咪地看了夏婉一眼，直接道：「我是爹爹失散多年的兒子，歷盡千辛萬苦才找來的。」

似是難以猜出夏婉的身分，他歪了歪腦袋，突然狡黠地大聲喊道：「姨娘，妳好呀！」

這個所謂的「姨娘」，可不是尋常老百姓口中的姨母，而是擺明了把他自己的親生母親當成正室夫人，至於夏婉在他眼裡，只是蕭正的一個妾而已。

也是劉玄知道，這個夏氏昨天晚上竟然甩了為他出生入死的蕭大人一個巴掌，覺得這女子也忒狠了一些，這才忍不住想要為難她一下，沒想到，夏婉的反應大大出乎他的意料之外。

只見原本帶著疑惑神色的小婦人突然如遭雷殛，一下子抓住蕭老娘的手，把沒什麼防備的蕭老娘嚇了一大跳。

「娘，這個突然冒出來的孩子，為啥口口聲聲說是阿正的兒子？難道我不是相公明媒正娶的妻子？這孩子都這麼大了，他還喊我姨娘，你們蕭家這是在欺負我只是個鄉下丫頭嗎？當我不知道姨娘就是妾嗎？你們蕭家實在欺人太甚，我這就去找族長評理去！」

被兒媳婦抓住手用力捏了兩下，蕭老娘終於回過神來，止不住仰起脖子，喊的聲音更大。「誰說俺們蕭家欺負妳了？孩子既是俺們蕭家的，身邊都沒了旁的親人，來投奔他爹不是理所當然的事嘛！妳要真是個賢慧的，就該高高興興、大大方方地把人給接進家門。妳嫁進蕭家一年多，肚子也沒個動靜，現在阿正有了親骨肉，妳還能攔著不讓他們爺兒倆相認？這事就是告到族長那兒，族長也要給俺家作主的，妳這算啥賢慧媳婦，再吵，小心我讓阿正休了妳！」

蕭老娘那個怕呀，一邊聲嘶力竭地吼，一邊使勁給兒媳婦眨眼睛，生怕夏婉被她說的話氣死。

夏婉差一點就笑場，甩開婆婆的手，重新硬起心腸，怒喝道：「你們不給我作主，我還有親爹、親娘和親哥哥！我走，我這就給你們蕭家的大孫子讓位，我回娘家去，回頭蕭正要是不給我個明確的交代，就算告到天王老子那裡，我也要把天理給找回來！」

劉玄可從來沒見過這樣對罵的情形。宮裡的妃嬪宮女，哪怕是彼此不和，也多是話語中夾槍帶棍，話中有話地刀光劍影，用言語便能置人於死地。如今夏婉婆媳倆這一通對罵，只除了夏婉說到天王老子那裡時，讓他抬了抬眉毛，其餘時候簡直就是聽得津津有味，恨不能鼓掌叫好，給兩人打氣。

一旁的宋嬤嬤見小主人那躍躍欲試的神情，忍不住低聲細語地勸道：「蕭老夫人同蕭夫人這是在給小主子造勢呢，小主子切莫壞了大事。」

「知道、知道。」原先揣著的端穆氣質，這會兒早就被拋到九霄雲外，劉玄到底只是個九歲的孩童，既然不能壞了大事，索性他再添把柴火。

就在蕭家婆媳兩個已經把周圍的鄰居引過來探聽時，委屈的童聲突然響徹天際。

「嗚嗚哇呀——妳欺負我！我已經沒有娘了，就是想來找我爹的，原本我以為自己一個親人都沒有了，現在我有了爹，又有了奶奶，我哪兒也不去，就算去找族長，族長也不會忍心攆走一個孤苦無依的孩子的。妳壞，妳才應該走！」

斷斷續續的哭泣聲中，夾雜著蕭老娘的低聲安慰。「乖孫子不哭，她要是容不下你，咱們蕭家也容不下她。你就安心地住下，回頭老族長那裡，我去跟他說，就算為了蕭家的香火，我拚了老命也會把你留下來的。」

「我走！告訴蕭正，讓他別後悔，我走了就再也不回來了！」

一陣甩門聲傳來，圍在蕭家大門外的眾人，忍不住齊聲抽氣。

誰能想到平時端方穩重的蕭正，竟然讓私生子找上門來！雖然蕭家的大門關著，不妨礙眾人透過聲音來猜測。

從年歲上算，這是蕭正剛往外頭走鏢那時播上的種啊！許是才出了山窩，沒見過大世面，稀裡糊塗做下的事。如今連蕭老娘都已經確定這是自家的孫子，怕真就八九不離十了。

有那素來同蕭家交好的人家，還想著蕭家的名聲，不由得替蕭正解釋。「阿正那時還是個毛頭小子，怕是自己也不清楚幹了什麼好事。瞧他平日對媳婦好著呢，哪能就這麼把夏氏攆回娘家去？要不大家去勸勸，反正那孩子都沒了娘，養在家裡也不費啥口糧……」

又有那膽子大的，瞧見蕭家大門口的簡樸馬車，猜測蕭家這個親孫子的來歷。見大一一臉老實模樣，想來是這孩子家的車夫，忍不住上前套近乎。「兄弟是給這家趕馬車的？這孩子沒了娘也怪可憐的，家裡也沒別的親人了？」

大一一看之前準備好的說辭終於有了用武之地，內心無比激動，當下神色頗為悽惶地賣起慘來。「我們小主子家只是普通的商戶人家。前兩年不是鬧災荒嘛，生意做不下去，又碰上天災人禍，可憐見的，小主子沒了親娘，家道中落，除了俺們兩個僕人，就剩下這輛馬車了。若不是主母臨終留下遺言，讓小主子來尋親，這世道，哪是一個孩子能活得下去的？」

「哎喲！那可真是怪可憐的，如今外頭怕是也不大安穩啊，好在這家的蕭老太太可是個善心的，又是自家親孫子。你別著急，你家小主子鐵定找到依靠了。」

話音剛落，蕭家大門砰的一聲被人踹開，夏婉眼眶泛淚，拎著包袱便要往外走。身後，蕭家大門又迅速地關上。

這下子，看熱鬧的老百姓立刻調轉方向，有那同夏婉要好的小媳婦，忍不住上前拉著她安慰，只說不管有啥矛盾，坐下來好好說就是，可別真一時生氣回了娘家，倒不好做人了。

四、五個小媳婦、大閨女的安撫，讓夏婉走得艱難，不一會兒就被憋出一頭汗，只是今兒個是無論如何都要離開的，畢竟現在的目的就是要把大家對蕭家的注意力轉移到自己身上，再不走才是誤了大事。

慢一步得到消息的春梅嫂挺著肚子走過來，也好在她肚子大了，大夥兒遠遠看到，都自覺地躲得遠遠的，生怕磕絆到她，才讓她順利走到夏婉身邊，也給夏婉留了一條解脫的路。

「嫂子，有啥話就都別說了，」夏婉見到春梅嫂，豆大的眼淚落下來，哽咽道：「阿正平時對我那麼好，大家夥兒看在眼裡，我自己也是清清楚楚，就是因為記得清楚，出了這樣的事，婆婆還一心只幫著孫子，我這心裡才疼得跟刀割似的。我也不鬧了，省得再落了往日的情分，我這會兒只想回家找我娘，這心疼才能好上一點。」

「唉，我知道，我都知道。」春梅嫂伸手給夏婉擦眼淚。她自己跟老李生氣拌嘴，都想著回娘家才能圖個清靜，如今蕭家出了這樣大的事，夏婉想要回家找老娘，簡直再正常不過，當即也不勸了，還幫夏婉把路打開。「來來，找兩個半大小子跟著，看著阿正媳婦回到娘家再回來。」

夏婉如今情緒激動，春梅嫂怕她一人走在路上，萬一想不開，再出點什麼岔子。遂找來兩個十四、五歲的小子，仔細吩咐他們慢慢跟著，等夏婉回到溪山村，再結伴回來。

末了，她還問夏婉。「要不讓他們趕車把妳送回去吧？妳哭成這樣，還能走嗎？」

「還是走回去吧，走回家眼睛上的紅腫也能消一些，省得我娘他們看見更擔心。」

眼看著夏婉說話間，眼眶又要泛紅，春梅嫂也不敢再留人了，放了夏婉趕緊走，這廂又幫著蕭家攆人。「家裡都沒事了？都別圍著了，人家的家務事讓人家自己解決，還幹不幹活了？趕緊散了吧！」

話說到這個分兒上，連夏婉都回娘家去了，蕭家院子裡也恢復了前所未有的平靜。

春梅嫂鬆了一口氣的同時，忍不住在心裡嘀咕。

這蕭家也真是多事之秋，蕭正都消失了好幾個月，又出了私生子來認親的破事。想到自家相公叫人帶了口信，說是很快就要回家，春梅嫂高興之餘，又忍不住替夏婉憂心。

也不知道蕭正是不是會一起回來？到時候讓他們家老李，押也要押著蕭正過去溪山村把夏婉給接回來。

只是一想到蕭正平日疼媳婦的模樣，春梅嫂又覺得自己的擔心有些多餘。怕是不等老李開口，心疼媳婦的蕭正就趕過去接人了。

所以，她還是把心放進肚子裡，安心養好孩子，等著老李回家吧。

第二十五章

這廂，把自己哭慘了的夏婉終於可以休息一下，須知剛剛差點沒讓她哭得背過氣去，這會兒都有點氣血不足了。

一路上，她只沈默地往前趕路，鬧得兩個半大小子落後幾步跟著她，大氣都不敢出，一直等到夏婉走進溪山村的村口，兩個孩子才大聲喊道：「嬸子，俺們回去了！」

說完頭也不回地往來時路急奔過去。

閨女突然回家，夏老娘嚇了一跳，又見她眼睛紅腫，以為閨女跟親家母鬧了矛盾，忍不住開口訓道：「阿正不在家，妳們婆媳兩個有啥話不能好好說嗎？像妳這樣一吵架就賭氣跑回娘家的兒媳婦，在過去，早就讓婆家給休了。妳那婆婆啥性子，咱們都看在眼裡，一定是妳這個丫頭太倔強，把她給惹毛了。妳拍拍屁股回娘家沒事了，妳婆婆一個人在那裡待著，妳怎麼忍心？趕緊的，讓妳哥把妳送回去。」

「我婆婆現在才不是一個人呢，她連大孫子都有了。」索性作戲作全套，這樣嚴重厲害的大事，夏婉沒打算讓娘家人知道，反正要不了多久，東鄉村蕭家的消息也會傳到溪山村來，與其讓爹娘、兄弟不明就裡地擔心，還不如她先說出來，再把家人安撫好，這才能保住露餡兒的風險。

「家裡來了個孩子，說是蕭正的種，家裡親戚都沒有了，才來找爹的。我婆婆已經把他認下了，我才反駁兩句，婆婆就罵我，還說我要是不同意他回來，就不要我這個媳婦了。婆婆還說我成親一年多都沒有孩子，是不想讓蕭正當爹！」

「這……」夏老娘瞪大眼睛，一副不知道要說什麼的樣子。瞅著閨女忿忿不平的神色，不由得小聲嘀咕了一句。「原先就跟妳說，讓妳趕緊想法子生個娃兒，妳倒好，一直不緊不慢的，這下知道厲害了吧？人家拿這話堵妳，妳是一點理都占不到的，現在知道生氣了？那之前幹什麼去了？」

「妳就少說兩句吧！」夏老爹見妻子把正經事扯遠，忍不住說了她一句。到底是男人想得深遠，開口問閨女。「阿正現在不在家，妳婆婆怎麼就能確定那孩子是蕭家的孫子？這事怎麼著也得等阿正回來，當面鑼對鑼、鼓對鼓地說個清楚吧？」

冷不防被夏老爹問到關鍵處，夏婉噎了一下，硬著頭皮編撰道：「那孩子身上帶著信物呢，我婆婆看了，說是蕭正小時候就戴在身上的，還說那孩子就跟阿正小時候長得一模一樣，錯不了。婆婆還說了，不管對錯，都得等蕭正回來親口說清楚，所以那孩子得留在蕭家。」

「那孩子家裡人呢？」

「死光了，只有一個孩子帶了兩個家裡的僕人上路，剛見面時我還覺得這孩子長得挺好的，誰想到是這樣。」

「孩子他娘呢？」比起一個平白冒出來的男娃娃，夏老娘更擔心會不會突然從哪裡冒出一個不知道來歷的女人來跟閨女搶男人。

「前兩年鬧饑荒那時病死了，家裡又撐了兩年，實在撐不起來了，才想著找過來認親的。」

「那這孩子也確實怪可憐的。」在一旁聽完全程的夏家大哥，忍不住來了一句。

「大哥，我還是你親妹子呢，你到底是站在哪邊的！」夏婉朝著瞎說大實話的大哥怒目而視。

「妳哥說得也沒錯。」夏老娘把閨女的事都聽明白了，難得一次沒有不經大腦就先發飆。「這會兒世道也不容易，一個那麼小的孩子，若不是家裡還有點家底，早就被人擠得連渣都不剩。這麼說來，這孩子身邊還有厲害的人幫襯著。妳個傻子，剛剛回什麼娘家，人家既然都進了家門，妳還能跟一個孩子較真？妳應該在蕭家好好守著，哪裡都不去才是。那唱戲的不都說要知己知彼？最重要的是把妳婆婆的心挽回來，再弄清楚那小子的底細，別吃虧才是。妳這麼一通哭地跑回來，心裡也不痛快，還不戰而敗，妳是我生的閨女嗎？太沒有心眼了。」

夏婉被夏老娘的一番說辭徹底打敗，這會兒連她自己都覺得就這麼匆匆忙忙地跑回來不對了，忍不住傻乎乎地問：「那我現在該怎麼辦，自己再走回去？」

「傻了嗎？現在回去有個屁用！」夏老娘恨鐵不成鋼地瞪了夏婉一眼，給自家閨女出謀劃策。「等著吧，這會兒回去，妳是裡子、面子都沒了，若是蕭家人重視妳，明天肯定會有變化的；若他們真不把妳當兒媳婦了，妳還有老娘、老爹呢，娘親自去東鄉村老族長那裡給妳討公道，我閨女的名字可還在老蕭家的族譜上呢，想不要，哪是那麼容易的？」

眼見夏老娘已經替自己把事情都想清楚，夏婉總算是鬆了口氣，忍不住朝親娘撒嬌。「娘，我餓了，家裡還有吃的嗎？我得多吃點飯，明天才有精神。」

「知道啦，這就給妳做。」

蕭家這邊，蕭老娘眼看兒媳婦揹著個小包袱，頭也不回地走了，心裡那個疼啊，彷彿夏婉真就一去不復返了，然而她又不能表現出來，這不都是為了順利留下眼前這座大佛嗎？尤其是那個叫宋嬤嬤的，替主人家給她鞠躬道謝，唬得蕭老娘一把將人扶起來。她一個鄉野農婦，哪裡當得起貴人這樣的禮？

「蕭家一家忠義，老夫人受這一禮也是應當的。」要知道，蕭正為了引開追兵，這會兒正帶著他的替身，給敵人製造假象，出生入死，不知道躲到哪裡去了。劉玄雖然只有九歲，卻是大儒先生精心教導出來的，他知道他一個人的安危，是外頭許多人拚死換來的，就是整個東鄉村，若是一招不慎，也會落得血流成河。

蕭老娘雖然會些拳腳功夫，卻沒法跟宋嬤嬤這樣的高手相比。既然小主子都發話了，蕭老娘無論如何都攔不住宋嬤嬤的動作，只好偏身躲了一下，只受了半禮。

「家中簡陋，小公子若是打算長住，老婆子現在就開始收拾。」鬧了一上午，早到了吃中飯的時間。

「往後蕭家的吃食，由老婦人來做即可。」宋嬤嬤之前在宮裡，就是負責小主子的飲食，這一路上躲躲藏藏，小主子根本沒吃到一頓安穩飯。「還請老夫人允許大一進來，幫忙主子收拾休息的地方。」兒媳婦不在家，蕭老娘自己一點都不在意這些，於是大一終於堂堂正正地從大門口走進蕭家。

只是蕭老娘一個老太婆的屋子，雖說是上房，也不好叫貴客住進去；而蕭正夫妻兩人的屋子，蕭老娘私心不想讓出來，便小聲提議：「東廂原是我那大閨女的住處，後來住了小婉的弟弟，他東西不多，很容易收拾出來。」

農家院子以西為尊，宋嬤嬤聽了，剛想說什麼，被小主子看了一眼，到底沒有說出口。

蕭老娘慶幸春生這兩天回了夏家，否則今天這齣戲，還真就不好演下去。

宋嬤嬤去廚房裡忙碌，她和大一兩人把春生的東西全都搬到儲存糧食的屋子裡，再把春生的屋子打掃得乾乾淨淨。原還擔心家裡沒有新做的被褥，誰知道人家出門，也是隨走隨帶，竟還從那個不算很大的馬車裡卸下許多用品，一個下午就把她這「大孫子」的住處給收拾好了。

知道自家屋子到底還是簡陋了些，蕭老娘忍不住道：「鎮上什麼東西都有，回頭有什麼缺的，我再去買回來。」

「這樣就很好了，我們在東鄉村還是陌生人，一切低調為主，先安頓下來再說，老夫人不用太掛心，跟往常一樣就好。」彼時宋嬤嬤做好了飯菜，大部分留在廚房裡，只把自家小主子用的碗筷拿出來盛了飯菜，端進東廂，伺候劉玄吃飯去了。

蕭老娘心想，兒子和媳婦都不在家，哪裡還能跟往常一樣？

自覺不討人喜歡的大一盛了飯菜，不知道跑到哪個角落裡去吃了，蕭老娘沒找到他，也不理會，自己一個人在廚房裡吃著飯，感覺又回到兒子沒成親前，她天天都是一個人的時候。不對，這會兒還有把懸在脖子上的刀，不知道哪天會突然掉下來，或是消失不見。

下午，打發了過來打聽情況的秋雙孀回去，蕭老娘開始犯愁，該怎麼把兒媳婦給接回來？雖然劉玄告訴她不要擔心，一切交給他們就好，可她仍舊放心不下。

直到第二天一大早，瞧見自家兒子站在院子裡，蕭老娘先是驚喜了一把，轉瞬便察覺出不對來。自己生的兒子，自己知道，這看著十分相像的男人，怎麼看都不是親生的。

大一用了易容的法子，讓自己看起來同蕭大人十分相像，結果反而惹來蕭老夫人的白眼，不禁對自己的手藝沒把握起來。

要知道，他之所以會被選中留下，最主要就是因為他這門手藝，可蕭老娘嫌棄的模樣，讓他備受打擊。

宋嬤嬤不由得搖頭，轉而向蕭老娘討要衣裳。「家裡若是有蕭大人的衣服，就再好不過了，母子連心，大一的手藝雖然騙不了老夫人，可到外頭唬唬人還是可行的，若有蕭大人的衣服，就更萬無一失了。」

最後，大一穿著蕭正的舊衣裳，趕著大灰去了夏家。

整個夏家，只有夏婉認出這人不是蕭正。接著，大一把這輩子能用的懇切言辭全都說了一遍，姿態放得很低，好話說了一籮筐，還承諾絕對不會讓「他家小主子」上蕭家的族譜，這才終於把蕭夫人從夏家接回來。

然而剛到家，便被恨鐵不成鋼的蕭老娘賞了一頓家法，揍得連走路都變得一瘸一拐，只休息了一晚上，便嚷嚷著外頭還有事，見過村裡的幾個弟兄，便頭也不回地把「妻子」和「兒子」一起扔在家裡，又重新出了遠門。

沒有一個人懷疑，即便是幾個月前，家裡男人跟著蕭正一起離開的那幾戶人家，都沒有絲毫的疑問。畢竟他們的男人都全鬚全尾地跟著蕭正一起回來了。

只是弟兄們都是真的弟兄，誰會想到蕭正卻不是真的蕭正呢？

唯獨因為這件事的塵埃落定而受了委屈的，當數夏婉了。

就連春梅嫂都忍不住過來勸道：「瞧妳家阿正的樣子，也不像對這孩子有多上心，應該就跟他說的那樣，年少時不曉得輕重，才一不小心犯下錯事。不是說不會給那孩子上族譜嗎？妳就當家裡養了個過來投奔的親戚，別受他的影響就是了。」

夏婉還能說什麼，只能沈默地點頭。

最後，一切都按照他們預計的那樣完美落幕，餘下的只有她對蕭正的無限擔憂，只是這日子卻還是要往下過的。

家裡陡然間多了兩口人，夏婉適應了許久才漸漸習慣。

家裡撿柴、劈柴的事全都成了大一的工作，沒辦法，誰教他是家裡最強壯的，且飯量又大，如今也不用他出力氣，那還不得做點力所能及的事？

如此這般相安無事地過了段日子，蕭老娘到底還是沒忍住，不是她喜歡折騰，實在是宋嬤嬤做菜的口味簡直糟糕透頂，用蕭老娘的話說，就是：「是不是天家的人都不喜歡吃鹽啊？這味道也太清淡了點！」

跟著連吃了許多天的寡淡飯食，蕭老娘實在忍不住了，私底下一個勁地跟兒媳婦抱怨。鄉下人可是要幹活的，當然得多吃鹽才能幹得了活啊，再精緻的食物沒了鹽，簡直連水泡的都不如。

「皇家講究飲食清淡才能養生，按娘如今的年紀，少吃點鹽才健康，您看大一不也同樣在吃嗎？」夏婉不知道這話是在安撫蕭老娘，還是在安慰她自己。明明秋天裡能吃的東西正多著，還沒法做出來，這讓吃貨情何以堪？

又過了兩天，連夏婉自己都受不了，只能去找宋嬤嬤攤牌。

即便嚴肅如宋嬤嬤，知道蕭家婆媳倆為了飯菜的口味才來找她，也忍不住錯愕了一瞬。

「鄉下人家口味重，習慣了，想跟宋嬤嬤商量，以後能不能還是分開來吃？我跟婆婆的飯菜就不煩勞嬤嬤了，我們自己隨便做做就行……」尤其是煎炸烹炒的各種菜啊。

「既然蕭夫人體恤，老婆子也能輕鬆一些。只是有一點，蕭夫人想做什麼菜，還得煩勞我給小主子做好之後再做。」

「沒問題。」夏婉現在的廚藝早已練出來，炒兩道愛吃的菜，根本花不了多大功夫，怎麼算都耽誤不了娘兒兩個吃飯。

蕭老娘得了兒媳婦的消息，瞬間身心舒暢。「早知道那麼好說話，咱就應該早早提出來，老婆子我多少年沒這麼饞過了。」

彼時，夏婉正燜燒著她的茄汁大蝦，感覺口水都快要流出來了。

如此這般井水不犯河水地過了幾天，那廂，有個人卻是慢慢靠了過來。

先是有一天，夏婉正跟蕭老娘在廚房裡吃中飯，大一突然滿臉堆笑地走過來。

「蕭老夫人，剛出去有事，耽擱了吃飯時間，您看，能不能把飯菜勻一些？」

蕭老娘瞧他說得可憐，又想到廚房滿滿一水缸的水和院子裡堆放的木柴，二話不說就給大一拿了個大碗，扒上飯菜端給他。

有過這一次，這來蹭飯的人就徹底甩不掉了。

蕭老娘也不知他那鼻子是怎麼長的，每回只要她和兒媳婦把飯做好，這傢伙必定沒多久就會出現。有一回，蕭老娘見夏婉在炒菜，特地敲了大一的房門半天，也沒見人在裡面。等兒媳婦飯菜一端上桌，這人不知道就從哪個角落裡冒了出來。

若不是看他老實，來討飯的時候從來不會盯著夏婉看，端了飯菜也立刻就回自己屋裡，吃完了還會把碗筷洗乾淨拿回來，蕭老娘還真要以為這小子是不是有別的心思。

到最後，夏婉已經習慣炒菜的時候多做一些，畢竟大一的飯量跟蕭正差不多，既然給人家吃飯，也得讓人吃飽不是？

蕭老娘左思右想，到底也沒想出個所以然來，只能歸結道：「侍衛也是要出力氣的，這大一怕是跟咱們一樣，吃不慣宋嬤嬤做的飯菜。我就跟妳說，清湯寡水的不養人，妳看，連他們家的侍衛都抗議了。」

被蕭老娘講得像叛變似的大一，這會兒正偷偷摸摸地溜進小主子的房間，把他要來的飯菜跟劉玄顯擺。

「主子您看，蕭夫人今天又做茄汁大蝦了，屬下今兒個去得早，蕭老夫人讓屬下自己盛菜，屬下腆著臉盛了小半碗，這個味道，聞著就想流口水。」

還冒著熱氣、澆著酸甜醬汁的大蝦被推到劉玄面前。誰能想得到，明明已經端著飯菜回到自己房間的大一，卻是踩著院牆，悄聲把夏婉做的菜送去小主人的房間。

「你做得很好，去幫孤看著門。」劉玄一本正經地吩咐，再回頭瞧見好不容易打發了宋嬤嬤，才有機會嚐到的這道菜，小爪子立刻伸了過去。

大一透過窗戶給小主子把風，聞著食物的陣陣香氣，暗暗提醒自己，為了小主子，一頓不吃也是可以的，更何況，他都已經嚐過這道菜了，小主子卻是頭一回吃。

隱在暗處的宋嬤嬤，看著這兩個她從小看著長大的孩子，忍不住在心裡嘆氣。既然已經到了這裡，或許她應該放手，讓小主子照自己的意願生活。畢竟比起外頭的爾虞我詐、血雨腥風，小主子也只有這短暫的一段平靜生活而已。

想到再出現於世人面前，所要面對的壓力與期盼，還是該快樂時且快樂吧。

體貼的宋嬤嬤絕對不會讓小主子下不了臺，等劉玄吃了幾隻大蝦，大一伺候小主子洗了手和臉，又打開窗戶通了風，最後把剩下的飯菜端回自己屋裡解決掉，宋嬤嬤才開門進屋去見小主子。

「蕭大人忠義，蕭老夫人同蕭夫人也都是良善之輩，大一他們已經把東鄉村探明，暫時沒有威脅，主子往後便可隨意活動。」停頓了一下，見劉玄臉上明顯流露出的愉悅，宋嬤嬤又道：「主子要是喜歡蕭夫人的廚藝，十天裡有三、四回可以讓蕭夫人掌廚，也好讓主子換換口味，主子覺得如何？」

被宋嬤嬤看破了小伎倆，劉玄也沒放在心上。他在外人面前，慣要做出威嚴之勢，可在嬤嬤面前，卻是想怎麼放鬆都可以。

聽她這麼說，當即道：「那孤從明日起就不用老是待在屋子裡了，聽蕭大人說，東鄉村鄉勇眾多，孤也想看看能讓當年的蕭氏一族甘願定居的地方，到底有多麼人傑地靈。」

雖說家裡跟從前不大一樣了，可夏婉也沒把當初跟蕭老娘學的那套拳法給忘記。

這一天，夏婉剛跟著婆婆打完拳，抬頭便見劉玄主僕兩人在屋簷下立著，尤其是被叫做阿玄的少年，滿臉的躍躍欲試。

「蕭夫人的拳法是蕭大人教的？」劉玄是見過蕭正出手的，雖說跟他身邊從小精心培養出的內家高手有所區別，卻也有本身的過人之處。

「相公的拳法我可不會練，這是跟著婆婆學的。」

「蕭老夫人的確身手不凡。」當初打算隱匿在東鄉村時，劉玄身邊的謀士也是經過一番深思熟慮，尤其對於蕭氏一族的來歷。雖然當初蕭正繼承其祖父的職責時，早已篩查過一遍，這會兒卻是更不能有絲毫差錯，是以對於蕭正的外公是土匪出身這件事，劉玄自然十分清楚。

明白之後，他對於蕭氏一族最初目光之長遠也是深感佩服。如若不是蕭正的祖父行差踏錯，主動出現在皇族的視線裡，他們根本就不可能尋到蕭氏一族的蹤跡，或許也就沒有蕭正的以身犯險，以及他暫居東鄉村這些事了。

只可惜，這世上不是所有的事都能預料到，他甚至連多給蕭家女眷一絲保障都沒有，誰讓他自己的安危都岌岌可危呢。

想到此處，一直不怎麼願意習武的劉玄突然想通了，開口道：「連蕭老夫人都明白勤於強身健體的道理，阿玄倒是自愧弗如了。宋嬤嬤，從今天起，孤也每日開始習武，把原先落下的重新拾起，反正如今也沒有太傅再逼著我讀書了。」

宋嬤嬤點頭應是，蕭老娘則聽得稀裡糊塗的，被兒媳婦拉了拉，到嘴邊的問話立時嚥了下去。

婆媳倆把地方留給主僕二人，手拉著手出了蕭家院子。

和言語間也要蘊藏諸多道理的劉玄相比，蕭老娘當然更喜歡單純的春生。「春生這小子，說不定還委屈著呢，說不讓他過來就不讓他來了，他往日收起來跟寶貝似的小玩意兒，我都替他收著呢。」

「沒關係，那天回家我都跟他說好了。他如今也大了，知道幫家裡幹活，依他那坐不住的性子，在哪兒都能當孩子王，娘不用替他操心。」

「阿正小時候不也是？村子裡的孩子都願意跟在他屁股後頭。」提起遠走他鄉的兒子，蕭老娘立時沈默了，拍了拍兒媳婦，隨夏婉一同散步去了。

魚塘裡的魚兒，已經長得很肥美；群養的鴨子褪去嫩黃的茸毛，換上更堅硬的羽毛，再等不到一個月，就能往外賣了，但夏婉卻不知道是不是應該繼續原先的打算？不管是如今的蕭家，還是遠在縣城的阮記，都不宜在這動盪時候多出風頭。須知銀子沒了還能再賺，命若沒了，可就撿不回來了。

夏婉作好決定，便把自己的打算告訴老孫頭。「如今外頭正亂，咱們的魚和鴨子還是先養在手裡，橫豎也不急著掙錢，就是要賣，也得等到過年不引人注意的時候，您覺得呢？」

老孫頭瞇著眼睛直點頭。比起賺錢，上了年紀的老人家更在意穩妥，他先前還擔心夏婉會忍不住冒進，如今正好跟他想法相同，倒也叫人安心。

夏婉想著過幾個月再處理這些問題也可以，誰知計劃趕不上變化。

某天，宋嬤嬤端著清洗乾淨的大蝦，走進廚房，朝夏婉笑了笑。「小主子今兒個想吃茄汁大蝦，蕭夫人做的時候，老身在一旁學，妳看行嗎？」

宋嬤嬤絕對不承認她是打算跟夏婉好好偷師一回，一定要給主子做出愛吃的飯食。

「可以呀，這個很好學的，宋嬤嬤手藝比我厲害，保准一看就懂。」一想起那酸甜的口味，夏婉都忍不住流口水了。當下便一邊做，一邊把要點講給宋嬤嬤聽。

蕭老娘一聽，忍不住在一旁直嘀咕。「又是茄汁大蝦……這個月小婉都做好幾回了，怎麼還沒吃膩？」

蕭老娘的聲音很小，夏婉壓根兒沒聽見，因為是婆婆在燒鍋，還提醒婆婆火不要燒得太大。

在宮裡啥情況沒見過的宋嬤嬤動了動耳朵，在計算他們來到蕭家的時間之後，忍不住抬頭打量夏婉一眼。

那天晚上，她明白小主子讓大一把夏婉接過去的原因。說句實在話，小主子哪能明白這其中的道道，也只是覺得蕭大人年紀輕輕，如今家裡連個根都沒有，此去又危險重重，生死不知，總不能讓蕭氏嫡系一脈就此殞落，她才跟小主子隨口提了一句。

至於能不能單憑那一晚就能給蕭家留後，也得看當事人的意願，以及蕭家的運氣。

現在看來，蕭家的運氣確實不錯。只希望當初蕭氏一族的隱居之地，也同樣能助長小主子的氣運。

既然已經上了心，再面對夏婉時，宋嬤嬤便多留意了幾分。

每回輪到一同吃飯的那幾天，宋嬤嬤都會主動接過清洗蔬菜之類的事，然而婆媳倆也不知道是少根筋，還是壓根兒沒往這方面想，輪到夏婉同蕭老娘婆媳兩個吃飯時，夏婉還是該幹麼就幹麼。

宋嬤嬤怕說出來會影響夏婉的情緒，只悄悄提醒了蕭老娘，只說哪怕現在天氣熱，井水還是冰涼的，尤其對於沒生育過的婦人，總是太過寒涼。

她都說到這個分兒上了，蕭老娘一開始確實嚇得不行，一迭連聲地只趕緊跑去把兒媳婦手裡的活兒接過來，然而沒兩天，婆媳倆又故態復萌。

諸如此類的事，終於讓宋嬤嬤也嘗到大一當初剛來蕭家時的憋屈了。

尤其清早打拳這事，望著打過拳還一臉紅潤、原地蹦跳幾下的夏婉，宋嬤嬤心裡突突地跟著狂跳，最後都不禁懷疑是不是自己弄錯了？

瞧瞧夏婉的樣子，不僅沒有晨吐，還吃好、睡好，面色紅潤，身體健康，絲毫沒有不適，她原本想著才一個多月，月分太小，把脈都不一定能把得出來，還是過些時日再說。可到了這會兒，宋嬤嬤只想趕緊找機會給夏婉把脈，弄清楚到底是什麼情況，她也好徹底從中解脫，再也不用為這傻不愣登的婆媳倆暗暗操心。

第二十六章

夏婉這一天睡得並不好，夜裡作夢夢見了蕭正，還是一身鎧甲，上頭沾著血跡，也不知道那血是別人的還是他自己的。

一見到她，他滿臉笑容地向她撲過來，待把她摟進懷裡一番溫柔纏綿後，還從胸口摸出一朵紫色的花苞。那花苞原本蜷曲著，等夏婉伸手接過來，擺在手中，花苞瞬間便開了，花心隱約能看到一個影子，還沒等她垂下眼來細看，蕭正笑呵呵地低下頭，在她耳邊喊了一聲「娘子」，便突然消失不見了。

因為這個離奇的夢境，夏婉大清早的臉色便十分難看，等到淘米準備煮粥時，被宋嬤嬤一把抓住手腕，夏婉突然掙開她的束縛，轉頭大吐特吐起來。

蕭老娘得知兒媳婦吐了，立刻風風火火地跑過來給夏婉拍背。

宋嬤嬤總算鬆了一口氣，淡定地收回手，轉身去堂屋給夏婉倒了一杯溫水，提醒道：「恭喜蕭老夫人，蕭夫人這是懷上了，您可得悠著點，別再把人給撞著了，如今蕭夫人身子骨可金貴著呢。」

蕭老娘眼睛睜得大大的，拍在兒媳婦後背上的巴掌立刻縮回去，轉而幫她在胸口上順氣，那輕柔的模樣，怕是跟觸碰剛出生的小嬰兒差不多。

宋嬤嬤哭笑不得，把手中的溫水遞過去，見夏婉平靜地接過，還不忘跟她道謝，心裡想著這婆媳倆總算有一個是頂事的了。

她剛準備把一些初期的注意事項告訴夏婉，抽泣聲突然響了起來。

宋嬤嬤驚訝地抬頭，就見夏婉哭著撲進蕭老娘的懷裡。「娘，我昨兒個夜裡夢見阿正了！您說他是不是來告訴我，我有孩子了呀？我自己都不知道呢，他怎麼就知道了？但他告訴我之後，一下子就不見了，娘，我好害怕呀……」

整個院子都被夏婉突如其來的哭聲震住了，劉玄原本正在聽大一轉述京城那邊傳來的消息，這會兒突然沒了心情，一擺手，讓大一離開，他自己則盯著窗戶，愣愣出神。

宋嬤嬤一肚子的話全都說不出來了，輕聲提醒蕭老娘。「孕婦的情緒容易激動，蕭老夫人還是把蕭夫人扶進屋裡休息一下吧，切莫太過傷神，再動了胎氣。」

蕭老娘到底是幾十歲的人了，這會兒可比以往都清明。她把兒媳婦扶回屋子裡，狠狠地在夏婉胳膊上拍了一下。「宋嬤嬤既是宮裡的嬤嬤，應該不會弄錯。傻丫頭，妳有了阿正的骨肉，應該高興才是，為娘盼了兩年才盼來這麼一個，妳可得給我護好嘍。」

「娘，我知道的。」夏婉抬手擦去鼻涕和眼淚，想起宋嬤嬤說的，孕婦不能大喜大悲，總算讓自己慢慢平靜下來。

她往蕭老娘懷裡一鑽。「這是我和阿正的孩子，我一定會護好他的。」

「妳傻呀，我有一丁點怪妳的意思嗎？」蕭老娘拍了拍兒媳婦的手，嘆道：「妳不要胡思亂想，都說母子連心，要我說，還有那父子連心的呢。肯定是阿正也感覺到他有孩子了，這才在夢裡告訴妳。當初讓你們成親的時候，我就找人給你們算了命格，你倆可是互幫互旺的命，往後的好日子還長著呢。我的兒子，我信得過，家裡有老娘、媳婦，還有孩子都在等著他，他一定會回來的。妳呢，只要安心地把老蕭家的種給生下來，就是蕭家最大的功臣了。妳要是生個閨女，我就高高興興地當奶奶；妳要是生了兒子，我就把妳給供起來，往後妳就是咱蕭家的姑奶奶。」

夏婉被蕭老娘的話逗笑了，不能說婆婆重男輕女，在唯一的兒子不知所蹤的情況下，她肚裡的這個可就成了最金貴的寶貝了，這可是蕭家的命根子，不說蕭老娘，就是夏婉自己也希望能給蕭正生個大胖兒子，一個有她跟蕭正血脈的孩子，一個能傳承蕭家希望的男娃娃。

夏婉花了兩天時間才把心態調適好，然而讓她吐得唏哩嘩啦的小傢伙不知道是被嚇著還是怎麼了，自從讓親娘吐了那一回之後，愣是再沒了動靜。

不過夏婉的脈清晰明瞭，如走珠般滑利，比前兩天更壯實，宋嬤嬤淡然道：「蕭夫人脈象正常，孩子長得好好的，妳們不用太過擔心，頭三個月一定要心態平和，順其自然才是最佳。」

「小婉吐了那一回就沒吐了，這樣沒關係吧？」明明都生了兩個孩子，可蕭老娘一碰上懷孕的兒媳婦，也是亂了手腳。

宋嬤嬤笑著調侃。「這說明孩子體恤娘親，不想讓娘親吃苦頭。老身見過的孕婦多，這些症狀都是正常的。蕭夫人孕吐少，胃口也好，可不就能趁這段時間好好補一下，身子骨養結實一點，回頭才有力氣生孩子。」

得了宋嬤嬤的話，蕭老娘立刻不慌亂了，聽說連劉玄都是宋嬤嬤當年親手接生的，蕭老娘更加信服。原還想著這主僕三人要住到什麼時候才會離開，這會兒巴不得宋嬤嬤他們能住得久一點，最好能等到兒媳婦平安地把孩子生下來才是。

頭三個月，夏婉懷孕的消息不能往外說。好在她被診出來時已經快兩個月，剩下的一個月隨便在家裡躺兩天就行。

而這一個月，夏婉幾乎不用自己動手。

原本需要夏婉做菜的，都變成夏婉口頭指點，宋嬤嬤自己動手做。

而之前每個清早練的拳法，也早已被蕭老娘束之高閣。宋嬤嬤告訴夏婉，她這裡有一套懷孕期間的調息動作，學了這個，對將來生孩子大有益處，只須等夏婉過了頭三個月就可以學。還有一套是針對產後體型恢復，由於夏婉現階段用不到，宋嬤嬤便直接教給了蕭老娘。
夏婉覺得自己頭三個月簡直被當成了易碎品，愣是被蕭老娘和宋嬸嬸一左一右保護著過的，或許只有等她過了三個月，才能恢復人身自由。
然而，只怪她想得太簡單，當她懷孕的消息傳出去，夏婉才發現，有更多注意事項和過來人的經驗在前面等著她，真真是甜蜜的負擔啊。

夏老娘是頭一個趕來東鄉村看閨女的，夏婉都不知道她從哪裡知道這件事的？畢竟為了那些傳統風俗，蕭老娘愣是忍著，連秋雙嬸都沒說，村裡就更加沒人能提前知道了。
對此，夏老娘十分得意。「要不怎麼說母女連心？妳一、兩個月沒回家，我是成宿地睡不好覺，生怕妳再被蕭家新來的小崽子給氣著。這不，妳哥在家的時間多了，我一騰出時間，就趕緊過來，剛進了村口，就聽見那喜鵲在旁邊的樹上叫得歡快，再瞧見妳婆婆一看到我，就是滿臉笑容，比這兩年加起來的都多，還有啥不曉得的？」
夏婉在夏老娘說起「蕭家新來的小崽子」時，忍不住順著窗戶往外看了一眼，回過頭來時恨不能捂住自家老娘的嘴巴。
「娘，阿玄也是個命苦的孩子，自從來到蕭家，一直很安分，也沒跟我鬧過彆扭，您可不能這樣說人家。」

「叫阿玄是吧？那大名就是蕭玄？」夏老娘壓根兒沒把閨女的話放在心上，只自顧自琢磨心裡最關切的事。「阿正上回回來，沒把那小崽子弄上蕭家族譜吧？」

「娘，都說了，別再那麼喊人家了，您到底聽不聽我的？」再喊還想不想要腦袋了？夏婉瞪著自家老娘，只把夏老娘瞧慫了，安撫地拍拍她。

夏婉又道：「阿正不是都跟你們保證過了？況且他上回回來，很快就走了，也沒時間提上族譜的事呀。您外孫這會兒都在您閨女肚子裡了，您再嚷嚷，小心再驚到孩子。」

三個月的小腹已經能摸出來跟從前的不同，夏婉摸著肚子，在心裡默默跟孩子道歉：實在是為了嚇你姥姥才把你搬出來的，咱不怕啊。

夏老娘一聽閨女說起外孫子，不敢再嘮叨，只嘀咕了兩句。「這男人啊，最看重的還是自己的種，也幸好妳這會兒懷上了……」

等到再被閨女瞪了一眼，夏老娘便徹底歇了這茬兒，轉而說起閨女的胃口來。

「只吐過一回，打那之後再沒吐過。有時早上起來稍微有些不舒服，活動一下就順暢了。這會兒能吃著呢，就是娘說了，也不能胡亂吃，辣椒什麼的吃得少了，其他還跟從前差不多。」

聽說親家母把閨女照顧得好，夏老娘連連點頭。「妳婆婆是個好的，這娃娃也可人疼哩，是個知道心疼親娘的。妳啊，從前就有算命的給妳看過，說是只要過了十四的劫難，日子且等著越過越紅火，這不就應了！」

連夏老娘都跟婆婆說了一樣的話，她的孩子果然是個懂事的。夏婉又摸了一下綿軟的肚皮，忍不住傻笑出聲。

鄉下人家，長輩來看晚輩時，一般來說是要留飯的。蕭老娘從宋嬤嬤那兒得到默許，便要留親家母吃飯。

原本還想給夏老娘炒幾道菜的夏婉，硬是被兩位娘一致攆回屋裡，於是這天的午飯便是一對親家母做的。

蕭老娘同夏老娘說起未來的孫子，簡直停不下來，只是說著說著，便覺得夏老娘話裡有話，半天才聽出來是夏老娘拐彎抹角地打聽劉玄原先那個家裡頭的事。

「這要是小門小戶的，倒也無所謂，可若碰上那些大宅子裡出來的，內裡的陰私咱們想都想不到，夏婉他們母子倆的小命，可就全交託給老姊姊了。」

蕭老娘知曉其中緣故，除了一個勁兒地保證，原本想要跟夏老娘提宋嬤嬤頗為精通婦人胎產，也都不敢開口了。好在夏老娘吃完午飯，一臉滿意地往家裡趕，若無意外，大概要很長一段時間才能再過來。

夏婉懷孕的消息，一旦一個人知道，後面就是想瞞都瞞不住。所幸三個月的時間已過，再有人來，夏婉便大大方方地點頭承認，畢竟她自己也很開心。

如今春梅嫂的肚子已經挺得老大了，她平日跟夏婉走得最近，自然少不了過來為夏婉開心一番。

自從老李上次出遠門，許是經歷十分危險的情況，這會兒尤其把家人放在心上，就算兩家離得沒多遠，都要陪著媳婦一起過來。

「我家老李說了，他這一回也算是掙了不少錢回來，最起碼養俺們娘兒幾個夠用了，往後不打算再出遠門。」提起這次讓人心驚肉跳的分離，春梅嫂也是感慨萬千。「有時候，只有生死路上走一回，才明白啥是最重要的。往後，我也不指望他大富大貴，只要他能活蹦亂跳地陪著俺們就安心了。」

夏婉想，或許是老李他們已經達成了協定，才能從京城的那群是非中脫離出來。又或許，因為不是蕭家人，他們雖經歷波折，倒也功成身退了。

這次來，春梅嫂還特意給夏婉帶了兩件她家大兒子當年穿的小衣裳。

「妳不知道，妳和阿正剛成親那會兒，嬸子就悄悄跟我要兩件孩子的衣裳，要給你們將來的娃娃。俺嬸子平時都忍著不說呢，這會兒瞧著那高興勁，簡直年輕了十歲都不止！」

「我知道，婆婆啥事都想著我，我跟阿正一直沒有孩子，她也從來沒說過我，之後等孩子生下來，可得讓他知道孝順奶奶。」夏婉沒說的是，就是因為有蕭老娘一心想著她，盼著她什麼都好，她才能在沒有丈夫陪伴的情況下，依舊俏生生地站在這裡，這也是她來到這個世界後最大的福分吧！

三個月一過，宋嬤嬤又給夏婉仔細地把了脈，這才讓準媽媽解了禁。

一般走動或做些輕省的活計都行，畢竟適當的運動能增強體力，往後生孩子時才能輕鬆一些，但不要做伸腰之類的大幅度運動，以免動了胎氣。

能活動之後，夏婉又忍不住開始研究她的那些吃食。尤其是之前做好的皮蛋，有一回被宋嬤嬤無意中嚐到，竟是意外好上這一口。

因為懷孕，夏婉不能吃那些東西，於是家裡的皮蛋都被蕭老娘和宋嬤嬤給包了，夏婉只好趁著還有一些存貨，加緊時間提前做。

她在院子裡大動干戈，劉玄不可能裝作不知道，尤其生石灰那些東西，如今夏婉不好親手調拌，宋嬤嬤二話不說，喊了大一過來幫忙。

院子裡，夏婉靠在椅背上，指揮大一把那些新鮮的褐皮雞蛋放進麥糠裡沾黏均勻，最後擺放在麻袋上晾乾。

劉玄見了，也不由得站在一旁看。

宋嬤嬤最近愛上蕭夫人做的流著溏心的皮蛋，大一也給他送來一些嚐鮮，他卻受不了那個味道。

如今劉玄也不是從前的劉玄了，知道生雞蛋內是什麼樣子，又見了皮蛋的怪模樣，還是會好奇。見到大一的動作，忍不住開口問：「蕭夫人拿生石灰裹住雞蛋就能得到皮蛋，是個什麼道理呢？」

夏婉哪裡知道該怎麼說？隨便說個一知半解的，怕是兩人都糊塗，只好硬著頭皮回答。「民婦也是在娘家時聽家裡的老人說的，至於什麼道理，卻是說不清楚。有時候老百姓琢磨出來的吃食，都不知道是經過多少代人的做法改良出來的，道理不重要，做出來的東西能吃就是了。」

許是鄉間的生活太過寡淡，打那之後，劉玄似是開啟了好奇的開關，但凡是自己不曉得的東西，都要拿過來研究一下。

例如家裡放著的幾把舊鐮刀，劉玄都叫大一拿下來給他耍過，等到夏婉一頭黑線地告訴也沒比劉玄知道得更多的少年侍衛，鐮刀的拿法和用法之後，劉玄這才一拍手，笑道：「原只在書裡見過，卻不知有些東西饒是書裡講得再詳細，也沒有親眼看過、親手摸過來得明白。」

望著比春生小，卻成熟多了的阿玄小少年，夏婉只覺得不同階級的人物，看待事物的方式都不一樣，不禁自嘆弗如。

往後，但凡有劉玄好奇的東西，只要來問她，她都會盡可能地詳細說明，雖然小少爺認真聽講的模樣，也看不出究竟聽懂了多少，夏婉卻知道，他一定能夠理解她的意思。

夏婉第一次感覺到胎動，是在某一天的午飯過後。

夏婉正躺著歇晌，小腹突然咕嚕一下，有類似氣體的東西往上竄。她起初還有些不好意思，以為是自己吃飯沒注意分量給撐著了，然而咕嚕聲之後，她既沒有想要打飽嗝的感覺，更談不上排氣，不禁有些疑惑。

活了兩輩子，第一回嫁人和懷孕，夏婉根本就是個門外漢。等到又一下咕嚕，卻是從小腹的左邊傳到右邊時，夏婉突然眼睛一亮，捧著肚子就去找婆婆。

「娘，寶寶動了！」夏婉欣喜地趕到堂屋，恨不能立刻把蕭老娘的手放在她肚皮上感受。「一會兒從下往上冒泡，一會兒又從左往右，這就是胎動吧？」

彼時，蕭老娘正跟宋嬤嬤在堂屋給夏婉肚裡的孩子縫製小衣，蕭老娘正感慨宮裡養個孩子也忒不容易，就連給小娃娃做衣裳用的針線，還有一件衣裳做下來只能用偶數的針腳都有說頭。相比之下，她的一兒一女，從小簡直就像是風給吹大的。這會兒突然聽了兒媳婦的話，忍不住就要把針線放下，跟夏婉一起樂呵。

宋嬤嬤輕咳一聲，才把夏婉婆媳倆的注意力轉移過來。「依著蕭夫人的月分，孩子胎動還差些時候。」

「可我感覺到他在動呀。」夏婉以為宋嬤嬤不信，抬手摸向肚皮，萬分不解，但又覺得宋嬤嬤說得也不算錯。「感覺更像是兩個氣泡？」

「嗯，胎兒胎動之前，有些孕婦感覺比較敏銳，連胎兒在肚子裡些微的顫動都能感覺得出來，怕是再半個多月，蕭夫人再摸到的動靜就是胎動了。」月分尚淺都能有所感覺，宋嬤嬤想到蕭大人一身本事，不由得讚道：「都說虎父無犬子，蕭大人的骨血自是先天強健，蕭老夫人只管等著抱孫子吧！」

連宋嬤嬤都這麼說了，只怕小婉肚裡懷的果真就是個大胖小子。蕭老娘笑得見牙不見眼，連忙招呼宋嬤嬤。「那就謝老姊姊吉言了，等小婉生了，再請您吃喜蛋。」

儘管蕭老娘一直防備著，不讓大閨女知曉劉玄的事，但蕭欣還是在知道弟妹懷有身孕、回娘家探望時，發現了真相。

蕭正是蕭欣從小看著長大的，旁人還會被哄騙，以為蕭正真在外頭不小心有了個私生子，但蕭欣卻是一丁點都不相信的。

於是乎，蕭家大姑奶奶又在家門口跟蕭老娘槓上了。

「我回自己娘家還不行了？阿正人沒回來，您從哪兒給他弄個那麼大的孩子出來？夏婉呢，這種事，她也嚥得下這口氣？」原先聽說弟妹懷孕，蕭欣還以為是弟弟回來了，誰知不僅弟弟不在家，家裡還多了一個孩子。「既然小婉都懷孕了，那阿正應當已經回來了，他都不管這事？」

想著院子裡的貴人，蕭老娘這會兒怎麼看怎麼覺得咄咄逼人的大閨女很欠揍。原先覺得她一個女兒家，應該養得強勢一些，往後去婆家也不會受欺負。誰知到頭來姑娘性子火爆，也就她那個耐性好的女婿能容忍得了。

「既然妳知道阿正不會放著這樣的事不管，就當明白這事是他自己同意了的。」蕭老娘甩甩手，把閨女往外攆。「都說了外頭不太平，妳這一路趕過來，還不知道多危險，往後沒事可別再胡亂朝娘家跑了，我和小婉好得很，用不著妳操心。」

蕭老娘嫌棄的模樣，直把蕭欣氣得仰倒，最後飯都沒吃一口，又掉頭回了縣城。這回也算是把自己老娘也怨上了，自此一直等到夏婉分娩後，才又重新回到娘家。

金秋十月，當初養在藕塘裡的泥鰍正是肥美的時候，就連藕塘裡的蓮藕都到了收穫的季節。

這時候的蓮藕，最是新鮮脆爽，剛從泥裡挖出整段的藕節，不管是切成細絲炒菜，或是切成薄片拿開水燙過，再撒上白糖，都是爽口美味的食物。

連一向挑剔的宋嬤嬤都說，夏婉種的這塘蓮藕品相不錯。

從藕塘裡挖出來的蓮藕，除了拿一些到鎮上去賣，又往縣城送了一部分，剩下的依舊留在泥塘裡。「老孫頭說了，想要糯一些的蓮藕，最好等入冬之後再挖，那時的蓮藕塞上泡好的糯米，做成糯米藕，才叫一個美味。」

夏婉又一次感覺到明顯的胎動，是在同劉玄主僕兩人一起吃飯的飯桌上。

夏婉正吃著飯，突然覺得肚子被誰輕輕打了一拳，範圍很小，力道卻一點都不小，嚇得她當即哎喲一聲。

她放下飯碗，整張桌子上的人都停下動作，緊張地盯著她。

「小寶寶踢我了。」夏婉訕訕地解釋著，猶自怕宋嬤嬤不相信，特別描述道：「感覺像是他的小拳頭在肚子裡搥了我一下。」

「哎呀，可嚇了我一跳。」蕭老娘悄悄摸了摸頭上的汗。自從知道兒媳婦懷孕，她可一點也沒少操心，剛剛聽到夏婉叫喚，還以為她是不是早產，大腿不由自主地打了個顫，差點軟倒，這會兒不禁慶幸自己是坐在板凳上。「這才剛開始呢，再過一陣子，孩子力氣大了，不僅會拿小拳頭搥妳，還會拿小腳踢妳。阿正以前是個調皮的，我有時候睡著、睡著，還能感覺到他一隻小腳從我側腰那裡踢，差點把我踢岔了氣。」

蕭老娘提起兒子，話特別多，說了好半晌，發現不僅是宋嬷嬷，就連劉玄也安靜地聽得津津有味，立刻不好意思起來。「瞧我，吃飯時說這個幹啥？小婉不怕，這都是正常的，懷個孩子哪裡是那麼容易的事，妳還沒孕吐呢，這已經很好了，碰到害喜厲害的，還得看病吃藥哪！」

這個夏婉倒是聽說過，越是有這樣的對比，越是覺得自家孩子真是貼心。之前，在知道自己懷孕之後，夏婉擔心時間久了，有些孕期的趣事她會記不住，便養成了寫日記的習慣，也算是記錄肚裡的孩子一天天長大的過程。

加上丈夫的缺席，她也要多多寫下來，等以後蕭正回來了，再拿給他看，也算是蕭正陪在她身邊了。

待這次胎動後，夏婉的育兒方式裡又多了一項——每天陪著寶寶打地鼠。

每天一到肚裡的寶寶活動的時間，不管夏婉手上正在做什麼事，這時候也要紛紛替寶寶讓位。

隨著小拳頭搥在肚皮上，夏婉會把手貼在那個凸起的位置，陪小傢伙一起動。這樣幾次之後，娘兒兩個像有默契地玩遊戲似的，你搥一下，我就摸摸你；我按一下這裡，你若是感覺到了，就過來搥一下。到最後，連蕭老娘都看不過兒媳婦整天傻樂呵的模樣，直接把夏婉拉過去看她做衣裳了。

夏婉這一胎的生產時間大約在春天，那時天氣還有些冷，小嬰兒的衣裳、抱被都要提早準備好。

夏婉原本想著自己動手給孩子做件小衣裳，蕭老娘卻不同意她拿剪刀和針線，這會兒，為了分散兒媳婦的注意力，不讓她再去折騰她的好孫兒，蕭老娘只能把夏婉拉過去在旁邊百無聊賴地坐著。

不過針線活麼，雖然不能動剪刀，還有其他事情可以做，像是分線啊、挑選款式啊，也都是很重要的事。

閒坐了整個冬天，夏婉個頭不僅長高了些，連人都跟著胖了一圈，終於能穿上蕭老娘做出來的孕婦服了。

因為夏婉的肚皮越來越大，能穿上的也只有蕭正經過修改的衣裳。每每到了同孩子互動的時候，夏婉都會把似乎還沾染著蕭正氣息的衣裳，貼在肚皮上蹭一蹭，告訴肚子裡的寶寶。「這是你爹的味道，你可一定要記好了，有了這個味道，說明你爹爹也陪在我們身邊呢。」

夏婉原以為魚塘裡養多了的魚，這個冬天怕是賣不出好價錢了，沒想到等到快起魚的時候，阮姊夫還是派了馬車過來，將魚拉到縣城。

同來的其中一個小夥計，就是在阮記做活的東鄉村人，給夏婉捎來了消息。

「聽從京城裡回來的人說，沈淵不僅弒君，還派人到處追殺太子，事跡敗露，不僅不得民心，更是被滿朝文武百官視為謀逆，亂臣賊子，人人得而誅之，這會兒人已經被平叛軍打得到處亂竄，估計要不了多久，就能徹底穩定局勢，若是正好趕上過年，咱們養的這魚，可是又能大賺一筆。」

不提阮姊夫讓小夥計帶回來的消息，就說劉玄他們也是早早便得了更詳細的情報。

劉玄的父皇體弱，三十幾歲才得了這麼一個太子，當初也是因為皇帝的身體狀況，才會被早已有了狼子野心的沈淵鑽了空。

劉玄被忠心的大臣秘密接出皇宮時，皇帝被沈淵軟禁在宮內，雖然大家都知道以沈淵狠毒的性子，皇帝陛下性命堪憂，可待真有這樣的消息傳出來，小小的阿玄少年還是有些承受不住。

劉玄的神色和狀況，夏婉都看在眼裡。這一天，宋嬤嬤實在累得狠了，熬不住便去休息一會兒。

夏婉想了想，捧著肚子敲開了小少年的門。

第二十七章

劉玄心中雖然難過，但夏婉是在他性命堪憂時收留他的人，該有的禮遇還是有的。遂當聽到夏婉敲門的時候，少年雖然奇怪，還是開門把夏婉請了進去。

夏婉是頭一回到劉玄的屋裡，若不是明白自己進的是自家的屋子，她都不敢相信這裡外的差別有那麼大，看來宋嬤嬤已經盡了最大的努力，讓她的小主子過得更舒坦一些。

想想在劉玄面前極盡溫柔安撫、在人後蒼老辛勞的宋嬤嬤，夏婉端坐在凳子上，不由自主地撫上自己的肚子。

「小公子，在臣婦沒有懷上孩子之前，一直不明白做父母的究竟能為孩子做到什麼樣的地步？等到懷了孩子，因為他的一點小動作，就會很高興，哪怕是腳都已經水腫，很難好好走路。若是有人問我會不會後悔懷他，我一定不後悔。父母對孩子最大的期盼，除了平安快樂，其餘也只是附加的而已。為了這份期盼，小主子也要打起精神。」

「孤知道。」劉玄仍舊是那還沒有變聲的童音，音調裡卻多了別的東西。「孤就是覺得，外面許多人為了劉家的江山出生入死，孤卻只能躲在這個小小的村子裡，什麼忙都幫不上。」

「就像做父母的，只希望孩子平安一樣，太子的生命安全才是最重要的，也只有保全了這一點，才有未來的希望。太子只要做到這一點，就是最大的幫忙了。」

「宋嬤嬤說，我母妃懷我時，同蕭夫人的情況十分相似。」似是想起了之前聽過的話，劉玄突然從椅子上下來，朝夏婉靠近一點。「我能摸摸他嗎？」

夏婉點點頭，牽起劉玄的手，隔著衣服，把他的手放在自己的肚子上。

調皮的小傢伙以為有人要跟他一起玩，在劉玄的手剛放上去沒多久，就用力踢了一腳。

「他踢了孤！」

「他那是在跟你玩呢，我平常就喜歡這麼跟他玩。」

知道分寸的劉玄輕輕嗯了一聲，十分自制地收回手，道：「孤是太子，自有龍氣護體，孤給了這小傢伙一點，他以後定能好好的，也不會讓妳難受了。」

「誒，那我替小傢伙謝謝您。」夏婉笑咪咪地摸摸肚子。「我的食量是越來越大了，現在想煮點麵條吃，你要嚐嚐嗎？」

「好。」

自此，已經有兩、三天沒吃下多少東西的劉玄終於肯張口吃飯了。

宋嬤嬤知道消息後，喊了聲阿彌陀佛，一個勁兒地笑著對夏婉道：「多謝蕭夫人。蕭夫人這一胎，老身一定盡己所能，讓夫人和孩子都平平安安的。」

原本還不怎麼擔心的夏婉，因為宋嬤嬤的這句話，變得更憂心了。

宋嬤嬤原想著距離夏婉生產還要幾個月，京城那邊要想局勢穩定，也需要不少時間，誰知道計劃永遠趕不上變化，幾乎還沒有出正月，先是沈淵逆賊服誅的消息傳來，接著而來的還有打算秘密接小太子入京的近衛軍。

也是在這個時候，夏婉才發現，她是想得太天真了。太子出行，哪怕是在他們這樣一個小小的村子裡，也不可能只有宋嬤嬤和大一兩個隨從跟著。等到一行人趁著夜色準備離去之時，夏婉看到不少在暗處潛伏的侍衛，悄悄顯出身形，沒有發出絲毫聲響，只往蕭家院子鄭重其事地行了一禮，接著又立刻隱藏身形，再次潛伏到暗處。

小太子沒有留下什麼話，最後大一離開時，帶來宋嬤嬤的話，只說等她把小太子送回皇宮安頓好，一定會馬不停蹄地趕回來幫夏婉接生。

年輕的侍衛轉達宋嬤嬤的交代，滿臉通紅，夏婉還沒同情他一番，又見他厚著臉皮，把蕭家做好的松花蛋、糯米藕等吃食搬空，最後只給她留了一個小檀木盒子。

「宋嬤嬤說蕭夫人手藝好，咱們搬走這些，蕭夫人立刻能做出新的來，也煩勞夫人辛苦了。」

在住了這麼些日子之後，家裡一尊大佛可算是移走了，夏婉渾身放鬆下來，又覺得有些不習慣。

大一的活蹦亂跳、宋嬤嬤的嚴肅認真，讓蕭家的院子不知要熱鬧多少倍，人走了之後，彷彿又回到原先清冷的模樣，讓夏婉連胃口都好不起來了。

上回，蕭欣被蕭老娘罵，也是脾氣上來，這會兒任憑阮焘怎麼勸說，也不願回來熱臉貼冷屁股。可嘴上說著氣話，到底是對著弟媳婦，心腸硬不起來，又從縣城花高價請了一位穩婆去東鄉村照顧，只說按月給錢，一直照顧到弟妹把孩子生下來為止。

三月初二一大早，夏婉便覺得身上有點不得勁，因為今天肚裡的小傢伙動得太頻繁了。

夏婉趕緊先吃了碗雞湯麵，總算是抖得沒那麼狠了。她輕輕呼了口氣，讓蕭家大姊請來的穩婆給她檢查了一回。

「夫人別著急，這會兒肚子還沒開始疼，怕是即便不是今天，也就這兩天了。平日怎麼活動，如今也照樣就是。」

連穩婆都這麼說了，夏婉雖覺得肚子墜得慌，但又沒有陣痛，也只好先這麼著了。

蕭老娘到底不放心，晚上便陪兒媳婦一起睡。

夏婉覺得自己才剛睡著，突然，一陣陌生的痛把她給疼醒，她低哼一聲，對婆婆喊道：「娘，快點起來，我好像要生了……」

蕭家的大孫子終於迫不及待準備出來見世面了。

夏婉背後疊了兩床被褥，她艱難地半躺在炕上，上半身的衣裳已經穿戴整齊，被子下面蓋著的半截身子卻是光溜溜的。

穩婆剛剛給她檢查過一遍，只說時間還早，還不是使勁的時候，夏婉只能忍著疼等待。

蕭老娘去廚房燒來熱水，又煮了一碗麵讓夏婉硬撐著吃下去，最後還弄了紅糖水泡白煮蛋，讓夏婉能夠時不時喝上一口，好囤積體力。

老話常說，不當家不知柴米貴，不養兒不知父母恩。每隔一段時間，肚子的劇烈疼痛都讓夏婉差點疼出眼淚來，越是忍耐，卻越覺得沒有盡頭。

「好丫頭，再忍忍，女人都是這麼過來的。難為妳了，能睡著就躺著瞇一會兒。」

蕭老娘拿軟布給兒媳婦擦汗，透過窗戶往外瞧，一片漆黑的天空，心頭也不禁惶惶。

雖然穩婆白天摸了胎位，說是一切正常，可在這寂靜的深夜裡，夏婉咬唇忍耐的細微呻吟聲，都顯得格外令人驚慌。

夏婉也知道要保存體力，一陣陣痛過去，終於能緩口氣時，她閉著眼歪在炕上歇著，悄悄把手伸進去，摸了摸圓鼓鼓的肚皮，給自己加油打氣。

更密集的陣痛開始了，從原先半個時辰疼一次，到現在幾乎隔一刻鐘就疼，疼的時間也在不斷延長，夏婉終於忍不住小聲抽泣起來，只覺得整個肚子和腰都不是自己的了，又脹又墜。

「娘，我好難受，快疼死我了，阿正為什麼還不回來，我恨死他了……」

「娘知道，等那小子回來，我幫妳揍他！」蕭老娘抓著兒媳婦的手，瞧見她的頭髮早已被汗水打濕，一個勁兒地在心裡求佛祖保佑，忍不住又去問穩婆。「到底怎麼樣了？」

「還沒開徹底，這會兒想生也不成啊，堵著呢！」宮口沒有徹底打開，穩婆當然知道不能生，心裡還想著不是都說莊戶人家的產婦都頗能忍，怎麼到了這裡又是鼻涕又是眼淚的。「可別讓她再哭了，力氣耗盡，等等該使力的時候反而使不出來了。」

然而對於穩婆的教訓，夏婉是一點都聽不進去。憑著本能，抱著肚子，盡可能地想要讓自己舒坦一點，不停地變換姿勢，直到發現跪坐在炕上，胸口比較沒那麼悶之後，她過一會兒就得扶著婆婆跪著，似乎這樣做，孩子就能更快一點出生似的。

另一頭，蕭正一心想要給小媳婦一個驚喜，連夜趕路回到東鄉村，在大門外頭，就聽見家裡傳來哽咽哭喊的聲音，嚇得連拍門都忘了，乾脆助跑兩步，直接攀上牆頭，翻進家門。

這大概是夏婉這輩子最丟人的一刻了，半跪在炕上，連被褥都被折騰得歪到一邊，羊水竟然在這個時候破了，嘩啦啦流了一床，正巧被丈夫看了一清二楚。

於是乎，飛快推開房門的蕭正，就見夏婉被他老娘和一個陌生的大娘扶著，光著腿半跪在炕上，突然把整個炕上尿濕大半。他望著離開時，小媳婦還平坦柔軟，這會兒卻鼓得跟顆球似的肚皮，腿一軟，連門檻都沒跨過去，直接絆倒在地，來了個大馬趴。

蕭老娘被突如其來的人影嚇了一大跳，哎喲一聲叫，趕緊伸手拉被子，幫兒媳婦蓋住私處，回頭剛想叫罵，就見瘦得已經脫形的兒子傻愣愣地從地上爬起來。

蕭老娘乾脆罵得更凶了。「臭小子，你媳婦在生孩子，你把門開那麼大想幹麼？叫人在外頭打傻了不成！」

蕭正依舊沒有回過神，反射性地反手關上門，幾乎是手腳並用地爬到夏婉炕前。

「小婉，妳肚子怎麼那麼大了？」

蕭老娘氣都不打一處來，這會兒哪有工夫管兒子是不是腦袋壞掉了，連忙把夏婉扶下床，同穩婆一起把弄濕的被褥拖下來扔到一邊，又重新鋪好被子。

「被子都是冷的，這可怎麼辦？」蕭老娘那個急的，恨不能這會兒再把炕給燒起來。

被婆婆扶到一邊、裹著被子坐好的夏婉，或許是羊水破了的緣故，陣痛比方才輕了一些，這會兒把眼前這個風塵僕僕，卻緊張得手腳都不知該往哪兒放的男人看在眼裡，含著眼淚，咧嘴笑，心卻突然平靜下來。

「阿正，你要當爹了，是我們上一次在高粱地裡懷上的，你再不回來，我就要被疼死了。」

蕭正面皮奇異地抽動兩下，半天才咧嘴露出個笑臉，卻是連碰也不敢碰夏婉一下。他的小媳婦變化可真大，尤其是挺著大肚子的模樣，比以往任何時候都要美，就算含著眼淚也美得讓人心顫。

蕭正剛想伸手替她擦眼淚，說一聲「媳婦，我回來了，往後妳再也不用害怕了」，就被過來扶兒媳婦的蕭老娘一巴掌拍開。

「你也不瞧瞧，在外頭跑得滿身灰，還不趕緊把自己清洗乾淨了，等等開門的時候小心一點，別把門縫開那麼大。」

蕭正如今才算從四肢發軟的狀態中解脫出來，到底腦袋沒徹底壞掉，知道自家老娘話裡的意思，原地轉了兩圈，才想起自己要幹麼。

他匆匆忙忙拿了乾淨的衣裳，看著小媳婦被重新扶回炕上，急忙道：「小婉，妳等等我，我洗乾淨就過來陪妳！」

說完便打開門，幾乎貼著門縫把自己擠出去，一溜煙跑去廚房旁邊的洗澡間裡，拿涼水從頭到腳沖了乾淨，一邊沖還一邊猶自飄飄然——

他要當爹了，小媳婦要生娃娃了，嘿嘿嘿！

這廂，原本看到丈夫回來，已經徹底放下心的夏婉卻覺得事情沒那麼簡單。她羊水破了之後，陣痛反倒不如剛才那麼難受了，穩婆給她檢查過，卻依舊搖頭，只說宮口還是沒開全。

這一回連蕭老娘都忍不住，著急又惱火。「妳這人，到底會不會給人接生？這也沒開、那也沒開，還讓不讓人生了？」

「老姊姊也是當娘的，宮口沒開，想生也不是時候啊。這可不是老婆子能控制的，夫人再使點力氣，往下用勁，要不了多久就能生了。」

然而，蕭老娘已經不怎麼信她了，只一個勁兒地喊蕭正，讓他趕緊再去找個穩婆過來。

「老太太現在要去哪裡找人？我都給富家太太們接生不知多少次，這種情況也不是沒見過，夫人就是怕疼怕得厲害，說是用力，肚皮都繃著呢。到了這會兒，越是疼得厲害，越是不能撐著，好歹放鬆了讓孩子入盆，才好花力氣生，妳們不聽我的……」

「娘，我再試試。」好不容易將蕭正盼回來，夏婉也不想讓他又跑出去，這會兒，恐怕連穩婆都不如蕭正能陪在她身邊讓她安心。

夏婉用了幾回力氣，陣痛變得越來越密集，被各種疼痛折騰了大半夜，越來越沒有信心。原先還想著有蕭正陪在她身邊，就能一切順利，現在卻覺得誰陪著都沒有用。

「這樣下去不行，妳趕緊想想辦法，揉肚子呢？往下推呢？妳只在一旁動個嘴有屁用！」

蕭正自己使不上勁，又覺得穩婆無用，暴跳如雷之際，蕭家的大門又一回被敲響。

夏婉迷迷糊糊中聽到宋嬤嬤的聲音，只覺得如釋重負。

「幸好我急著趕路，才沒在鎮上過夜，緊趕慢趕可算是趕上了！」宋嬤嬤什麼陣仗沒見過，努力安慰在場眾人。「有幾處催生的穴位，扎過之後應是能生。蕭夫人，妳聽見我說話了嗎？等等讓妳使勁的時候，妳就深吸一口氣再用力，知道嗎？」

夏婉點頭，蕭正握著她的手，也一起跟著點頭。雖然夏婉看不到，卻能感覺到那隻粗糙的手掌有些顫抖。

在宋嬤嬤的引導之下，夏婉一次又一次地用力，終於，在一股使盡全力之後，她感覺到一團沈甸甸的東西自她身體裡滑了出去。

「是個小公子！恭喜蕭大人、蕭老夫人和蕭夫人！」

「阿彌陀佛，蕭家有後了！」
「小婉，妳當娘了，我當爹了，我們有孩子了！」
「哇——」
在嬰兒嘹亮的哭聲中，夏婉沈沈地閉上眼睛。眼角餘光中，晨曦微露，天已經開始亮了。
她的兒子就叫蕭粱吧，高粱地裡的粱……
夏婉醒來，只覺得全身上下都像被車輾過一遍似的。
好在，她昏睡的這段時間，被照顧得很妥貼，不僅換上乾淨的衣衫，連頭髮都被人用額帕包裹起來。
因為最近的習慣，她不由自主地撫向肚子，發現一片平坦，終於想起自己哭得唏哩嘩啦後卸貨的小傢伙。
夏婉心隨意動，連忙轉頭，這才發現炕沿上還趴著一個高大的身影。
隱約記得他回家後也洗漱過，怎麼這會兒還是亂糟糟的頭髮，像個大毛熊似的？
她動了動手指，不由自主地把手指插進男人的頭髮裡，輕輕揉了兩下，想起有幾次兩人同房時，她會情不自禁地用雙手抱住男人的腦袋，也是這麼用手指穿梭在他的髮間。

夏婉忍不住笑得安心，她的蕭正總算平平安安回家了，還正好趕上她生孩子。

她正在走神，一雙大掌抬起來握住她不老實的手，從腦袋上移開，放進另一隻大掌裡，上下握緊。

蕭正笑得分外爽朗、愉悅。「妳醒啦？」

夏婉萬分眷戀地看著男人熬紅的眼睛，心疼道：「現在什麼時辰了，怎麼沒有去睡一會兒？」

「宋嬤嬤說妳差不多這個時辰會醒，我想讓妳醒來後第一眼就能看到我。」或許是夏婉的眼神太過渴望，下一瞬，蕭正把手心裡小媳婦的手貼在自個兒的臉上，蹭了蹭，開口誇道：「小婉，妳太厲害了，宋嬤嬤說兒子很健康，都是妳這個當娘的功勞。」

提起孩子，新晉為媽媽的夏婉才想起自己還沒見過孩子。「孩子呢，在哪兒呀？」

「妳別著急，之前怕他哭鬧，打擾妳睡覺，便抱到隔壁去了，這會兒再給妳抱回來就是。」

這話說的，好像她兒子是個東西一樣，隨便抱來抱去。夏婉哭笑不得，只一迭連聲地催促丈夫趕緊過去。

雖然覺得小媳婦才剛當了娘，便一心只想著兒子，蕭正到底不好意思跟個孩子爭風吃醋，起身在夏婉額上親了一口，這才去隔壁找抱著孫子不撒手的蕭老娘。

夏婉從原來躺著的姿勢變成半靠在炕頭臥著，見婆婆小心翼翼地把娃娃放在她身側，只覺得整顆心都要融化了。

許是先前太累，孩子的小眼睛閉著，睡得香甜，只小嘴時不時會做出吮吸的模樣。哪怕兒子還沒有睜眼看她，就這麼隔著被子同她挨著，夏婉的心裡就已經鼓鼓漲漲，全是對他的愛了。

「聽宋嬤嬤的話，只餵了一點水，哭累了才睡過去的。」一提起餓著肚子的大孫子，蕭老娘可心疼壞了，然而一提起孫子的相貌，又忍不住激動。「都說沒見過哪家孩子的頭髮能長這麼好的，就連眉毛都濃密分明。小婉，妳是沒見到他睜眼那時，說是睡著了之後像他爹，只要一睜開眼，那眉眼亮堂堂的，瞧著還更像妳一些！」

「真的呀？」夏婉十分豔羨，只覺得錯過兒子的第一次睜眼十分遺憾。

「那當然，我孫子可聰明著呢，知道還爹娘好的地方長，長大了保准比他爹還俊俏！」蕭老娘低頭瞧一眼大孫子，又高興地咧嘴笑。「還是我機靈，孩子剛生下來那時還沒睜眼，就把阿正喊到跟前來，好叫咱家的元寶一睜眼瞧見的就是親爹。」

夏婉知道鄉村裡有這樣的說法，說是剛生下來的娃娃第一眼看到親爹，往後就是個孝順的孩子，不過她在乎的不是這個，而是婆婆口中提到的元寶。

「娘想喊他元寶？」

「什麼他啊、你啊的，可不興這麼喊我大孫子。小娃娃膽子小，得取個小名給拴住，妳看元寶多喜慶，好聽又好看。」若不是村子周圍叫拴子的太多，蕭老娘還真有可能讓大孫子叫拴子。寓意多好呀，哪怕膽子再小也給拴住了。

「那就叫元寶吧，聽著就是胖乎乎的，喜慶！」夏婉見婆婆頗為遺憾的樣子，生怕蕭老娘又想出其他的奇葩小名，趕緊一錘定音，好歹元寶聽起來挺順耳，最起碼比拴子、鐵柱之類的好多了。

望一眼襁褓裡還在時不時吮嘴的小元寶，夏婉突然發現她家孩子取名字也是隨意得很，也沒查書或討論，大名和小名就全都取好了。

蕭老娘的心思全在孫子身上。「瞧這可憐的小模樣，哎喲，這是正餓著呢。來來，小婉呀，胸口脹嗎？感覺到濕了嗎？」

蕭老娘本意是為了孫子著想，只是夏婉冷不防被婆婆問到私密的地方，連先前還有些發白的面容也忍不住泛紅。

「怎麼了，怎麼不說話了？」

眼見親娘就只差沒伸手去幫兒媳婦解開衣領，蕭正頓時咳了兩聲，把親娘往外頭趕。「娘，您這樣，小婉該不好意思了，要不您先出去？」

「臭小子，小婉都是當娘的人了，還害羞啥？孩子餓肚子，不分時間場合，餓了就得吃，往後你們就知道了。」雖然嘴上這麼說，到底擔心兒媳婦面皮薄，臨出門時還忍不住教夏婉。「感覺胸口脹了就擠一擠，奶水能擠出來就能讓元寶吃了。」

屋子裡，男人的臉比夏婉還紅，剛想開口，被夏婉一個眼神瞪過去，立刻沒了聲響，只在夏婉解衣襟的時候，那眼神一瞬不瞬地盯著，快把夏婉的衣裳燒出個洞來。

在夏婉原本的認知裡，只要她全心全意地愛孩子，總能做個好母親，卻不想頭一步就栽了個大跟頭。誰來告訴她，為啥她胸前那兩團明明長大了不少，卻像個擺設似的，一點用都沒有？

脹痛是脹痛，卻怎麼擠都不見一滴乳汁下來，眼看著白皙綿軟的一團被小媳婦擠得發紅，可把蕭正給心疼壞了。「是不是方法不對？要不還是讓娘來看看吧？」

眼看小元寶咂了半天嘴，還是啥都沒吃到，夏婉可不敢再害羞了，還隱約有些擔憂。想起上輩子的同事提過，有些新手媽媽看著胸部大，卻一點都不中用，暗暗祈禱自己可千萬不要那麼倒楣。萬一她奶水擠不出來，在這個沒有奶粉的時代，小元寶可就要吃苦頭了。

蕭老娘過來，身旁還跟著休息好了的宋嬤嬤，蕭正看已經有兩個長輩在，為了讓小媳婦不那麼尷尬，便順勢避到屋外。

宋嬤嬤不愧是伺候胎產的嬤嬤，挨個兒幫夏婉兩邊胸部檢查完了之後，只說一定是能擠出奶水的，只是得先把奶管疏通。

「那嬤嬤這便動手吧。」不知道是不是母子連心的緣故，自從小元寶被奶奶抱過來放在炕上後，夏婉的胸口便越來越鼓脹，就好像是知道需要哺育孩子一樣，只是這會兒越脹越厲害，卻找不到疏洩的出口，夏婉剛才自己揉的時候，不僅不得其法，又有些畏疼，如今只能把希望全都放在宋嬤嬤的按摩手法上了。

接下來的一刻鐘，痛得夏婉難以忍受，幾乎是宋嬤嬤幫她疏通到哪一邊，哪一邊的身子就是麻的。

在外頭等待的蕭正，聽到小媳婦短促又尖銳的痛呼，只急得團團轉，卻沒有辦法。一刻鐘之後，宋嬤嬤一邊整理衣袖，一邊滿頭是汗地從屋子裡出來，經過蕭正身邊說了一句話，差點讓男人往屋子裡邁步的雙腿打結。

「第一回給蕭夫人揉通了，往後再有發硬成結的時候，蕭大人還要親自幫忙才行。」

蕭正趔趄了一下，終於走進屋裡。在看到兒子喝得嘴角都往外溢奶時，才搖搖頭，把宋嬤嬤方才莫名其妙的一句話甩到腦後。

宋嬤嬤話裡的意思，應當不是他想的那個意思吧？嗯，一定是他想多了。

但凡養過孩子的人，尤其是當娘的，越到後面越會發現，當初痛得要死似地把孩子生下來，本以為接下來便能萬事大吉，殊不知最艱難的旅程，這才剛剛開了個頭。

聽宋嬤嬤的意思，這才只是剛開始，等過幾天吃湯湯水水養起來，那奶水也會越來越多。

夏婉不用擔心兒子的糧食不夠，卻差點被兒子把存糧食的閘門給吮破。這事還要從生完元寶的第二天說起。

說句實在話，也不怪蕭老娘總是時不時地到外頭誇耀孫子，實在是元寶也是個省事的娃兒。

在美美地喝了最早的一頓初乳之後，元寶睡了兩個時辰，直到夏婉吃過晚飯，才又醒過來找奶吃，吃完打個奶嗝便睡。

因為蕭正白天黑夜的貼身伺候小媳婦坐月子，夜裡孩子一餓，蕭正便學著宋嬤嬤之前教的法子，把孩子送到夏婉懷裡，也不用她起身，衣襟掀開就能吃到飽。所以說，晚上夏婉也不用操心孩子，夜裡睡個安穩覺還是可以的。

就連宋嬤嬤都說元寶這孩子長大了必是個孝順的，尤其體貼娘親。

然而等到第二天，夏婉就有些受不住了，每每被元寶叼住乳頭吮吸，便像針扎般疼痛，順著胸口疼到肩膀，讓夏婉直打哆嗦。可孩子吃奶吃得正歡，她只好一直忍著，直到蕭正察覺她表情痛苦，才問出個所以然來。

「怎麼會疼呢？」

在蕭正的認知裡，兒子的嘴那麼小，難道還能把小媳婦咬傷不成？

夏婉忍不住揪著自己的乳頭看，還是蕭正眼尖，指著下方一條有些泛紅的裂紋點了點。

果然，就是那麼一條小小的裂縫在作怪。

「這可怎麼辦，這孩子勁也太大了。」為了避免疼痛就不給孩子餵奶顯然行不通，可見夏婉那麼難受，蕭正又心疼。

夏婉只好把這事說給宋嬤嬤聽，宋嬤嬤告訴她。「懷孕後期就得適當地按摩牽拉，為的就是泌乳時不至於頂端凹陷。還有就是這種被孩子吸破的裂紋，雖然可以抹藥，但就擔心小少爺還太小，即便藥洗得再乾淨，也容易吸進肚子裡，除此之外便只能忍著了。」

連宋嬤嬤都沒有辦法，夏婉只能認命地忍受每回餵奶的疼痛。到了後期，疼到麻木了，就再也沒啥感覺了。

夏婉生下元寶的三天後，宋嬤嬤捧著一大捆細布過來，要準備給她收腰。

「原本再過兩、三天也成，只是老身一心掛念小主子，想要盡可能趕回去京城，所以我們今兒個就開始裹。」宋嬤嬤一邊說話，一邊靈活地把特製的按摩膏藥塗在手上化開，接著幫夏婉按摩已經徹底癟下的肚子。「老百姓家裡不講究這個，但其實生產後綁上裹腹，對女子身體的恢復、惡露的排出都很有幫助。」

夏婉聽了，連連點頭。她還是希望身材盡可能恢復到原先的模樣，至於按摩的手法，其實並不痛，只不過在裹完之後，有一種呼吸不過來的緊迫感。

宋嬤嬤說這是正常的，夏婉便姑且相信了。

第二十八章

距劉玄離開已經有幾個月的時間，京城的局面徹底穩定下來。

東鄉村的老百姓不會知道，在他們這個小村子，還曾經住過這麼一號人物。即便是不遠的將來，劉玄順利登基，老百姓也只會期盼國泰民安，風調雨順，因為他們要的生活本來就是這麼簡單。

小元寶可謂是挑了個最好的日子出生，恰逢春暖花開，蕭老娘便提議藉著元寶的洗九好好慶祝一下。

誰知這邊才放出消息，那邊打了招呼要過來的人便絡繹不絕，原本準備的桌數都不夠用。

老族長乾脆大手一揮，讓蕭家在祠堂這邊舉辦，反正祠堂空著，場地夠大，原先可是連百家宴都辦過，不可能不夠用。

只是蕭正倒覺得有些太過隆重了，他和小媳婦只希望元寶健健康康的就行，並不想讓他太高調。

「我的大胖孫子，還不興給過得隆重一點了！你們這兩個當爹娘的，就沒見過……

算了、算了，先前就說好了，元寶的洗九禮我來辦，你們倆到一邊去吧，不要你們了。」

蕭老娘嫌棄兩個人不重視孩子，遂所有給元寶辦酒席的花費，全都是由蕭老娘一手包辦，她攢了這麼多年的私房錢可算是派上了用場，至於賓客們送的回禮、錢財這些全都給元寶留著。

用蕭老娘的話來說，都給孫子將來攢著上學、娶媳婦。

宋嬷嬷一直等到參加完元寶的洗九宴才辭別離開，也算是十分重視蕭家了。這十天的時間，倒是教了夏婉許多月子裡的注意事項以及產後恢復的妙法子，尤其是那個裹腹，手把手教會夏婉之後，只說要裹足三個月，不是易胖體質的人都能恢復到原先的七、八成。

對夏婉來說，春天坐月子十分舒適，天氣不冷不熱，即便蕭老娘擔心她月子裡吹了風，以後身體會落下病根，一直把門關得緊緊的，夏婉也沒覺得悶。

依照蕭老娘的意思，夏婉應該坐夠一百天的月子，才能把身子骨養回來。彼時，夏婉抱著元寶在炕上撒嬌賣萌地使勁討好，就差沒搬出蕭正來當救兵，總算磨得婆婆同意她出月子。

「妳想洗頭髮、洗澡我也不攔著，只往後這吃食上，還是跟原來一樣，需得吃夠一百天才行。」

蕭老娘心想，兒媳婦愛乾淨，生元寶之前便已經習慣了，反正兒媳婦這會兒也不愛到鎮上逛，魚塘那裡的事情則有兒子處理，一心只撲在孩子身上的兒媳婦也就在院子裡走走，只要吃食上遵照指示就可以。

夏婉一聽，苦著臉應下，可心裡還是高興的。婆婆對她確實非常好，只是這麼餵她吃東西，別到時候把她養成個大胖子。

為了夏婉吃飯方便，還要營養足夠，一天要少食多餐，吃上四、五頓飯。

早晨天矇矇亮，就是一碗加了蔬菜的雞蛋麵，之前蕭老娘是把兩個雞蛋打成荷包蛋給夏婉吃，但不管是紅糖荷包蛋還是麵條荷包蛋，連吃了二十來天，夏婉簡直是聞「蛋」色變，後來她自己口述，讓蕭老娘把雞蛋和進麵粉裡，擀成雞蛋麵條，夏婉這才能吃得下。

春梅嫂知道了，拿白眼直瞥夏婉。

「也就妳身子金貴，要說嬸子和阿正對妳可真真沒話說，咱們坐月子吃個荷包蛋就已經美滋滋了，妳還要揉進麵條裡，也不嫌浪費。」

「我懷孕那時都沒怎麼吐，如今聞著荷包蛋那味，都忍不住要吐了，不想點子換著吃，我吃不下去呀。」夏婉笑著搖頭。她也沒想到，從一開始剛來到這個世界，餓得看什麼都眼冒精光，到現在捧著糖水荷包蛋的碗，難為地只想掉眼淚，這算是物質生活的十足進步吧？「那雞蛋都在麵條裡了，反正都是吃到肚子裡，換種吃法而已，不浪費的。」

夏婉出月子這天，蕭正一大早就把家裡的大木桶仔細刷洗得乾乾淨淨，再曬乾，等到晚上給小媳婦泡澡用。

吃過晚飯，夏婉照例給元寶餵奶。發現小元寶的變化真的太大了，從原先有些紅彤彤的小猴子，一天一個模樣，臉型已經能瞧得出來像他爹了。

為了這一點，蕭正樂呵了許多天，跟老李他們碰面也要炫耀一番。概因老李家的兩個孩子長相全隨了娘親，老李先前還因為閨女長得不像他而高興，如今被蕭正這麼一說，直氣得兩天都沒理他。

「即便小婉生了閨女，長得像我，也是好看的。」這不是明擺著說老李長得……真是不氣都不行。

由於洗九宴辦得隆重，後面的滿月，蕭家就沒張揚，只請了家人、朋友簡單吃個飯。

已經滿月的小元寶，依舊是睡覺的時間長，醒了就吃，吃飽了躺在小抱被裡跟娘親、爹爹和奶奶互動一下。所謂的互動，也只是大人們喊他一聲，他便循著聲音扭頭，偶爾還會自己咧嘴笑一下。

蕭老娘直說她家孫子很聰明，才一個月就會笑了，夏婉卻覺得是孩子不自覺的動作而已。

兒子的小臉一天天鼓了起來，原先夏婉覺得她和蕭正都不黑，怎麼元寶生下來反而紅通通的？

直到出了月子，兒子漸漸白胖起來，她才徹底放下心。

剛把元寶餵飽，拍出奶嗝，小奶娃很快便甜甜地睡著了。

蕭正估計著時間，過來喊小媳婦。「水都給妳倒好了，妳去洗澡吧，孩子我看著，娘在那邊等著妳呢。」

若是可以，蕭正多想自己伺候小媳婦洗澡啊，白白嫩嫩的小媳婦看著比原先更加可口了。

奈何他剛幫忙把水放好，蕭老娘突然從外頭冒出來，把他趕回屋看孩子。「小婉才出月子，你給我悠著點兒，她如今身子正虛著，你別給我招惹她。」

蕭老娘作為過來人，熟知女人生過孩子的經驗，雖說夏婉看著長胖了，氣色也好，可哪個剛生過孩子的婦人身子不虛？尤其在泡澡的時候。蕭老娘聽說有那身子弱的小媳婦，泡個澡都能暈倒，所以還得有人在兒媳婦身邊陪著才行。

夏婉去了洗澡間，見婆婆在等她，還有些不好意思，等看到木桶裡的褐色熱水，還飄散一股熟悉的氣味，頓時連害羞都忘了。

「這什麼水呀？聞著好熟悉。」

「艾水呀，還是去年的陳艾葉，好著呢！」蕭老娘對自己的高瞻遠矚十分自得。

「還好去年的艾葉曬乾之後，都被我妥善收著，這會兒不就派上用場了？艾葉煮的水用來洗身子，不僅能祛寒、避邪，還能散熱毒。宋嬤嬤離開之前，我特地問過，她也說這個好，妳就放一百個心吧！」

夏婉這才想起來，原來是艾葉的味道。每年端午節，蕭老娘都會弄些艾葉回來插，也有驅邪的說法。想到後世那些溫灸的艾條就是用艾絨捲的，夏婉哪裡會不放心，脫下衣服到木桶裡坐著時，還不忘記跟婆婆建議。「那元寶洗澡的時候，是不是也可以用一點呀？」

「哎喲，當然行啦，我原先還怕妳不樂意給他用呢。小娃娃用艾葉水洗過澡，往後身上不長小疙瘩，阿正小時候就是我常用艾水給他洗澡，才光溜水滑的皮膚好。」

蕭老娘給夏婉一個「妳懂得」的眼神，讓夏婉只覺得還沒怎麼泡澡，就已經滿身通紅，再等她洗完，彷彿脫了殼，雖然全身輕鬆，卻不由得更不自在了。瞧這水都被她洗渾了，可真是從來沒有那麼邋遢過。

一旁的蕭老娘只當沒看見，用另外一個小木盆兒好乾淨的清水，見兒媳婦還在發愣，不由得笑話她。

「女人坐月子可不就是這樣，哪有啥不好意思的，頭暈不？能起來就趕緊起來，我給妳拿清水沖沖就好了。」

夏婉重新穿好衣裳，回到屋子裡，整個人都輕鬆下來，見蕭正偷偷摸摸地坐在炕沿上看著元寶，還非常幼稚地拿手指點了點兒子的小鼻子。這一刻，夏婉只覺得前頭哪怕再怎麼辛苦折騰也是值得的。

蕭正見小媳婦進門，拿出乾淨的帕子要給她擦頭髮，被夏婉扭頭避開了。「趕緊去把洗澡間收拾一下，娘還在呢，尤其是那個木盆，你多刷兩遍。」

講到這個，夏婉已經破罐子破摔了，也不知道是不是女人生過孩子後都會變得豪邁起來？

見男人起身，像點兒子似的點了點她鼻子才出門，夏婉笑著坐到炕上，給自己擦頭髮。

這天晚上，夏婉終於把自己洗乾淨，因此睡得特別沈，就連元寶半夜起來吃奶，她都沒怎麼睜眼，摸索著側過身子，將胳膊墊在頭下，下意識便把手捂在胸前的大饅頭上，給兒子餵奶。

這也是夏婉一個多月養成的習慣，實在是她奶水多了些，每每元寶在吃一邊的奶水，另外一邊都會不由自主地溢奶，不管白天還是夜裡都是如此。為此，夏婉特地讓蕭老娘用棉布做了好幾個布墊，就是為了防止弄濕衣裳。畢竟布墊好洗，換下來也容易，就當是防溢乳墊了。

只是這回卻感覺不對，迷迷糊糊的時候，她的手被人移開，頂端被叼住，她剛想要動彈，突然想到自己還在餵奶，便又鬆懈下來，卻總覺得哪裡不對勁。等到恍惚中張開眼睛，看到自家男人的腦袋時，差點沒一巴掌把人拍下去。

「你在幹麼呢！」夏婉可沒忘記替兒子「保護糧食」。「你小心把元寶弄醒了。」

男人聞言，頓了一下，這才戀戀不捨地抬頭，奶水瞬間往下滴落，有兩滴直接落在正大口吃奶的元寶側臉上。

夏婉扭頭瞪了罪魁禍首一眼，連忙拿手捂住。

正吃得起勁的小娃娃，絲毫不知道自家老爹正在偷他的糧食。

被小媳婦識破的男人咧嘴，無聲地笑笑，伸手把兒子的小臉擦乾淨，卻把那兩滴沾在手上的乳汁直接舔進嘴裡。

夏婉哪裡見過蕭正這一面，只覺得胸部脹得更加難受，從胸口到乳尖一片酥麻，忍不住雙腿都要絞緊。

她跟蕭正已經將近一年沒有同房，懷上元寶的那次還是匆匆忙忙的，只有對分離的依依不捨，哪還能想到結合的快樂？

夏婉連忙將兒子換了個姿勢，忍不住瞪了蕭正一眼，把衣裳一拉，俐落地蓋住，想著往後晚上睡覺是不是該警醒一些，這男人現在看她的目光像頭狼似的。

蕭正遺憾地收回目光，把已經忍得滾燙發硬的身體往後挪了挪，耐心地等夏婉把孩子餵好，重新放回小元寶專門睡覺的地方。

夏婉才剛躺下，便被等不及的男人一下子撲上來，又燙又熱的吻落在眼睛、面頰、耳朵上。

「好小婉，我想妳想瘋了，給我一回吧，嗯？我輕輕弄，保管不傷著妳。」

對於小媳婦身子的恢復情況，蕭正早就記在心裡，雖然知道夏婉身子應該再養養，到底還是忍不住，哪怕只躺著不動，他也是願意的，就想跟小媳婦有更親密的接觸。

事實證明，碰上情動的時刻，不僅男人忍不住，就連女人都沒法忍住。蕭正一開始只在外頭磨蹭，也沒指望能吃頓飽的，如此就已經能心滿意足。這也是蕭正想了半天想出來的解決辦法。

誰知他倆都低估了夏婉如今身體的敏感度，似乎是生過了孩子，身體漸漸成熟的緣故，只被蕭正使勁親了親，夏婉就覺得下面有些濕，被蕭正從背後摟著在外頭磨蹭的時候，那水跟噴泉似的，讓夏婉羞得滿臉通紅。

這讓同樣察覺到的蕭正驚喜不已，原來他的小媳婦跟他一樣，有這麼熱切的期待。

蕭正剛想打趣夏婉兩句，卻一個沒控制好，從外頭直接滑了進去，兩人不約而同地喟嘆出聲。

夏婉因為突如其來的滿足感而舒服地嘆息，而善於把握機會的蕭正卻不想錯過這天賜良機，抬頭見兒子睡得香甜，再次慶幸家裡的炕夠結實，任憑他如何搖晃都不會有太大的動靜，這才開始享用他的美味大餐……

對於蕭家喜添男丁這事，蕭家大姊即便跟自家老娘再鬧彆扭，也懂得顧全大局，除了元寶洗九宴那天趕了回來，滿月酒的時候也回來了一趟。

洗九宴那天，蕭欣只見到宋嬤嬤，沒見到劉玄，就已經隱約明白過來，只是當日來往得匆忙，並沒有細問。

等到元寶滿月，蕭大姊一家乾脆在娘家住下，這才把自家弟弟逮住，好好地問了個清楚明白。

「你們的膽子也太大了點！」

訓的。

蕭大姊知道後，一個勁兒地搖頭。自家兄弟出生入死，不好責備，弟媳婦卻是能教

見夏婉抱著元寶，一臉樂呵呵的天真模樣，蕭欣忍不住點點她。「這種事一個不

好，沾染上就是抄家滅族，妳還能那麼心大？」

「那時形勢緊迫，哪裡有時間多想？再說了，這事連我都無法左右，更別提小婉和

娘了。」蕭正忍不住替小媳婦說話，為了他的責任，即便遇上危險，他都無所謂。

只是一想到夏婉從懷上元寶一直到生產，他才趕回家，懷胎十月他一天都沒參與

過，就忍不住揪心。

他只想把小媳婦捧在手心裡疼，哪捨得她被人質疑？

「知道你疼媳婦，我不說了還不行？」蕭欣拿白眼瞅自家兄弟，轉過頭跟兒子一起

瞧大姪子去了。

蕭正忍不住提醒大姊。「娘當初不告訴妳這件事，也是因為干係重大，想著妳是出

嫁女，最好不要讓妳牽扯進來。娘對妳一直是刀子嘴豆腐心，大姊心裡還不清楚嗎？到

底是自家親娘，氣消了就得了。」

聽見兄弟的話，蕭家大姊擺擺手，沒再說什麼。

身為大哥哥，這是小寶第二次見到自家小表弟。

說話已經十分老道的男娃娃，指著襁褓裡的小嬰兒，一本正經地告訴他。「我是你大哥，以後要喊我哥哥。」

夏婉看了，忍不住想笑，只覺得一想到元寶張嘴喊娘親的模樣，便止不住充滿期待。

元寶的滿月酒只請了蕭、夏兩家人，不僅蕭家大姊一家人從縣城趕過來，夏家的人也一個都沒落下，尤其像夏老爹這樣幾十年如一日都要端著架子的人，破天荒頭一回出了溪山村，可見對大外孫的滿月酒十分重視。

蕭老娘特地借了張大桌子，兩家的老娘、大嫂白氏和蕭家大姊一起合作，很快便準備出兩桌菜來。

男人們聚在一處說話，夏婉如今還是以看孩子為主，索性把幾家的孩子放在一個屋子裡玩耍。

論年歲，虎子比小寶大一點，他從小就脾氣好，安安靜靜地坐在那裡，自個兒能玩上許久，不知怎的就得了小寶的青眼，一碰面就玩到一塊兒去。

而身為女孩子的小九和春柳，顯然更喜歡小娃娃。如今小九會走路也會喊人，兩個女孩趴在炕上看元寶，夏婉都不知道為何對著個呼呼大睡的娃娃，也能看得那麼津津有味。

「大姊，元寶往後要喊我姨呀？」春柳笑嘻嘻地道。

夏家如今的日子過得舒坦起來，夏老娘便沒再讓春柳下過地，而是像別的人家那樣，把姑娘拘在家裡學繡花、做女紅，正好春柳又喜歡認字，便一直這麼學著，倒是越來越顯得端莊嫻靜。

聽夏老娘說，春柳做的荷包和繡花手帕，能跟白氏做的一起送去鎮上賣，春柳自己賣的錢就歸她自己，當是給自己攢嫁妝錢。

至於元寶的小舅舅春耀，夏婉認為他家老娘又跟從前養春生似的嬌養起來，即便去廚房做飯，都不忘把孩子帶上。偏偏春耀也喜歡黏著娘，弄得夏老娘時常說小兒子才是她的貼心小棉襖。

午飯做好後，蕭、夏兩家分男女兩桌坐定，為了元寶這個新出生的大寶貝，好一番推杯換盞。

男人那邊，數夏老爹輩分最大，蕭正幾人且恭維著敬酒，夏婉偶爾抬頭瞧一眼，也能從夏老爹略微泛紅的臉上看出他今兒個是真的高興。

酒席吃罷，夏老爹酒勁上頭，走路打顫，被老妻逮住囉嗦了兩句，這才由蕭正趕著馬車，把岳父一家人送回了溪山村。

阮姊夫也喝得多了些，把夏家人送出門，回來便在院子裡逗著兒子玩，只把小寶追得滿院子咯咯笑地跑。

夏婉眼尖，瞧見蕭大姊收拾完廚房，將手擦乾，在房簷下踟躕了好一會兒，這才下定決心去堂屋找蕭老娘說話。

她不由得笑了笑，轉身進了自個兒的屋子。

那娘兒倆說是互相看不順眼，卻都是一樣的刀子嘴豆腐心，原先好幾年的隔閡都能化解開來，沒道理這會兒還過不去。

夏婉回房，替元寶把滿月的禮金收起來時，蕭老娘正坐在炕上，朝走進屋裡的大閨女瞥了一眼。

娘兒兩個對視良久，幾乎同時哼出聲響，到底還是當娘的心疼閨女，最先敗下陣來。

「都說再一再二不再三，從前不管妳弟、蕭家到底如何行事，那也是蕭家祖上遺留下來的攤子。當初妳不同意妳弟跟著走妳祖父的路，可妳想過沒有？蕭家那時沒有退路，宮裡既然已經知道了蕭家，我們如何還能獨善其身？我知道妳也是心疼妳兄弟，只是阿正如今得來的日子，全憑他自個兒的本事掙回來的，他是蕭家的繼承人，得把蕭家這片天頂起來，可不能像妳當初那樣，說走就走。妳不知道，妳跟著阮女婿走的時候，我和阿正總算是鬆了口氣啊，哪怕妳跟家裡人賭氣，最起碼家裡的事不會波及到妳身上，我的心是一邊氣、一邊疼，又慢慢放下心。這會兒妳也是當娘的人，應該知道我心裡是如何想的了吧？」

蕭欣聽了老娘的一番話，剛想張嘴，又忍不住落下淚來。

也是她脾氣強，總覺得這世上的是非黑白，須得分清楚，年輕那會兒更是直脾氣，認定了的事情就該那樣去做。

直到在阮家吃過大虧，認識了大是大非，才知道有些事並不是表面上那樣簡單，就是因為想得清楚，她才跟丈夫一起重新回到娘家附近住著。

就像蕭老娘說的，她何嘗不是心疼唯一的弟弟？總覺得蕭正為了什麼出生入死，簡直就像陷入一場無法回頭的循環。

當年祖父為了自己的私慾，暴露了蕭家的行蹤，親兄弟又不得不接過祖父留下的攤子，難道等阿正有了孩子，也要繼續父輩的生活模式嗎？

她越心疼，就越無法釋懷，碰上又出了劉玄這事，明知道家裡處在風口浪尖上，偏偏她除了想到把家人帶走避禍，再沒有別的法子。

說到底，她何嘗不是在跟自己較真呢？

「娘，我錯了，我錯在不知道阿正是不是打從心裡願意做這些事，就給他定了性。」蕭欣忍不住歪到自家老娘身旁，低語道：「我就是惱自己沒能力，其實當初跟著阿燾離開，我的內心全是負罪感，心裡知道對不起你們，偏就認定了是你們不聽我的，我實在是太渾了。」

「那妳往後還嘮叨妳弟弟的事嗎？」蕭老娘翻眼瞪閨女，教訓道：「他如今也是當爹的人了，即便是為了孩子和媳婦，也知曉什麼事該做、什麼事不該做，我這個當娘的都沒有再強求他些什麼，妳這個當姊姊的就更不應該置喙，妳可記住了？」

「記住了，娘，我往後再也不管他的事了，可行？」

娘兒兩個總算是和好如初，蕭欣挽著老娘的胳膊，撒了個嬌。「往後家裡再有啥事，我也不跟你們囉嗦，直接打暈抬走了事。阿正有他在外頭要做的事，我就把家人顧好，這才是姊弟兩個該做的。娘，您說，您是不是生了兩個懂事的孩子？」

「算了吧，我這輩子為了你們倆，生生操碎了一顆心，可不覺得你倆懂事。」

要說本事，自家兩個孩子確實比旁人家的孩子更出挑，可耐不住步子邁得大呀！蕭老娘覺得自己為了兒女，真真花費了半生心血。如今，她就只想安心地做奶奶，摟著她的乖孫曬太陽。

家裡孩子都長大了，能夠撐起這個家，再不用她去操心了。

母女間說完這些話，過沒兩個月，就從遙遠的京城傳來旨意——

蕭正護衛有功，又有不可為外人道的幫助，要進京城給皇帝謝恩。

只是這一回，卻是把蕭正的妻兒包含在內。於是剛出生的元寶小娃娃，陪著爹娘，開始了他人生的第一次長途旅行。

第二十九章

如今已經進入初夏，孩子的衣裳漸漸薄了，許是性子隨了親爹，元寶已經不愛老實待在襁褓裡了。

先是兩隻小胳膊挪啊挪地伸出來，再後來抱被總會被他用腳蹬開，夏婉索性讓他就這麼自由自在地在炕上躺著，白天睡覺的時候給他搭條小薄被，晚上自然有專門做好的兜兜護著小肚子。

說起來，那小兜兜還是蕭老娘為了孫子健康長大，特意從鄰居那裡討來布料做成的百家衣，一小塊、一小塊布料縫在一起做出來的兜兜，還別說，模樣也是非常時興的。

蕭老娘有多疼愛孫子，明眼人瞧都不用瞧，所以這一回知道兒子要帶孫子和兒媳婦進京城，蕭老娘無論如何都放心不下，索性一同跟上。

還好，前來宣旨的公公趕著一輛十分豪華的馬車，裡頭拾掇得舒適宜人不說，一應用品皆準備齊全。傳旨的公公說了，不限時間，路上走再慢都無所謂，一切以蕭家小公子的康健為主。

話都說到這個分兒上，蕭老娘便是再有話也說不出來了。

初夏的季節尚算宜人，即便是長途出行，也不會特別受累。夏婉把路上需要帶的東西準備好，至於元寶的口糧，只需要跟在娘親身邊就是，方便得很。

甫一坐上馬車，蕭老娘便再也沒抱怨過。寬敞舒適的車廂，上頭還能隔出一塊供人睡覺的吊板，平時不用的時候就收起來，晚上要睡覺再打開，到時候不管是她睡還是蕭正睡都很方便。

再加上為了讓蕭家小公子路上不受顛簸，車廂裡特意打造一個減震的小搖床，夏婉不知道它的原理如何，只知道馬車行駛時，元寶睡得十分香甜，一點不舒服都無。

既然是往京城，路上肯定會路過縣城。蕭家大姊知道弟弟一家要去京城，原本也想跟著，蕭老娘卻沒同意。

一來，蕭欣作為出嫁女，這其中本就牽扯不上她；二來，阮熹本家就在京城，他們一家三口若是回去，總不能偷偷摸摸地不見人，可讓閨女再回去那把人折騰掉半條命的地方，蕭老娘也是死活不願意的。

「反正本就沒打算張揚，到了京城看宮裡是怎麼打算的，若是只見上一面咱們就能回來，我是不會去阮家的。」

「不去才好，阮家如今在京城也是勢微，別說他們沒門路知道蕭家的消息，即便知道你們到京城不去阮家，他們也沒理由說半句話。當初我和阿熹幾乎沒得阮家一絲錢財，淨身出戶，這會兒他們若還要臉，就不應該再有其他動作。」
想起閨女前兩年過的苦日子，蕭老娘半天沒有說話。
她一把年紀了，跟著兒子、孫子出門，也是為了看這次能不能懇請登基的小皇帝還給蕭家一個徹底的寧靜。
所謂的榮華富貴，又有多少是拿血肉換回來的？她家蕭正雖然有本事，卻更重情，為了圖個安心，她要盡最大的努力把兒子從那裡帶出來。
既然宮中囑咐不需要快馬加鞭，夏婉便真把這次的出行當作是一場旅行，只不過是全家人在一起而已。
身為三個大人共同關注的寶貝，元寶的表現尤其突出，這一路上幾乎跟在家裡時一個樣。只除了快到京城地界時拉了一回肚子，那一回還是因為夏婉這個當娘的水土不服，才間接連累到元寶的「口糧」。
等到夏婉好轉，元寶也沒拉肚子了，直讓蕭正笑話小媳婦，還沒有一個孩子的適應力強。
望著巍峨壯觀的城牆，夏婉仰頭感嘆的同時，心中暗想，她從前也是逛過故宮的，卻是頭一回要面對在裡面掌管生殺大權的人，說不緊張都是騙人的。
只不過她的相公和孩子都在身旁，即便再緊張都得撐住，不能給蕭正添麻煩。

她低頭看了眼睡得沒心沒肺的兒子，這會兒也就只有元寶還能這麼淡定自若了。

三個大人中，只有蕭正曾經來過京城，但也只短暫停留一下就離開了，對於京城的情況也是不甚清楚。好在馬車車夫有他的職責，一直把蕭正一家人領到一處十分乾淨的客棧，這才告辭離開。

經歷過一年多的動盪不安，加上小皇帝剛剛登基，朝廷尤其不願意在這種轉折期出現紕漏，生怕再有沈氏餘黨混雜其中，對於京中人口的流動便控制得非常嚴格。若不是蕭家有傳旨公公留下的引路條，想要進京城甚至順利住下來，都是相當困難的。

住下來的當天，夏婉便同蕭正好好商量了一番，最終把元寶的大名定為蕭梁。

雖說全家人已經到了京城，可皇帝卻不是說見就能見的，他們只能暫時在客棧裡住下，等待後續的旨意。

蕭正已經習慣每到一處陌生的地方，就先把周圍的環境探查一遍，如今帶著家眷，更是萬分謹慎。

夏婉還是頭一次看到男人這種凝神慎重的模樣，有著不同於以往的凌厲魅力，彷彿他天生就有這樣的氣勢似的，讓人充滿安全感。

客棧的設施十分完善，因為家裡還有孩子，元寶的尿布和圍兜需要隨洗隨換，夏婉晚間還要有一頓消夜，蕭正便跟小夥計要了一只簡易的爐子，就放在他們那間房屋的屋簷下。

由於元寶一天要換十多次尿墊和圍兜，所以家裡可是有許多行頭，尤其那種竹子編出來、帶著孔眼的竹籠頭，最初幾個月可沒少派上用場，洗乾淨的棉布墊子放上去，拿炭盆一烤就乾。

蕭正在房簷下扯了一條細繩，白天就給元寶曬尿墊，到了晚上便放低一些，還能繼續就著爐火烘些小衣裳。

夏婉看蕭正這樣準備，遲疑地問：「我們還要在京城待很久的時間嗎？」

都說雷霆雨露，俱是君恩，蕭正想說即便他們千里迢迢趕過來，最後也不一定能夠面聖，畢竟如今坐在寶座上的那位小皇帝，可不是當初寄居在東鄉村的小少年了。

然而他怕說得太直白，小媳婦聽了情緒低落，遂開口道：「新帝登基，朝堂雖暫時安穩下來，卻還有許多政務要忙，不定什麼時候才能宣旨，我們只管安心住下來，就當是出門到京城裡來長個見識好了。」

像他們這樣的普通老百姓，一輩子沒來過京城的多的是，遠的不提，就連蕭老娘都是頭一回進京。

京城地處北方，只有晌午時分稍熱一些。蕭正想著這一年多對小媳婦的虧欠，便想帶著家人去外頭逛逛。

蕭老娘的頭搖得像撥浪鼓一樣，堅決不願意出門。「你們小倆口先去逛，我在家給你們帶元寶，再說了，上頭不知道啥時會派人過來，客棧裡總要有人看著，萬一再有個什麼消息，我們人都走了，可是不好。」

蕭正無奈，讓夏婉給元寶餵了奶，他則到街上的小吃店買來豆漿、油條和包子。看著自家親娘只挑包子和油條，那豆漿只聞一下，便撇著嘴扔到一邊。他灌了一肚子豆漿，才帶著夏婉出門。

蕭家住的客棧在城東頭，離主城還有相當遠的距離，不過離繁華的東市比較近。夏婉隨意在街頭吃了一碗小餛飩，跟著蕭正一起往東市，邊走邊逛。

「等等碰到喜歡的東西就買，難得來一趟。」蕭正挺享受這樣的輕鬆時刻。從前，他因為職責所在，又是個大男人，才沒有現在這樣細膩的想法，這會兒卻希望能把小媳婦打扮得漂漂亮亮的。「等等再去買些排骨和母雞，妳和娘趕路辛苦，也要多補補身子。」

夏婉剛走進東市，便被林立的商鋪晃花了眼。既然是天子腳下，這樣的熱鬧當然是正常景象了，可比起京城的繁華，夏婉更願意隨蕭正一起回東鄉村過她的安穩日子。

夏婉對首飾不感興趣，倒是這邊布莊裡的細棉布，讓夏婉看上眼。那料子比蕭家大姊從縣城裡帶來的還要好，摸起來軟和又透氣。

夏婉買了不少，打算給元寶多做幾件小衣裳換著穿，對小娃娃嬌嫩的皮膚也比較好。還有一些做衣裳的料子顏色不錯，夏婉心想回頭帶婆婆一塊兒來挑兩件回去。

夏婉正在挑選布料，布莊走進兩名帶著丫鬟的夫人，只往這邊瞅了一眼，便站得遠了些。

夏婉起先還沒注意，直到蕭正挪了兩步到她身邊站定，讓她不由得奇怪，這才抬頭往那兩位婦人處看了一眼。

這是碰上認識的人了？夏婉用眼神詢問蕭正。

男人輕輕搖頭，示意她只管挑自己要買的東西。

但被人這麼避著的感覺實在太奇怪了，夏婉不著痕跡地把自己全身上下看了一遍，乾淨整潔，並沒有哪裡不妥。

夏婉皺了皺眉頭，只覺得在哪裡都能碰到莫名其妙的人。

待夏婉買完棉布付過錢，隨蕭正走出布莊，蕭正才開口告訴她。「那是大姊的婆婆和大嫂。」

蕭正嘴唇緊抿，顯然對那兩人的態度，並不像一個親家應有的模樣。

「那她們怎麼沒有認出你？」即便是庶子，蕭正也是庶子媳婦的親弟弟，總該見過面。

「我姊當初嫁人的情況特殊，她是因為救了姊夫一命，後來由姊夫的老師作媒，嫁進阮家。大姊和娘在這件事上意見分歧，送親時還是姊夫的師兄弟陪我一起過去的，只是那會兒我年紀尚輕，想來他們根本沒把我記在心上，如今更是認不出來了。」

若不是兩個人正走在大街上，夏婉真想伸手拉拉蕭正的大手。身為扛起蕭家重擔的男子，蕭正應該從好久以前就已經過得非常不容易了吧？

「咱們現在不是過得好好的，姊夫和大姊也是恩愛非常，光是這一點就足夠了，至於那些不相干的人，犯不著為了他們，再讓自己心裡不舒坦。」

生完娃娃的小媳婦圓潤了許多，因為正在哺乳期，每天有煲湯喝，氣色一點一點恢復過來。笑起來整個人甜糯糯的，蕭正就是再有不忿，也一點氣都生不出來了。

「知道，就是不走運碰到了，才想起他們也住在城東。幸好娘也沒見過阮家的人，即便碰上了也沒什麼，如今大姊人不在阮家，更不必再顧忌他們家的人了。」

兩人邊走邊說，繞到集市買了新鮮的蔬菜和肉，這才往回走。

剛走進客棧，便看見租住的房屋前圍著一大群人，兩人趕緊往裡走，原來是那個到東鄉村傳旨的公公帶來口諭，說三天後便是面聖的最好時機，至於空出來的這三天，是給蕭家人留的準備時間。

劉玄還在東鄉村那時，蕭老娘並沒有對皇室有什麼深入的認識。在蕭老娘看來，所謂的皇太子也就是個地位尊貴、舉手投足之間與鄉野孩童截然不同的孩子而已。

如今離得遠了，再聽聞當初同他們家吃一鍋飯的小少年已然登基做了皇帝，這其中的反差，蕭老娘哪裡會不懂？只慶幸好在自己不用去面聖。

「元寶還是在家裡讓我帶著吧。」臨要出門前，蕭老娘抱著大孫子不撒手。「那麼大的陣仗，別把孩子給嚇著。」

「又不是去皇宮，」蕭正無奈地從老娘懷裡接過兒子。「沒聽公公說皇上今日正巧有事出宮，見我們也是順便的事，很快就回來。」

「那我們原先說好的事，你可別忘了跟聖上提。」蕭老娘心心念念都是兒子能從過去危險的境地中順利脫身。

蕭家不求大富大貴，但求平安順遂，子嗣綿延。兒子不喜歡種地，能做的事情還多著，只有搏命這一條，能脫離還是儘早脫離的好。

劉玄出宮是為了給老太傅祝壽，因為京城才剛平靜下來，老太傅又是一貫低調，只家人在一起吃頓飯便算慶祝了。

劉玄早兩天便已叫人打過招呼，等蕭正一家三口趕過來，夏婉抱著孩子被丫鬟領進女眷休息處，由太傅夫人親自接待，蕭正則在前院面見小皇帝。

幾個月大的娃娃，不管在哪個時代都很討喜，尤其是後宅的女眷，見到元寶黑亮的大眼睛，一點也不怕生地盯著面前一片花團錦簇，都想過來抱抱他。

太傅夫人把夏婉喊到身邊，讓她坐著聊聊天，一臉笑咪咪，讓人瞧著一點都不害怕。至於蕭家同皇帝有何淵源，老夫人更是提都未曾提起，只揀著京城裡好玩的、好吃的地方介紹給夏婉，真當蕭家是來京城玩似的。

夏婉帶著元寶，連皇帝的面都不用見，瞬間一身壓力全無，安心地坐著同太傅夫人說話，順便笑看丫鬟抱著自家兒子，被夫人、小姐們逗趣。

那廂，蕭正行禮起身後，小皇帝問起他將來的打算，他便直言自己的心意。

「蕭大人，你可知道，你拱手讓出的是別人幾輩子都求不來的榮華富貴？」劉玄雖有預感蕭正不會接受他的提議，卻沒想到蕭正年紀輕輕已有歸隱之意。「可是因為牽掛家中而無法安心？如今四海昇平，朕保你一家安穩還是能做得到，蕭大人不需要有後顧之憂。」

「說到此處，草民還得叩謝皇上派了宋嬤嬤來幫忙，才讓內子脫離凶險，平安誕下孩兒。」蕭正說完，又行了大禮，這才繼續道：「皇上也說如今四海昇平，草民秉承蕭家遺訓，忠君愛國，矢志不渝，如果皇上將來再有需要草民的時候，草民願做皇上手中的一把劍。只是如今國泰民安，老百姓安居樂業，草民本就胸無大志，只想回家種種地，看著孩子長大成人。」

這話只差沒說他想過老婆、孩子熱炕頭的日子了。蕭正垂首，等著小皇帝的決定。

蕭家的事，早在劉玄決意隱身在東鄉村時，就被翻了個底朝天。因此劉玄自然知道，若不是蕭正祖父那時橫生出的枝節，怕是蕭家還能繼續歸隱在東鄉村，幾輩子都不露頭。

他沒見過蕭正同夏婉相處的日子，卻在和蕭家婆媳同住一個屋簷下時，親眼看過普通老百姓的生活。

說起來，那樣平靜祥和的農家生活，不需要面對爾虞我詐的陰謀詭計，確實別有一番滋味，卻也隨著時光，一去不復返了。

「你可是想清楚了？蕭老夫人和蕭夫人也甘願如此過日子？」

「內子倒騰了幾個魚塘，說不準草民將來還要靠內子來養，草民不求大富大貴，只想多陪在家人身邊，教他們無論在哪兒都能得到草民的保護。」蕭正一副靠媳婦養的驕傲模樣，絲毫不覺得自己的想法有損男子氣概。

既然蕭正已經決意離開，劉玄沒有再開口強留。由此也能看出蕭家同沈家在面對榮華富貴時的氣節還是不同的，對於蕭家隱居在東鄉村，劉玄不僅不會再要求別的，甚至還會幫他們保密，讓蕭家能安安穩穩地生活下去，這才是他身為帝王的駕馭之術。

「這是給蕭家小公子的見面禮，你帶回去吧。」雖然劉玄還想再見一面夏婉和她那個孩子，畢竟當初他可是看著蕭夫人的肚子一點點大起來的。只是想起宋嬤嬤的話，劉玄又忍住了。他有他的帝王之路要走，而這樣一條路，讓他再不能把喜怒哀樂顯現於人前，只那數個月的鄉間生活，卻是永遠留在心中，再無法忘懷。

聊天的時候，時間總是過得飛快，夏婉覺得沒過多久，就有丫鬟過來朝太傅夫人回稟。夏婉知道想來時間已差不多，隨著老夫人一起起身，準備等老夫人說完便告辭，卻沒想太傅夫人又讓貼身嬤嬤拿來一個禮盒。

「你們家小公子很合我老太婆的眼緣，又是頭一回見面，且留著給孩子求個吉祥。」太傅夫人親自拿在手裡，遞給夏婉。

這見面禮多少是衝著皇帝的面子，夏婉只有欣然接受，才是全了幾方的面子。她一邊笑著用雙手接過，一邊替元寶道謝。太傅夫人瞧她帶著孩子不方便，還特地囑咐丫鬟把人送出門。

元寶剛應付完一屋子的女眷，累得才剛進馬車，便靠在娘親懷裡直打小呼嚕。夏婉抱著他等了半天，才等來自家男人。

男人拿著一個更為華麗的盒子，看到等待自己的妻兒，先露出一個大大的笑臉，開心道：「小婉，我們回家去吧，以後我都不會再離開妳了。」

夏婉心中一塊大石終於落下。擔心了那麼久，總算有了預想之中的結果，她心中彷佛已插上一雙翅膀，飛回那個她用心經營的小家。

「那我們回去吧，娘還在客棧等著呢，元寶也睡著了。」夏婉努力把翹起來的嘴角抑平，擺出尋常的態度，只是語氣裡有自己都辨別不清的急切。

蕭正跳上馬車，讓車夫把他們送回客棧。

另一廂，隱在暗處的大一幾個跳躍，回到劉玄所在的書房。

「皇上，他們走了，蕭夫人瞧著還挺開心的。蕭小公子虎頭虎腦的，睡得可香了。」

大一絲毫體會不到自家主子內心的遺憾，自顧自地吐槽道：「蕭夫人果然只關心她那幾塘魚。」

「你當初也沒少吃那些魚，」劉玄捏了捏手指，一臉鎮定地吩咐道：「派人跟著，務必保護蕭家人平安回到東鄉村。」

「是。」

車夫把蕭家人送回客棧時，直接把那輛讓元寶一路上都睡得很安穩的馬車交給了蕭正。

瞧那意思，回程的路就只能由蕭正自己駕馬車了。

不過蕭老娘卻不擔心這個，直圍著馬車轉，笑得合不攏嘴。她正擔心回程的路上孫子得吃苦頭，這會兒卻是不犯愁了。這個馬車送得好，比那兩盒子又是金又是玉的東西好上千百倍，這才是真真實在的東西哪！

一家人商量了一下，打算第二天便啟程離開，至於路上想要帶什麼東西回去，出了京城也一樣可以買，說不定還能便宜一些。

第二天在京城吃過早飯，一家人駕著馬車，往東鄉村前進。

來的時候天氣尚可，回去的路上卻是漸漸熱起來，尤其走到一半的時候，就算把馬車前後敞開通風，也是十分悶熱。

一家人只好趁清早和傍晚時分趕路，中午最熱時，能住在客棧歇腳就暫住一下。

後來蕭正花了大把錢買來冰塊，放在馬車上專門存放冰塊的凹槽裡，才讓車裡涼快一些。

饒是這樣，等一家人抵達縣城，小元寶屁股和後背上都長了痱子，可把他奶奶和他姑姑心疼得不行，蕭欣硬是把他們留下住了兩天，才放他們回家。

蕭家的院子因為許久沒人住，本是燥熱難耐的房間，倒顯得涼颼颼的。

蕭老娘一到家，便把所有門窗打開通風，炕上要用的涼蓆和薄被也都拿出來曬。蕭正則把元寶專用的小木盆刷洗乾淨，燒了熱水，給仍舊長痱子的小元寶洗澡。

夏婉這個當娘的，手法越來越熟練，把兒子放進用艾草和金銀花煮出來的洗澡水中，小心翼翼地替他擦洗。

蕭老娘在一旁陪著，瞧見大孫子一半身子浸在褐色的水中，忍不住就笑，笑過了又心疼。「這罪受的，才多大點孩子，今年長了痱子，明年還得小心著呢。」

「明年夏天咱們哪兒都不去，再不會讓元寶長痱子。」夏婉拿沾水的手給兒子的腦袋捋了兩把，又沾水往他臉上擦。

帶著滿臉水滴的小傢伙咧嘴「啊啊」兩聲，小胳膊和小腿撒著歡猛蹬，直把木盆裡的水濺得到處都是，奶奶和親娘一個都沒放過。

「哎喲喂，我大乖孫這是喜歡洗澡哪……」蕭老娘被弄濕了衣裳也不在意，眉開眼笑地點著頭跟小元寶說話，只覺得孫子的腿勁忒大，這是隨了蕭正，往後也是練武的好苗子呢。

夏婉樂得看兒子在水裡撲騰，一隻手托著元寶的腦袋，防止他滑進木盆裡，另外一隻手摸著水溫，感覺水溫低了，便伸手拿過兩層棉布的小蓋被，讓婆婆攤開平放，自己從水盆裡把孩子撈出來擱進去，把元寶裹得只露出個小腦袋，便抱回自己屋裡。

炕上已經被蕭正收拾整齊，鋪平的薄墊被上是夏婉特意從北邊買回來的軟蓆子，可花了不少銀子，卻是最適合給孩子睡的。

夏婉把懷裡的小人兒放在蓆子上，用大大的薄被擦拭，裡頭便滾出來一個胖娃娃，光著小屁股仰躺在炕上直蹬腳。

等夏婉把小肚兜給他穿好，很快便甜甜睡了過去，看來洗澡對小娃娃來說也是個力氣活。

家裡要收拾的東西太多，三個大人胡亂吃了頓麵條當午餐，下半晌接著收拾，直弄了大半天，家裡才總算拾掇乾淨了。

夏婉正愁晚上要煮什麼，老李就拎了酒菜過來，連夏婉婆媳倆的分量都夠了。

夏婉見狀，只燒柴煮了一鍋米飯，也就湊合著吃了。

蕭老娘年紀大了，到底不比年輕人，出一趟遠門辛苦不說，還要擔心受怕，這會兒總算回到家，吃完晚飯沒多久就去睡了，臨走前還跟兒媳婦感慨，總算能待在自己家裡睡個安穩覺了。

夏婉心有戚戚焉。老話說「金窩銀窩，不如自己的狗窩」，那是一點都沒說錯，在家裡苦一點、累一點怕什麼，好歹心裡是踏實的。

夏婉猜測老李來找蕭正是為了打聽上頭的事，便回屋哄孩子，把廚房留給了兄弟倆。

第三十章

等到元寶睡醒吃了一頓奶，又在炕上玩了一會兒再睡著，蕭正才頂著一身酒氣進了屋子。

往年到了夏天，也就隨便把屋子熏一下，防止蚊蟲叮咬。自從有了元寶，夏婉特地從京城帶回三床紗帳，一床給婆婆，一床他們夫妻用，還有一床打算過兩天拿回娘家給爹娘用。

蕭正和夏婉屋裡不僅掛起了紗帳，連窗戶和門都做了一層帶紗的框，就怕元寶皮膚嫩，被蚊子叮咬。

蕭正醉醺醺地走進屋子，夏婉正斜靠在紗帳裡給兒子搧扇子。

燭火的映照下，微微透光的紗帳倒映出小媳婦曼妙的身姿，蕭正掀開帳子，貼了上去。

「我好不容易把蚊子攆乾淨，你別再給放進來。」夏婉嗔怪著，趕緊起身壓紗帳，人還沒坐穩，又被微醺的男人一把壓下去。

「放心，我已經壓好了，不會讓元寶被咬。」蕭正說著話，整個人上了床，長臂一伸，環住夏婉，伸手接過她手裡的扇子，幫兒子和媳婦一起搧。

搧著搧著，面頰貼上夏婉的後背，頗有幾分感慨地嘆道：「當年老李打獵被野豬撞傷，都沒見他哭過，聽完我說的消息卻哭了。」

夏婉聽他聲音不對，想要轉身，卻被男人禁錮住了。

她想了想，瞬間軟下身，往後仰躺在丈夫懷裡，也不抬頭看他神色，只開口道：「這樣就已經挺好了，能夠全身而退，回到家裡，才是叫人真正地安心。你們曾一起出生入死過，感觸也多，到底不是說放下就能放下的。」

是啊，那些以天為被、以地為席的奔波日子，以及那些浴血奮戰後暢快喝酒、插科打諢的時光，哪裡是那麼容易忘卻的？

他的那些兄弟們，雖然換上一身衣服就是地道的莊稼漢，可內裡到底是不一樣的。見過了遼闊天地的雄鷹，雖然清楚回歸平淡後的種種益處，內心深處還是無法一下子轉換過來。

「慢慢就好了，老李得了個小閨女，如今一顆心全撲在閨女身上，也就喝醉了，擠了兩滴眼淚，回頭就啥事都沒了。」蕭正長長吐出一口氣，拍了拍小媳婦。「你們娘兒倆先睡，我去沖一沖。」

許是被夏婉生產時的凶險嚇著，如今蕭正除非是真的忍不住，才會有節制地跟夏婉同房，尋常時候都顯得十分克制。

像剛才，夏婉明顯感覺到他已經動情，他卻及時忍住，想是又要出去沖涼水了。若在平時，夏婉憂心蕭正的情緒，還會留一留他，甚至主動投懷送抱，這會兒卻實在撐不下去了。

這次去京城，幾乎沒怎麼閒著，加上她才剛生完孩子沒幾個月，就是鐵打的身子也累得不行。幾乎蕭正前腳才剛走，她便躺回炕上睡著了。

待蕭正一身水氣地回到屋裡，看見睡姿頗為相像的娘兒倆，心中最後一絲鬱悶也消失殆盡。

如今的日子，可是旁人打著燈籠都難找的，哪裡還有工夫感慨旁的？

他鑽進紗帳裡，小心翼翼地把帳沿壓好，執起扇子給娘兒倆搧風，直到看見小媳婦和兒子因為舒服而進入熟睡的狀態，終於徹底放鬆，這才安心睡下。

蕭家往京城這趟路，保密措施做得妥當，所以當夏婉帶著從京城買的東西去娘家，夏老娘還以為閨女和女婿是從縣城帶回來的。

眼見夏老娘誤會，夏婉乾脆將錯就錯，也不跟親娘解釋。

只是娘家的板凳還沒坐熱，夏婉又得急急忙忙往回趕。誰教元寶如今正是認懷的時候，醒過來沒見到娘親，再好的脾性也忍不住要哭，到底是把夏婉絆住了腳步，也沒精力顧得上其他。

蕭家那幾個魚塘，之前碰上夏婉生孩子，分不出精力去照顧，好在有老孫頭在，打理得井井有條。

用老孫頭的話來說，再養幾個月，剛巧趕上過年，又是需求量最大的時候，且有的是魚往外頭賣了。

夏婉把魚塘的生意全部交給蕭正負責，只在家裡帶孩子時，從中提些意見。直到元寶開始冒出小乳牙時，夏婉的魚塘終於迎來前所未有的大豐收。

活蹦亂跳的魚兒甩著尾巴被撈上來，幾乎一網下去就能裝滿一車。

夏婉抱著兒子在一旁，看蕭正指揮著幫工，忙得熱火朝天。

蕭正眼光掃到站在岸邊的母子倆，簡單囑咐正在裝車的幫工幾句，邁著大步來到小媳婦面前。

「你們怎麼來了？外頭冷，風又大，別再凍著了。」魚塘周圍沒有樹木和房屋遮擋，颳起風來嗚嗚作響，可不就凍得人直打顫？好在魚塘邊專門煮了兩大桶薑湯，讓幹活的人可以喝，暖和身子。

「你自己的兒子，你還不知道嗎？非要出來晃兩圈，院子裡都待不住了。你別擔心，我給他穿得暖和，不怕冷。」

小元寶戴著虎頭帽，腳穿虎頭鞋，身上是姥姥做的棉襖和棉褲，袖子和褲筒太長，小手和小腳都藏在裡面。

夏婉往他袖子裡一摸，就被元寶的小手抓住了手指，那手心裡還是熱呼呼的，小傢伙根本一點都不怕冷。

「那也不能在外頭久待，待一會兒就趕緊回去，我忙完這趟就回家了。」

冬天的棉衣厚實，元寶總算能借力豎起身子。

被風吹得有些紅的小臉上，一雙黑亮的大眼睛四處張望著，一下瞧瞧幹活的大人，一下又盯著魚兒撲騰的水面看，時不時還嘀咕著夏婉聽不懂的話。

夏婉一瞧，就知道兒子這會兒正興奮著呢。「現在長大了，在炕上玩都不行，吵著非要出來。」

話音剛落，小元寶總算發現爹站在面前，小身子一扭，讓夏婉抱著他往爹身邊湊。

「唉，我身上涼，可不能抱你。」蕭正剛才幫忙把魚兒裝上車，身上沾到了水，兩隻手也是濕的，雖然欣喜於兒子的親近，卻不敢拿手碰他。

好在元寶也不是執拗的孩子，發現爹娘都陪在身旁，他也乖乖不動了，繼續張大眼睛四處張望，偶爾回頭對著夏婉啊啊幾聲，像是要跟娘親說話似的。

夏婉指著魚塘和馬車，一個一個說給小元寶聽，也不管他聽不聽得懂，就當給孩子啟蒙教學了。

老族長一直記得夏婉的承諾，眼瞅著魚塘的經營上了軌道，私下給蕭正提過不止一次。

如今魚塘是集養魚、種蓮藕和養鴨子為一體的複合模式，除了魚是單一生產，蓮藕和鴨子都是不止一項產出。

蓮子和蓮葉可以入藥，鴨蛋更是可以做出松花蛋。其中鴨糞又能給水塘的魚類和植物提供肥料，可謂是一舉多得。

聽蕭正說起老族長的企望，夏婉想到自己當初的承諾，十分爽快地答應下來。「咱們村子裡有多少野塘，又有多少人想學這門活計，讓老族長統計一下，最好找踏實細心、肯吃苦的村民，這樣才能把事情做好。回頭我再讓老孫頭教他們。」

老族長聽了蕭正的傳話，心裡那個高興啊。往常一直憋在心裡不敢提，這會兒可算是得了個準信。

東鄉村依山傍水，能做野塘的地方不少，夏婉特意囑咐了，新整理出來的水塘還要先灌水進去，只有那些不滲水的才能用來養魚。

老族長沒想到弄個水塘都有那麼多門道，更加堅信夏婉能帶著東鄉村的村民們致富。

只是這人選也沒有那麼簡單，吃苦耐勞倒是其次，只要不是混日子的農人總有一把力氣。最大的問題還是在養魚的魚苗和魚飼料這些都需要成本，夏婉可以教他們怎麼養魚，卻沒辦法給他們提供成本，這麼統計下來，最後跟著夏婉學養魚的也就只有十來戶人家。

夏婉看著手裡的名單，內心有些吃驚。

這十多戶人家，大都是家裡條件一般，卻勤懇樸實的人家，像老李家這樣日子過得還不錯的，沒有一戶主動去搶這個名額，像是謙讓給別人。想著東鄉村村民們每年除夕的百家宴，如同眾志成城一般的團結，夏婉發自內心覺得，蕭家祖先選的這片土地，確實是塊風水寶地。

人選有了，學習卻不是一蹴而就的。老孫頭第一次當先生，熱情十分高漲，講得嗓子都啞了，還不忘把孫子叫上來頂替。

師父領進門，修行在個人。不管是老孫頭的傾囊相授，還是夏婉為了給村民提供魚苗，減少自家魚塘裡的魚苗數量，老族長和村民們都看在眼裡。

那十來戶人家更是小心再小心，比伺候自家莊稼花的工夫還要多，磕磕絆絆地摸索著、學習著，那種為了讓生活更加美好的積極態度，也同樣感染著夏婉。

至於將來會有什麼樣的成果，夏婉相信天道酬勤，努力的人永遠不會被錯待。

夏家大哥在鎮上的滷味店，歷經了時局動盪，時開時關，最後竟一直堅持了下去。等到夏婉生下元寶之後，日子漸漸平穩，老百姓又有了上街的熱情，滷味店才算是熱鬧起來。

夏婉原想著過了這麼久，滷味店也存了不少錢，不如再重新盤個大一些的店鋪，雖不是酒樓的規模，弄間小飯館也可行。

不過夏家大哥一心求穩，又因為家裡人手不夠，只想維持著現狀。

夏婉能夠理解他的想法，便把這事暫時放在心裡。

白氏如今整日幫忙丈夫，倒是讓多年不冷不熱的夫妻情感，因為這份同甘共苦的經歷，變得更加親近。

而小九和春耀會走會跑之後，便一直由夏老娘帶著，加上再大一點的虎子，倒也不是特別難帶。除了春耀淘氣了一些，大哥家的兩個娃娃一貫是乖巧聽話的。

夏家的日子從此順風順水，倒也稱得上喜樂安康。

隨著春天的來臨，元寶終於滿一歲了。

脫下厚重冬裝的小胖墩，如今已經學會了走路，夏婉每每想起兒子邁出的第一步，總是忍不住驕傲。

早在元寶能自己站起來時，夏婉便會用雙手卡在他兩隻胳肢窩裡，跟著他到處邁步。不過這彎腰的姿勢相當辛苦，遂全家人只能一齊上陣，輪流陪他學走路。

當某一天，兒子突然扶著炕沿，晃晃悠悠地站起來想要邁步時，夏婉立刻意識到她將見證兒子的第一次。

元寶扶著炕沿，咯咯笑地邁出第一步，晃了兩下穩住，又接著邁出兩步。

胖乎乎的小身子走一步、扭兩下，讓夏婉十分擔心他會隨時摔倒，就這樣走到一半，小人兒突然往後瞧了一眼，再回頭看夏婉時，那個得意勁……

元寶大大地喊了一聲。「走！」

「對，元寶自己走，元寶真棒。」元寶開口說話的時間比走路還早，十一個月大時就會說單字，每回夏婉扶著他邁步子時，都會告訴他要好好走，所以他知道自己這是在走呢。

「走！」強調是自己走的小胖墩又往後瞧了一眼，正得意著，突然樂極生悲，失去平衡，往後一倒，摔了個底朝天。

夏婉都替他屁股疼，好在為了讓他走路，沿著炕都有鋪上墊子，夏婉站在原地，鼓勵兒子。「元寶乖乖不疼，自己起來。」

小元寶也不哭，乾脆直接爬回去。嗯，比起走路，他還是對爬比較在行。

他兩三下爬回原點，扶著炕沿又站了起來，這一回就比前一次果斷多了。

夏婉瞧著實誠兒子，努力忍住不讓自己笑出來，嘴上還要給他加油。「元寶真厲害，這回要小心一點，仔細看著娘親。」

小胖墩重整旗鼓，這一回十分專注，一邊小心翼翼地邁腳，一邊小聲道：「走、走……」

眼看著離娘親越來越近，夏婉就見他突然咧嘴笑，還沒反應過來，這小混蛋一下子鬆開手，晃了兩下，穩住自己，竟也不扶炕了，三兩步直接撲到娘親懷裡。

夏婉冷不防被兒子投懷送抱，重心不穩，一屁股坐在墊子上，再看向罪魁禍首，只笑呵呵地說了個「倒」，分明是給剛才摔個屁股墩的自己找回場子呢。

夏婉再也忍不住，哈哈大笑起來。

小孩子學走路，但凡走過一回，下次便會熟悉這種感覺，再走起路來，簡直就是進步神速。

夏婉覺得頭一天兒子還在扶著炕走，第二天就能啥也不扶地半走半跑，有時候那要倒不倒、又自己穩住的小身板，看得她都心驚肉跳。

蕭老娘高興得不得了，直說元寶比他老子走得穩多了。蕭正小時候摔跟頭是常有的事，直到開始習武，下盤才漸漸穩健。

小元寶穿上大紅衣裳，迎來自己滿一歲的大日子。

春日裡，陽光正好，除了姥姥、姥爺一家人，連遠在縣城的大姑姑一家也趕了過來。

蕭正同夏婉提前商量好，只在元寶一歲時舉辦得隆重些，遂把蕭正的那幫兄弟們也請了過來。

家裡擺了六桌酒席，寓意著「六六大順」。蕭家院子裡放五桌，剩下一桌擺在正堂屋，用來招待夏家親家、老族長和老孫頭這些長輩們。

夏婉和婆婆合計著，大喜的日子索性不自己動手，直接從鎮上包辦席面，有專門的大廚帶著小徒弟過來烹調，蕭家只要準備好食材、調料，架好鍋子，再提前把餐具和桌子擺好，其他事一概用不著操心。

春梅嫂帶著孩子過來，拿胳膊肘頂了頂夏婉，笑道：「瞧妳這小日子過的，比那城裡的少奶奶也不差了，娘家日子過得又紅火，往後且等著享受吧。」

自從知道老李不用再外出過那刀口舔血的日子，春梅嫂倒是一改往日的潑辣，舉手投足間多了些小婦人的溫婉。

如今教自家一歲多的小閨女，也是教導要文靜有禮，夏婉拿出點心給來作客的小娃兒們吃，就聽春梅嫂囑咐她家妞妞要小口小口地吃，聽得夏婉只想笑。

「咱們鄉裡的姑娘，潑辣點沒關係，才不會受人欺負。我剛嫁過來那時，覺得嫂子妳厲害著呢，讓人瞧著就有勁頭。」

「那倒是。」想起從前的日子，春梅嫂也是挺感慨的。「我那性子還不是被日子給逼的，老李時常不在家，那個家得靠我硬著頭皮撐起來。如今說要改，也就面上做個樣子罷了，內裡的硬氣早就改不掉了。說起這事還得怪妳呢，我家老李總說蕭正媳婦多溫柔賢淑，天天盼著我多跟妳學著點！」

其實夏婉也就是看起來柔弱，真硬氣起來，蕭正哪裡拗得過她？

夏婉聽了，笑道：「嫂子明知道我可沒啥好脾氣，也就唬唬人罷了。」

碰上合眼緣的才能親近，碰上那不順眼的，照樣冷得心肝顫。同是女人，春梅哪裡會不明白這個道理？

只是如今男人們在家裡的時間越發長了，也得哄著、順著來捋毛，聽夏婉這麼一說，互相笑看一眼，轉而論起孩子經來。

穿著大紅衣裳的小壽星，被蕭老娘抱到自己屋裡，脫了鞋在炕上搖搖晃晃地走路。

胖嘟嘟的小元寶啥時候都樂呵呵的，歪倒了也不哭，爬起來繼續走。

夏老娘把春耀也帶上炕，春耀這個當舅舅的，如今也懂事了一些，知道自己輩分大，得照顧紅撲撲的胖外甥，便拿了點心渣子往元寶嘴裡塞。

不過他人小，手上沒個準頭，糊得小元寶一臉。

愛乾淨的小傢伙扭頭就朝奶奶懷裡蹭，蹭了幾下，沒再不舒服，便爬上炕桌自己找點心吃，一邊吃還一邊拿小眼神瞅舅舅，生怕他再來糊自己一臉。

蕭老娘那個笑啊，連帶著夏老娘也埋汰兒子。「你瞧瞧你，還沒你外甥乾淨。」

屋子裡頭熱鬧，老李家的妞妞瞧見，先回頭看自家娘親，見娘親正跟嬸子說話，躍躍欲試也想過去，只是春梅嫂不發話，小丫頭就不敢挪步子，規規矩矩地坐在堂屋的大桌子邊，捏著點心慢慢吃。

夏婉瞧她乖巧的模樣，恨不能立時也生個閨女出來。

那廂，小九過來找女娃娃玩，到底幫著妞妞說話，春梅嫂一點頭，妞妞刺溜一下滑下椅子。

春梅嫂愣怔了。「瞅瞅她那小模樣，哎喲喂，我心肝疼，妳大哥家的小九才真是文靜姑娘，我家這個到底還是隨了我，改都改不過來。」

這話惹得夏婉又是一陣好笑。

如今春生的個頭已經超過夏婉，愛套近乎的性子越發張揚，跟在蕭正後面對著姊夫那一幫兄弟，見誰都喊「哥哥好」，很快就跟他們聊到一塊兒去。

這時負責酒席的大師傅讓小徒弟過來傳話，大概還有兩刻鐘就能上菜，夏婉趕緊讓蕭正喊了人，一起在正屋裡給元寶抓週。

蕭正準備親手做的小木劍，蕭老娘則是放上當年元寶的爺爺看過的一本書；夏婉為了逗趣，放了一串用紅繩拴著的銅錢，阮焘送的是按照比例縮小的算盤，林林總總，只要有好寓意的，都往大桌子上擺，最後才把小壽星抱到大桌子前，讓他自己選。

許是夏婉每天晚上都會給他唸書的緣故，元寶一上來，先把爺爺看過的書摟在懷裡，接著又抓過親爹做的木劍，扭過頭來找娘的身影。

大家紛紛道喜，說著「文武雙全」的吉祥話。

酒席一直持續到太陽偏西，眾人才慢慢散去。夏婉跟著丈夫把最後的客人送出門，又把夏家那一大家子送到村口。

剛回到家裡，夏婉隔著院牆就聽見蕭老娘欣喜的笑聲。

「這敢情好，小寶都已經這麼大了，你們也該給他添個弟弟、妹妹了！」

蕭家大姊生小寶的時候難產，蕭老娘一直不知道，聽婆婆的口氣，怕是大姊又懷上了。

夏婉和蕭正對視一眼，連忙走進家門，只瞧阮姊夫愣怔的表情，夏婉就知道這事十有八九是坐實了。

阮熹糾結半天，開口道：「這事妳怎麼沒提前告訴我一聲……」說到一半，就被蕭家大姊一把拉住，止了話頭。顯見蕭家大姊還是不想讓蕭老娘知曉原來的事。

孩子既然已經懷上，斷沒有為了未知的危險就不要的道理，更何況在這種時候，打胎或許比生孩子還要來得不妥。

蕭大姊兩口子默默看了彼此一眼，決定把這個孩子生下來。

第三十一章

既然決定要把孩子生下來，蕭大姊便準備暫時住在娘家。一來，在縣城裡住，不僅要管理一個家的裡裡外外，有時候還要幫酒樓、飯館清帳；二來，在自己娘家到底更自在一些。

蕭欣從來沒把自己當外人，而夏婉聽完也支持，還想著把宋嬤嬤曾經教會她有利於生產的動作教予蕭大姊，未嘗不是多一重保障？

蕭老娘還想，原先閨女生小寶時，她沒在身邊陪著，有些遺憾，如今閨女懷了二胎，怎麼也得多看顧一些，但又捨不得才一歲大的孫子。

如今閨女提議在娘家住，簡直是正中她的下懷，加上小寶在這裡遇上很多差不多年紀的小夥伴，也是玩得樂不思蜀，娘兒倆便一起留下來，只剩阮燾一個人憂心忡忡地回了縣城。

大姊帶著外甥住進娘家，蕭正反而更加忙碌，好在夏婉的身體早就養好，跟蕭老娘一起把家裡的事情弄好，順便將兩個娃娃照顧好就是了。

小寶本就不是淘氣的孩子，元寶雖然機靈，卻也知道跟著哥哥學。

有時候，蕭老娘單獨帶兩個孩子，都能帶得過來，夏婉則負責給蕭家大姊做些營養的食物調理身子。

夏婉原本計劃等元寶滿十五個月時再給他斷奶，只是如今大姊在家，往後要忙起來，怕是顧不上，所以小元寶才剛美美地過了一個熱熱鬧鬧的生辰，就要面臨被他娘斷糧的危險。

其他人家給孩子斷奶，不外乎把孩子丟給親爹照顧，自己躲幾天，等到奶水徹底沒了，孩子就是想吃都吃不到。

可夏婉到底是心疼兒子，想著什麼都不懂的孩子，突然兩、三天看不到娘親，也太可憐了，便果斷換了一種方法。

她在元寶打算吃奶之前，在胸前塗上苦茶的汁水，難為小元寶十分硬氣地皺著小眉頭，吸了半天，最後才不得不放棄，抬頭打量自家娘親。

「奶奶壞掉了，不能吃了。」無良的親娘皺著眉頭哄孩子。「我們以後可以喝羊羊的奶奶。」

機靈的兒子不信邪，捧著另一邊的「糧食」，給自己轉個方向，撲上去再吸。

或許是塗得時間長了，貼著衣裳磨去不少，小元寶皺著眉頭，倒真讓他忍受住苦味，又給吃上了。

夏婉一看，那還得了，連忙用手指沾一滴苦茶水，往乳暈上一沾，瞬間便被兒子吸進嘴裡。

剛剛才有些苦盡甘來的小元寶被苦得一抖，瞬間委屈極了，吐出乳頭就是哭，一邊哭一邊往外發出「噗噗」的聲音，彷彿這樣就能把那苦味給吐掉似的。

夏婉忍笑忍得肚子直抽，帶著笑腔，繼續坑兒子。「你看，兩邊都壞了，奶奶不能吃了喲，咱們以後還是吃飯吧？」

小元寶從六個月大時就開始吃副食品了，所以現在跟著大人吃麵條、喝粥都是可以的，只是他飯量小，要一點一點地餵。

沒解奶饞的小元寶，到底還是不開心，被奶奶接過去吃雞蛋麵，哄了半天，才吃完從前的一半。蕭老娘雖然心疼孫子，卻知道斷奶是件麻煩事，只能估計他餓肚子的時候再餵一些。

等到了晚上，本該美美喝上一頓奶水去睡大覺的小元寶，又被親娘如法炮製地坑了一回。

白天在外忙乎的親爹看了也不忍心，唸了小媳婦一句「淘氣」，把哭得上氣不接下氣的兒子抱起來哄。

他家孩子一直是好脾氣，從小到大還是頭一回哭得這麼凶，感覺更像是被氣哭的。

最後，瞌睡戰勝了奶水，元寶臉上還掛著淚珠，但還是妥協地把娘親煮開的羊奶喝光，這才抽噎著睡了過去。

熬到兒子睡著，夏婉的苦日子才開始。

沒被兒子吸光的奶水脹得胸口生疼，碰上有結塊的地方，還要趕緊拿熱毛巾敷上、揉開。

夏婉疼得冷汗往外冒，蕭正把兒子哄睡，放進被窩裡，看著媳婦受罪的模樣，心疼壞了，直問道：「要不要我幫妳吸出來？」

那還算哪門子的斷奶？只要一直吸就會分泌奶水，她前頭受的罪可就白受了。

夏婉沒好氣地瞥了男人一眼，抱怨道：「真不是人受的罪，疼死我了。」

「我們有元寶一個就夠了，往後也不生了，省得妳這麼難受。」蕭正一邊說，一邊用大掌給小媳婦揉胸口，這會兒倒是心無旁騖，沒多想有的沒的。

大姊生小寶的時候難產，他家小媳婦生元寶的時候也很辛苦，如今蕭家也算是有後了。想著姊夫臨走那時一步三回頭的擔憂，蕭正可捨不得讓小媳婦再去吃那個苦頭了。

斷奶這種事，大人遭罪，小孩子也受苦。到了第三天，娘兒倆才徹底緩和過來。

夏婉終於擺脫每天都沈甸甸的胸部，小元寶則是退一步，接受每天只有羊奶可喝的現實。

時間長了，他也忘記親娘奶水的味道，羊奶也照常喝起來。

這一年是忙碌而辛苦的一年，東鄉村的魚塘養殖模式正式開啟，蕭家大姊的肚子也大了起來，等到三個月一過，胎兒徹底穩定下來，夏婉便開始教蕭欣當初宋嬤嬤教她的那些動作。

遠在縣城的阮燾，每隔一個月都會帶著大夫一起來給妻子把脈，直到小元寶穿著小肚兜、滿院子追著小寶哥哥跑的時候，阮燾總算把縣城裡的生意安排妥當，來到東鄉村陪著妻兒，不過每個月去縣城請大夫這事一直沒停過。

兒媳婦生完孫子，閨女時隔多年又懷上孩子，蕭老娘走路都風風火火，像年輕了四、五歲似的，幹勁十足。給小外孫、外孫女做衣裳，還不忘期盼兒媳婦斷奶半年，說不定要不了多久，又能給蕭家帶來好消息。

私底下，蕭老娘還教大孫子不僅要對著大姑姑的肚子喊妹妹，回到自己屋裡，也不能忘記對娘親的肚子喊妹妹，弄得元寶有一陣子還以為小娃娃就是他喊出來的，想要娘親生弟弟、妹妹，直接對著肚皮喊就是了。

時間不慌不忙地走過除夕，來到新年，小元寶說話已經很順溜了。大年三十，他跟哥哥小寶一起給奶奶磕頭，拿了個大大的紅包，給餘下幾位長輩道新年快樂、萬事如意，也有壓歲錢進口袋，就連只比他大幾歲的小寶哥哥也處處讓著他，出門買吃的，從來都是哥哥掏錢。

夏婉提醒他要有來有往，小調皮連忙將奶奶給供出來，只說是奶奶說的，哥哥家有錢，他只吃哥哥花錢買的點心，不會把哥哥吃窮的。

這番童言童語，逗得阮熹直笑，說蕭欣肚子裡要是個閨女，就把小元寶養大了當女婿，到時候阮家一半的家產都留給他倆。

至於一半的家產有多少，大概夠小元寶吃一輩子的點心，每天吃也吃不完。

瞧著躍躍欲試的傻兒子，夏婉簡直沒眼看。

初二，照例是回娘家的日子。

頭一年元寶還小，夏婉就沒把他帶過來，這一年是元寶頭一回跟著娘親去給姥姥和姥爺拜年。

相比之下，姥姥、姥爺家裡的長輩就更多了，除了小九和虎子外，其餘的都得給小元寶紅包。

就連小舅舅夏春耀也有模有樣地把一個裝了十個大錢的紅包往元寶的小兜裡裝。

「拿著，買糖吃。」

被自家老娘訓過後的元寶這回學乖了，紅包一一拿在手裡，戀戀不捨地摸了摸，轉身便乖乖交到夏婉手裡。「盒裡，存著。」

夏老娘看不過閨女還要收大外孫的紅包，拿眼直瞪夏婉。

夏婉心想，當年夏老娘還不是把他們兄妹幾個的壓歲錢收了去，好在如今的日子再不會像從前那樣窘迫。

她笑道：「之前他奶奶給的幾個銅板，被他裝在兜裡弄掉了，我跟他說，給他找個盒子，把壓歲錢都裝進去。您外孫精著呢，他就是把我當管帳的了。」

「妳兒子我外孫聰明伶俐，妳這個當娘的還有啥好說的？來來來，姥姥今天煮了紅燒排骨，還有大雞腿，都是給我們小元寶的。」

從夏家這邊算，元寶可不就是最小的？當然好東西全都緊著他。夏婉無奈地搖頭，跟著親娘一道去廚房幫忙。

吃過午飯，蕭正陪著兒子玩，夏家大哥則跟夏婉討論開春打算在鎮上開飯館的計劃。

「原先是存的錢還不夠，心裡也沒底，現在春生說想要跟我去鎮上幫忙兩年。我想，家裡除了開飯館的錢，還留了一筆足夠家裡日常開銷的錢，這才下定了決心。至於該怎麼做，還想再聽聽妳的意見。」

察一番。

夏婉聽了，頗為感慨。跟夏大哥討論要做哪些準備，並約好過完年再去鎮上好好考察一番。

夏婉從大哥那邊走出來，去了春生的屋子裡。

「大哥說你要去鎮上幫他兩年，已經考慮清楚了？」

「想好了，像我這樣的年紀，去其他店裡也就當個學徒而已。大哥和大嫂兩個人太辛苦了，我去除了能幫忙，還能多學點本領，等過了十五，我再自己出去闖……」

在長姊的怒視下，春生嘿嘿笑了一聲，摸摸鼻子，討饒道：「我又不會亂跑，反正我以後也不會在莊稼地裡刨食吃，至於將來要做什麼，我還沒想清楚。這兩年，我多看看、多想想，想好要做什麼，一定跟大姊妳商量。大姊可別瞪我了，我老實著呢。」

這一年的元宵節，因為蕭欣的預產期將近，大家都不敢到鎮上去逛，只在家裡熱熱鬧鬧地過了一回。

正月十八這天，夏婉正在廚房裡做早飯，小寶就牽著元寶過來喊她。

「我娘說她要生了，舅母趕緊去看看吧！」

大夫就住在大一當初住的那間屋子裡，立刻就給蕭欣把了脈，確定要生了，蕭正趕緊騎著大灰把穩婆接回來。

眾人懷著忐忑不安的心情，有條不紊地忙碌著。阮燾也顧不得避諱了，直接坐在妻子床邊給她鼓勵，弄得蕭老娘原本不甚緊張的心情也不禁提了起來。

還好，老天總是會眷顧好人的，傍晚時分，蕭欣順利地生下阮家的二兒子，一個小名叫做「十八」的可愛娃娃。

「小弟弟。」元寶終於等到比他還小的孩子出生了，知道那是小寶哥哥家的小弟弟，元寶一把抱住夏婉。「娘也給我生個弟弟，帶把兒的。」

夏婉緊張了一天，突然被胖墩兒子一撲，差點沒站穩。她聞言，忍不住笑道：「要生也是生妹妹，難道生個弟弟和你一樣皮？」

「那就要妹妹。」小元寶立刻改口。不管是弟弟還妹妹，趕緊生一個給他玩。

夏婉扭頭，嗔怪丈夫。「還不趕緊把你兒子抱到一邊去，我快被他晃暈了。」

如今的小元寶像隻小老虎似的，力氣可大，夏婉已經抱不動他了。眼見蕭正笑著走過來，夏婉卻越來越暈，最後直接暈倒在男人懷裡。

老大夫剛替一位孕婦診治完，那邊又要給暈倒的小婦人瞧病，瞧完了，摸著鬍子笑起來。

「恭喜、恭喜，今兒個可真是雙喜臨門，這位小嫂子當是有孕了，脈象有力，只要好生休息便可。」

感覺自己睡了個好覺的夏婉睜開眼，便看見一大一小兩個腦袋靠在一起，小聲地嘀咕著。

「我娘要生小弟弟了，現在就生嗎？」

「要跟姑姑那樣等幾個月呢。傻兒子，你娘想要閨女，以後要說生妹妹。」

「要弟弟，也要妹妹。」會數一二三的小元寶得意地伸出兩根手指頭。「我有弟弟、妹妹，比小寶哥哥多。」

歲月靜好，莫過於此。

夏婉悄悄摸了摸肚子，對上蕭正轉過來的喜悅目光，甜甜地笑了。

——全書完

7月 PUPPY 熱情共熱浪來襲

DoghouseXPUPPY

牽線寶寶

情場如戰場，
需要一點潤滑劑；
愛情迷路中，
幸有寶寶來牽引～～

NO／523

女神當我媽 著 季可薔

「當你的老婆小孩還不如當你的藝人！」
前妻改嫁，從此他和兒子與狗，展開了亂糟糟的生活；
沒想到宛如女神般的她，竟然也要加入他的人生？!

NO／524

我是好女人 著 梅貝兒

父母擅自幫他挑了結婚對象，女友竟然因此不告而別？!
好不容易找到她跟孩子，她竟還聲稱要當個好女人……
他決定來個「機會教育」，教她如何當個真正的好女人！

NO／525

愛人別想逃 著 左薇

他想和她共度未來，除了結婚生子外，什麼都願意承諾，
但她卻還是選擇離開……跟她分手，是他唯一的遺憾。
直到再相遇，才知道她為他帶來了天大的禮物──

NO／526

美男逼我嫁 著 路可可

這男人愛她，就如同她是家人一般，但她卻笨得愛上他，
一愛就十年。她受夠暗戀、受夠老是要看管自己的心，
從明天起，她決定要去交男朋友、她要結婚去！

Hi-Life

7/21 萊爾富愛牽紅線 單本49元

為流浪貓狗加油 和貓寶貝 狗寶貝

廝守終生(一定要終生喔！)的幸福機會

對人來說，貓寶貝狗寶貝只是生活的一部分，
但妳（你）對牠們來說，卻是生活的全部，領養前請一定要考慮清楚——

▲ 有著迷人微笑的守護天使 小四

性　　別：男生
品　　種：米克斯
年　　紀：約1歲多
個　　性：穩重親人，對熟人具有佔有慾。
健康狀況：身形健壯，無疾病，已按時接種疫苗。
目前住所：台中市霧峰區

『小四』的故事：

在2017年的初夏，中途當志工的狗園救援了一批幼犬，小四便是其中的一隻。中途說，小四其實在九個兄弟姐妹中，較不起眼，也沒什麼特殊之處，因而也較無法吸引一般人特別留意。

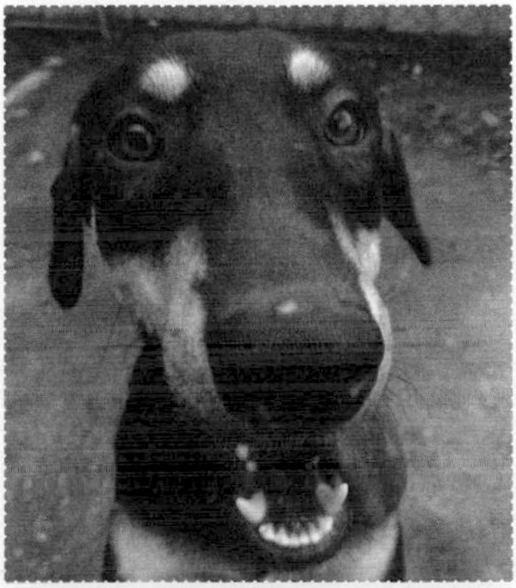

然而，中途幾次去狗園幫忙後發現，打掃時，小四會突然出現在身旁，但不會打擾人工作，也不會沒多久就離開，反而會默默守在一邊看著。每當暫時停下手邊工作，向牠招招手時，小四便立刻走向前來，而且是很溫柔的、慢慢的靠近，不像其他同年紀相當活潑的狗兒那樣，因為興奮而徑直地飛撲上來。

中途表示，小四總是會這樣，靜靜地跟在一旁守候，等到有人呼喚牠，才會上前來依偎著，然後再藉機撒嬌、討摸摸，令她覺得十分體貼又窩心，尤其小四還會露出牠的招牌笑容，每次看到，甚至後來想起時，都會不自覺微笑，真是甜死人不償命呀！

若您希望能有一個專屬自己的「守護天使」，不妨考慮一下小四喔！歡迎來信leader1998@gmail.com（陳小姐），或傳Line：leader1998，或是私訊臉書專頁：狗狗山-Gougoushan。

認養資格：

1. 認養者須年滿23歲，有穩定經濟能力，並獲得全家人的同意。
2. 須同意簽認養寵物切結書，並讓中途瞭解小四以後的生活環境。
3. 同意送養人日後之追蹤探訪，對待小四不離不棄。
4. 同意讓小四絕育，且不可長期關、綁著小四，亦不可隨意放養。
5. 為讓中途對您有更深入的瞭解，中途會先有份線上問卷請您填寫。

來信請說明：

a. 個人基本資料：姓名、性別、年齡、家庭狀況、職業與經濟來源等。
b. 想認養小四的理由。
c. 過去養寵物的經驗，及簡介一下您的飼養環境。
d. 若未來有結婚、懷孕、出國或搬家等計劃，將如何安置小四？

文創風
651

一兩農女要逆襲（下）

國家圖書館出版品預行編目資料

一兩農女要逆襲 / 沐霖著. --
初版. -- 臺北市 : 狗屋, 2018.07
冊 ; 公分. --（文創風）
ISBN 978-986-328-884-8（下冊：平裝）. --

857.7　　107007810

著作者　沐霖
編輯　王冠之
校對　黃薇霓　周貝桂
發行所　狗屋出版社有限公司
地址　台北市104中山區龍江路71巷15號1樓
電話　02-2776-5889～0
發行字號　局版台業字845號
法律顧問　蕭雄淋律師
總經銷　知遠文化事業有限公司
電話　02-2664-8800
初版　2018年7月
國際書碼　ISBN-13　978-986-328-884-8

本著作物由北京晉江原創網絡科技有限公司授權出版

定價250元
狗屋劃撥帳號：19001626
網址：love.doghouse.com.tw　E-mail：love@doghouse.com.tw